Ulrich Robin

Das Vermächtnis
oder
Von Lilien lernen

Das Vermächtnis

oder

Von Lilien lernen

Ulrich Robin

Impressum:

Ulrich Robin
Das Vermächtnis
oder
Von Lilien lernen

1. Auflage 2017

© 2017 Westarp BookOnDemand
in der Mediengruppe Westarp
Kirchstr. 5 - 39326 Hohenwarsleben
www.westarp.de, www.westarp-bs.de, www.book-on-demand.de

ISBN: 978-3-86460-695-3

Druck und Bindung: Kühne & Partner Druck GmbH, Helmstedt
www.druckerei-kuehne.de, www.unidruck7-24.de

Printed in Germany.

Vorwort

Das Vermächtnis oder Von Lilien lernen ist eine Rückschau in Romanform auf die Zeit, in der wir, die deutsche Nachkriegsgeneration, noch ankämpften gegen die Verdrängungskultur unserer Eltern. Und uns zugleich identifizierten mit den Zielen der deutsch-französischen Verständigung, die im Jahr 1963 mit dem Élysée-Vertrag besiegelt wurde.

Der Roman ist der deutsch-französischen Verständigung gewidmet. Ihren Vätern und denen, die sie mit Leben erfüllt haben.

Das gelegentliche Einflechten französischer Phrasen und Sätze in den deutschen Text hat die Bearbeitung des Manuskripts verständlicherweise erschwert. Der Autor ist der Lektorin, Frau Susanne Schwartz, sehr dankbar, sich des Manuskriptes angenommen und dem Text trotz nötiger Korrekturen die beabsichtigten Eigenarten bewahrt zu haben.

Für die Durchsicht des Französischen dankt der Autor Patrick Pourquery de Boisserin, für die kritischen Anmerkungen, die zur Modifikation einiger im weitesten Sinn medizinischer Aussagen beigetragen haben, Dr. Eva-Maria Schmitz.

Inhalt

Kapitel 1

Paris. Gare Montparnasse. Für Reisende gibt es in dieser Stadt – vor allem zu nachtschlafender Zeit – sicherlich angenehmere Aufenthaltsorte als den Wartesaal eines Bahnhofs. Selbst wenn sie vom angeschlossenen Bahnhofs-Restaurant auf das herzlichste willkommen geheißen werden. In aller Regel nämlich lassen die Wartesäle französischen Charme vermissen. Ich erwähne dies, weil ich soeben versuche, eine längere Wartezeit im Bahnhof Montparnasse bis zur Abfahrt des ersten morgendlichen Zuges für mich erträglich zu gestalten. Der Hinweis des Paris-Reiseführers, man dürfe es nicht versäumen, die Gaststätte im Gare de Lyon aufzusuchen, sie sei eines der schönsten Bahnhofrestaurants in Paris, ist da wenig hilfreich. Denn in wenigen Stunden, so sagt mein Reiseplaner, werde ich hier, im Bahnhof Montparnasse, den Zug nach Chartres besteigen – nicht genug Zeit für einen Abstecher zum Gare de Lyon.

Kaum überraschend, nutzen außer mir nur wenige Reisende den Wartesaal zu dieser Stunde. Diejenigen, die an dieser Stelle die Beschreibung gestrandeter Gestalten mit schicksalsträchtiger Vita erwarten, muss ich enttäuschen. Bei den Wartenden handelt es sich fast ausschließlich um solche, die ihren letzten Zug in Richtung Chartres verpasst haben und die jetzt, wie ich, auf den ersten Morgenzug warten. Nervös bis ungeduldig die einen, gegen den Schlaf ankämpfend die anderen. Einer leseähnlichen Beschäftigung gehen nur zwei nach. Sie bearbeiten oder befragen ununterbrochen ihre Tablets, scheinen mit ihnen fast im Zwiegespräch zu stehen.

Um meinem Umfeld etwas Positives abzugewinnen, könnte ich argumentieren, dass die Tristesse dieses Wartesaals eine angemessene Einstimmung ist für meinen Besuch in Chartres. Dort nämlich werde ich mich der traurigen Pflicht unterwerfen, an einem Begräbnis teilzunehmen. In gewisser Weise unbeabsichtigt als Abgesandter der in Deutschland um den Verstorbenen Trauernden. Die nämlich kommen nicht, so hatten sie mir in letzter Minute mitgeteilt, weil sie zu ihrem Bedauern feststellen mussten, ausgerechnet zum anberaumten Zeitpunkt der Bestattung beruflich unabkömmlich zu sein.

Wie jedermann weiß, ist das Umsteigen von einem Zug in den anderen in Paris umständlich, um nicht zu sagen mühselig bis unerfreulich. Ich habe jedoch die Bahnfahrt mitsamt ihrer Unannehmlichkeiten auf mich genommen, weil ich mir erhofft hatte, die tagesfüllende Reise nutzen zu können, um mich mental auf das Begräbnis vorzubereiten. So gesehen ist selbst die Wartezeit im wenig anheimelnden Aufenthaltsraum zu ertragen. Während der Regionalzug von einer Reinigungskolonne im Depot mit Bürste, Wasser und Detergenzien auf seine Fahrt nach Chartres vorbereitet wird, fahre ich fort, mich im schmucklosen Wartesaal mittels Lektüre auf die nächsten Tage einzustimmen.

Dass der, der reist, unvermeidliche Wartezeiten mit Lesen verbringt, ist sicher nicht der Erwähnung wert. Meine Lektüre ist jedoch von besonderer Art. Der Verstorbene, ein Freund aus Schul- und Studientagen, hatte mir vor vielen Jahren ein von ihm verfasstes Manuskript zugesandt mit der Bitte, es an Interessierte weiterzuleiten. Und für den Fall, dass ich es für würdig erachtete – so hatte er es tatsächlich formuliert –, den entsprechend Zuständigen wie Verlagslektoren oder Filmschaffenden vorzulegen. Er hatte es geschrieben, nachdem er bereits einige Jahre in Chartres gelebt hatte. Als ich damals das Manuskript in den Händen hielt, war ich, soeben dem Volontariat entwachsen, als fester Mitarbeiter unserer Tageszeitung journalistisch tätig. Zum Empfänger des Manuskriptes war ich – vordergründig – geworden, weil der von mir ergriffene Beruf es nahelegte, dass ich bereit sei, mich mit dem geschriebenen Wort auseinanderzusetzen. Primär aber war ich Adressat, weil ich seinerzeit der Gruppe – früher nannte man eine solche Freundeskreis – angehört hatte, deren Mitglieder sich aufgrund ihrer Frankreichvorliebe zusammengefunden hatten.

Der Titel der Vorlage zu einem Spielfilm: „Ein Engel spielt in Chartres falsch". Die dem Text beigefügte Inhaltsangabe, noch wortkarger als ein Waschzettel, in weiten Teilen im Stil eines Filmskripts oder einer Regieanweisung geschrieben, machte die potenziellen Leser mit dem dünnbändigen Werk vertraut. Der Protagonist, der Text spricht vom *Allemand*, durchlebt die Höhen und Tiefen eines Deutschen, der sich bemüht, im Herzen von Frankreich, in Chartres, heimisch zu werden. Man konnte davon ausgehen, dass der Freund sich damit selbst porträtiert hatte. Die Lebensumstände des Allemand sind eher bescheiden, ihnen Bohème-Charakter zuzuschreiben, wäre wohl eine Beschönigung. Er bestreitet seinen Lebensunterhalt mit Gelegenheitsarbeiten. Darunter sind zu verstehen das gelegentliche Verkaufen von selbstgemalten Bildern, aber auch die saisonale Tätigkeit als Touristenführer in der Stadt, bevorzugt in der Kathedrale. Man könnte auch subsummieren: Er schlägt sich so durch. All das ist mehr oder minder statisch. Bewegung kommt in die Szenerie, als eine junge Frau, sie ist Abgesandte seines Elternhauses, in Chartres eintrifft, um ihn zur Rückkehr zu bewegen. Er wird gewissermaßen von seiner Vergangenheit eingeholt. Das Ende der Episode? Ich glaube, der Allemand hat nie erwogen zurückzukehren. Ich werde es erfahren, wenn ich den Text jetzt lese, aufmerksam und vollständig. Zeit dazu ist reichlich.

Aus einsichtigen Gründen hatte ich mich damals des zugesandten Manuskriptes angenommen. Hatte selbst zwar den Text eher durchgeblättert als gelesen, aus Zeitgründen, aber mich gewissenhaft um erfolgversprechende Verteilung bemüht. Das Ergebnis war nicht ermutigend gewesen. Unsere Feuilleton-Chefin hatte sich zunächst auf meine Fürsprache hin ausführlicher mit dem Text auseinandergesetzt, sich dann aber kritisch-ablehnend geäußert, was hieß: Sie war nicht gewillt, es empfehlend weiterzuleiten. Ihre Begründung: Jacques Tati habe uns Frankreich hinreichend originell vermittelt, wir brauchten keine Fortsetzung, zumal von einem Deutschen. Natürlich hatte ich das anders gesehen, gleichviel bedeutete ihr schriftlicher Kommentar das unrühmliche Ende dieser Manuskript-Karriere in unserem Referat. Von meinen Kollegen erfuhr ich dann auch noch, die Feuilleton-Chefin habe ihnen gegenüber geäußert, dass sie eine klare Botschaft vermisse. Zwischen den Zeilen sei zwar zu erkennen, dass die Person, von der die Rede sei, nach Frankreich gegangen sei, um das elterliche Milieu mit seiner nationalsozialistischen Vergangenheit hinter sich zu lassen, doch das reiche nicht aus. Das Thema Nationalsozialismus sei out heute, habe sie ihnen bedeutet. Wen solle der Text noch interessieren?
Der Filmemacher, den ich fast zur gleichen Zeit angeschrieben hatte, hatte nichts am Genre auszusetzen, aber am Protagonisten, der ihm nur mäßig sympathisch war. Auf

meine Frage warum war die Antwort, für ihn sei der Hauptdarsteller kein wirklicher Repräsentant seiner Generation. Und: Die Zeiten von Jacques Tatis Briefträger und Seebadurlauber – mit Letzterem war Monsieur Hulot gemeint – und der von ihnen gelebten Idyllen seien endgültig vorbei. Eine zeitgemäße Liebesgeschichte könne er auch nicht erkennen. Voilà, c'est tout, würde man vermutlich in Chartres sagen. Das war's dann. Ich sagte: „Danke." Und erbat das Manuskript zurück. Einen dritten, ebenfalls nicht weiterführenden Kommentar erhielt ich von einem mir damals bekannten Literaturkritiker, der mich wissen ließ, er beschäftige sich mit Literatur, nicht mit Filmskripten. Da er mich immerhin nicht auf Jacques Tati verwiesen hatte, glaubte ich, mir die Frage erlauben zu können, was er generell vom Manuskript halte. Die Antwort: Der übermäßige Gebrauch der französischen Sprache im Text konveniere ihm nicht, er wolle nicht in Schulzeiten zurückfallen und mit einem Wörterbuch arbeiten müssen. Abgesehen davon habe er bereits Schwierigkeiten, den Text einer geläufigen Gattung zuzuordnen, man könne nicht einmal erkennen, ob es sich um einen Bericht oder um eine Erzählung handele.

Weitere Versuche, das wird nicht verwundern, habe ich in der Sache nicht mehr unternommen, ich habe weitere Fachleute weder angesprochen noch damit belästigt. Allerdings, anlässlich meiner ersten Auslandsreise für meinen Arbeitgeber – ich sollte den Lesern unserer Zeitung die Klöster Burgunds näherbringen – haben der Freund und ich uns in Dijon getroffen. Er mit leichtem Gepäck, ich mit einer Vielzahl von Burgund- und Kunstführern, und vor allem mit seinem Manuskript im Koffer. Das Hotel in Dijon war günstig gelegen, in Bezug auf die Sehenswürdigkeiten der Stadt –

darauf hatte er Wert gelegt –, und zugleich nahe der Herberge eines führenden Sommeliers, die ich mithilfe eines der weniger kunstorientierten Führer aufgetan hatte. In der Herberge verbrachten wir den Abend und die halbe Nacht. Was wir alles haben wiederaufleben lassen an gemeinsamen Erlebnissen, Interessen, Träumen, vermag ich nicht mehr zu sagen, erinnere mich aber an unser beiderseitiges Vortasten zum Thema und zu der Frage: Was war falsch an seinem Manuskript? Natürlich war ich bemüht, die Absagen weniger schroff wiederzugeben, als sie gemeint waren, musste aber dennoch hinreichend klar in meiner Aussage sein, um keinen zweiten Textversuch seinerseits zu provozieren. Was nicht einfach war, da ich selbst mit dem Inhalt des Manuskriptes nur mäßig vertraut war. Sehr bald aber verständigten wir uns auf ein gemeinsames Feindbild. Es wurde die Feuilleton-Chefin, die ins Feld geführt hatte, das Thema Nationalsozialismus sei nicht mehr zeitgemäß. Warum? Weil wir beide der Ansicht waren, dass die Themen, von denen die Erzählung lebte, völlig andere waren, nämlich die von Selbstverwirklichung und vom Aussteigerleben. Also schlugen wir auf die Kritikerin ein, verbal.

Nicht wirklich ungewöhnlich, in Anbetracht der vorgerückten Stunde und nach etlichen Weinproben. Aber einer Lösung hat uns das nicht näher gebracht, sollte es wohl auch nicht.

Meine Frage, eingebettet in den Austausch unserer Erinnerungen, die endgültig von dem heiklen Thema der Manuskript-Ablehnung wegführen sollte, nämlich inwieweit die im Manuskript beschriebene Episode mit der jungen Frau Teil seiner eigenen Biografie sei, hätte ich besser nicht gestellt. Denn zum einen erhielt ich nicht die erwartete klare

Auskunft, zum anderen nahm der Freund Anlauf, mir die Geschichte seiner Namensgebung zu erläutern. Mit Erfolg konnte ich ihn zwar von Letzterem abbringen. Doch schien ihn meine Bemerkung, das interessiere mich nicht, und vermutlich auch nicht eventuelle Leser, in seinem Autorenstolz gekränkt zu haben, zumindest für einige Augenblicke. Die Schilderung der Namensgebung, war mir aus seinem Text hinreichend bekannt. Ausführlich, langatmig, fast ausufernd hatte er dort beschrieben, was es mit den Namen Allemand und Alman auf sich hatte. Den entsprechenden Textteil hatte ich deswegen in Erinnerung, weil er mich seinerzeit an ein Buch aus Kinderzeiten erinnert hatte. Sein Titel: „Wie der Hase Justus zu seinem Namen kam". Eine komische, kindgerechte Erzählung, aber auch nicht mehr. Anlässlich unseres Treffens in Dijon hingegen hätte ich gerne erfahren, ob Autor und Protagonist tatsächlich eins waren. Vielleicht aber störte den Freund nur das Wort Biografie. Denn ich wurde abschließend beschieden, er habe das autobiografische Alter noch nicht erreicht. Und er hatte ergänzt: Eine Autobiografie zu schreiben, sei höchstens zu einem späteren Zeitpunkt denkbar, wenn überhaupt. Bei Selbstporträts sei das anders, die würde er jederzeit malen. Damit war es ihm gelungen, den Bogen zu seinem Anliegen zu spannen, dem Kunstinteressierten, der war ich, die Bewunderung der zahllosen Selbstporträts von Horst Janssen anzuempfehlen.

Auch meine Frage, ob er im Hinblick auf seine Erfahrungen anderen, zum Beispiel mir, zu- oder abraten würde oder wolle, ein Leben als Aussteiger oder Selbstverwirklicher zu führen, wurde nicht wirklich beantwortet. Die Antwort gerann vielmehr zum Lob auf französische Sitten und Gebräuche, sodass ich schon befürchtete, er würde, mit dem

Weinglas in der Hand, aufstehen und die Marseillaise anstimmen im widerhallenden Weinkeller des Sommeliers. Gott sei Dank aber kam er nicht auf den Gedanken, und unsere Zusammenkunft endete schließlich in bestem Einvernehmen – wenn auch ohne Ergebnisse.

Was den Freundeskreis betrifft, den das Interesse an Frankreich einte, so ist anzumerken, dass das Fundament unserer Frankreichbegeisterung bereits im Schulunterricht gelegt worden war. Wobei der begleitende Schüleraustausch wesentlich dazu beigetragen hatte, eingebettet in die Versöhnungsbemühungen französischer und deutscher Staatsmänner, die schließlich im Élysée-Vertrag von 1963 gipfelten. Wir fühlten uns als Teil von etwas Großem, wollten unseren Beitrag dazu leisten, eine Erbfeindschaft zu beenden. Zudem hatte unseren Freundeskreis die Sehnsucht nach französischer Lebensart verbunden. Was immer wir darunter verstanden. Die einen meinten damit die Lebensart, der man im Norden Frankreichs nachgeht und die uns Jacques Brel in seinen Chansons näherbrachte. Die anderen meinten die des Südens, für uns gleichbedeutend mit provenzalischem Lebensgefühl. Nur wenige hatten, eigenartigerweise, Paris im Blick. Uns allen war gemeinsam, ein Leben „wie Gott in Frankreich" führen zu wollen. Ungeachtet der Belehrung unseres Lehrers, der uns französische Sprache und Gewohnheiten vermittelte. Denn der hatte, gemäß seinem Bildungsauftrag, darauf hingewiesen, dass nicht wir Heutigen angesprochen waren, sondern dass nach gängiger Lehrmeinung dieser Ausspruch die Lebensumstände des geistlichen Standes im Frankreich vor der Revolution charakterisieren sollte. Doch das tat unserem Verlangen keinen Abbruch. Wir ignorierten die Belehrung.

Die Schwärmerei für Frankreich überstand selbst die kritische Phase des Auseinandergehens nach Schulabschluss unbeschadet. Sie wich entschlossenem Handeln in der Sache. Die einen pflegten ihre Sehnsucht aus der Ferne, was hieß: blieben in der Heimat, beließen es dabei, die Sprache zu studieren oder sich französisch zu verloben. Zu Letzteren gehörte ich. Andere vermischten ihre Frankreichsehnsucht mit dem Wunsch nach Selbstverwirklichung, zu ihnen gehörte der Verstorbene. Er ging nach Frankreich, allerdings nicht in die Provence. Möglicherweise weil Töpfern nicht sein Ding war. Er beließ es dabei, in Chartres sesshaft zu werden.

Meine Vergangenheitsbetrachtungen werden hier unvermittelt vom einzigen Ober unterbrochen, der für den Wartesaal zuständig ist. Er fragt nach einem letzten Wunsch, bevor für mehrere Stunden der Küchendienst eingestellt und die Cafébar geschlossen wird. Ich nehme sein Angebot eines vorläufig letzten Milchkaffees wahr. Und nehme zugleich die Unterbrechung zum Anlass, mich endgültig dem Text des Freundes zuzuwenden. Dem lose gebundenen Manuskript sind nicht nur Titelseite, Inhaltsangabe und Personenverzeichnis vorangestellt, es sind auch seine sieben Kapitel betitelt. So, als sollten wir Leser schonend darauf vorbereitet werden, was uns erwartet. Das erste Kapitel, der Freund spricht von der *Szenenfolge I*, scheint uns mit dem Ort des Geschehens vertraut machen zu wollen.

Szenenfolge I – Chartres bereitet sich, wie jedes Frühjahr, auf den Touristenansturm vor

Es ist Frühlingsanfang und früher Morgen. In Chartres beginnen die Vorbereitungen auf die Saison. Die Straßen um die Kathedrale sind fast menschenleer. Lediglich zwei Radfahrer beleben die Szene. Einer der beiden klebt großformatige Plakate mit dem Titel *Visitez la Crypte de la cathédrale de Chartres*, während der andere kleine Pappschilder an die Besitzer der umliegenden Geschäfte verteilt. Die Texte auf den Pappschildern sind entweder Englisch oder Deutsch: *We welcome our guests to Chartres – Wir heißen alle Touristen in Chartres willkommen*. Derjenige, der die Plakate klebt, hat wegen der Größe seiner Plakate auf den Litfaßsäulen wenig Glück. Bei der ersten muss er einen Teil einer anderen Reklame überkleben, bei der zweiten bleibt ihm nur, das Plakat quer anzubringen und bei der dritten ist überhaupt keine freie Fläche zu finden. In seiner Not klebt er das Plakat auf die geschlossenen Fensterläden des nächstgelegenen Hauses. Dabei entsteht Lärm, er fährt davon. Er ist noch nicht weit gekommen, da löst der durch den Lärm geweckte Hausbesitzer die Schlagläden, zerreißt dabei das Plakat, bemerkt, was geschehen ist, kann dem Jungen nur noch hinterherschimpfen. Dann versucht er, das Plakat zu lesen, muss sich aus dem Fenster beugen, um die eine Hälfte auf dem noch halb geschlossenen Fensterladen lesen zu können, deren Inhalt für ihn nicht verständlich ist, da der halbe Text fehlt. Er schließt den zuerst geöffneten Schlagladen und öffnet den anderen, um den noch fehlenden Text lesen zu können. Offensichtlich klären sich für ihn die vorangegangenen Ereignisse dadurch nicht, er schließt ratlos die Fensterläden.

Der Plakatkleber hat inzwischen ohne Schwierigkeiten eine Vielzahl von Plakaten an eine Mauer geklebt. Er bleibt bei einem ihm bekannten Geschäftsinhaber stehen, der im Begriff ist, in einem Schaufenster von innen ein Schild anzubringen *Zimmer frei. Mann spricht Deutsch.*

Währenddessen ist der zweite Radfahrer umso eifriger. Wahllos verteilt er seine Pappschilder, unter anderem hat er sie im Hut- und Miederwarenladen aufgestellt und im Metzgerladen zwischen Schweinsköpfen. Als er bemerkt, dass sein Kollege seine Zeit mit Plaudern verbringt, pfeift er durchdringend. Der andere springt auf sein Fahrrad, beide fahren in Richtung Unterstadt davon.

Unweit des Geschäfts mit dem Schild *Zimmer frei. Mann spricht Deutsch* verabschiedet sich der Allemand im Hauseingang von Françoise, seiner Geliebten. Das geschieht fast fluchtartig, da beide sich, zu Recht, von einer Gruppe Straßenfeger beobachtet fühlen, die interessiert registrieren: Wer mit wem? Der Allemand geht in Richtung Kathedrale. Als er an dem Schild *Zimmer frei. Mann spricht Deutsch* vorbeikommt, bleibt er unvermittelt stehen, sucht in seinen Taschen nach etwas zum Schreiben, findet tatsächlich Kreide, kreuzt damit gründlich das zweite n von Mann auf der Fensterscheibe durch. Seine Gründlichkeit hat den Ladenbesitzer aufmerksam gemacht, er sieht aber nur noch den davongehenden Allemand. Unschlüssig nimmt er das Schild von innen aus dem Fenster, sieht das auf der Fensterscheibe zurückgebliebene Kreidekreuz, das jetzt völlig beziehungslos aufgetragen wirkt. Er holt einen Lappen, will die Scheibe von innen säubern, was nicht gelingt.

Die Gruppe der Straßenfeger hat sich inzwischen bis zum Platz an der Kathedrale vorgearbeitet. Dort fegt sie vor den Geschäften und Cafés. Da die Straßenfeger nur Besen, jedoch keine Abfalltonnen mit sich führen, fegen sie den zusammengekehrten Unrat lediglich vom Vorplatz eines Geschäftes zum Vorplatz des nächsten. Das wiederholt sich mehrere Male, bis ein Cafébesitzer, der gerade Tische und Stühle vor die Tür stellt, beobachtet, wie der Unrat in den Rinnstein vor seinem Café gefegt wird. Er beschwert sich, ohne Erfolg, glaubt, eine rasche Lösung herbeiführen zu können, indem er einem der Straßenkehrer den Besen aus der Hand nimmt, um selbst den Dreck beiseite zu fegen. Der Besen wird ihm entwendet, bevor er damit fertig ist. Schließlich gibt er dem vermuteten Gruppenführer Geld, bedeutet ihm, aufgrund dieser Zuwendung den Abfall zum Nachbarn zurück zu fegen. Das geschieht. Bald darauf jedoch kommt eine andere Straßenkehrer-Kolonne aus der entgegengesetzten Richtung, die die gleiche Arbeitsweise wie die erste hat, wodurch der Unrat wieder zu ihm gefegt wird. Der Cafébesitzer betrachtet diese Entwicklung mit Sorge. Er lässt seinen Ober ein Seil holen und sperrt mit zwei Stühlen und dem Seil den Rinnstein vor seinem Café ab.

Unterdessen hat der Allemand die Kathedrale passiert, geht durch die rückwärtige Grünanlage zum Nordportal, will hinein, die Tür ist jedoch durch zahlreiche Gartengeräte verstellt. Er tritt einige Zehnermeter zurück, sucht die zugehörigen Gärtner. Es fällt ihm zwar nicht schwer, sie zu finden, doch kann er sie nicht dazu bewegen, ihre Geräte beiseite zu räumen. So entschließt er sich, selbst den Eingang freizulegen. Als er anschließend die Portaltür öffnen will, stellt er fest, dass sie verschlossen ist. Die Gärtner nehmen seine Reaktion amüsiert zur Kenntnis. Während er an der Tür rüttelt, kommentiert er selbst: „Da wundern sich die Pfaffen, dass bei uns die Bars voller sind als die Kirchen." Dann geht er auf dem Kathedralenvorplatz in Richtung Café.

Die Gruppe der Gärtner hat sich wieder ihrer Arbeit zugewandt, Rasen wird gesprengt, Wege werden geharkt, Efeu wird kunstvoll befestigt. Einer der Gärtner versucht, mithilfe einer Heckenschere einen von drei beieinander stehenden Buchsbäumen zu stutzen, um ihn auf das Einheitsmaß zu bringen, also gleiche Höhe und gleiche Form. Da er in der Form der Spitze nicht den anderen entspricht, bearbeitet er ihn entsprechend, mit dem Erfolg, dass er schließlich kürzer als die anderen ist. Darauf sieht sich der Gärtner genötigt, die anderen auf das Maß des dritten zu kürzen, kürzt zu weit, sodass wiederum der zuerst bearbeitete herausragt. Als er diesen noch einmal zu weit gekürzt hat, greift er, nachdem er sich rasch nach allen Seiten umgesehen hat, entschlossen zur Axt, fällt den Ausreißer kurzerhand, wirft ihn über die Mauer der Grünanlage und besieht sich zufrieden die einheitlich erhaltene Zweiergruppe. Seine Zufriedenheit ist von kurzer Dauer, denn ein Pater kommt durch ein Tor mit dem abgeholzten Baum zu ihm. Der Gärtner zeigt nur wortlos zur Lücke. Der Pater hat keine Schwierigkeiten, den zugehörigen Baumstumpf zu finden, setzt den Baum darauf, ihn wie einen Weihnachtsbaum haltend. Er sieht den Gärtner fragend an.

„Gefährdete die anderen", sagt der.

Unsicher besieht der Pater den Baum von allen Seiten, schleudert ihn schließlich zurück über die Mauer. Sofort gibt es einen Aufschrei hinter der Mauer, der Pater ist wenige Augenblicke unschlüssig, was er tun soll, eilt dann davon. Geht erst wieder gemessenen Schrittes, als ein Konfrater ihm begegnet. Währenddessen hat der Gärtner den Rasensprenger genommen, ihn am Tor platziert, durch das bereits der Pater gekommen war. Anschließend schlendert er in Richtung Kathedralenvorplatz.

Währenddessen hat der Allemand seine Zeit an einem der Tische vor dem Café verbracht. Hier offenbart sich für den Zuschauer erstmals seine Rolle in der Stadt, nämlich die des Schuldners. Offenkundig wird das dadurch, dass er wie zum Empfang sitzt und alle Gläubiger anzieht, die ihm seine Schulden unterbreiten. Da um diese Tageszeit ununterbrochen und nicht nur vereinzelt Bewohner der umliegenden Häuser unterwegs sind und ihren Geschäften nachgehen, werden die Gläubiger den Allemand gewahr, der völlig entspannt die späte Morgenstunde im Café verbringt. Vor allem wohl dadurch provoziert, treten einige von ihnen, insbesondere Bäcker und Kolonialwarenhändler, zurück in ihre Geschäfte und kommen zu ihm mit Listen von unterschiedlicher Länge, auf denen offensichtlich seine Schulden aufaddiert sind. Einer nach dem anderen präsentiert dem Allemand die Schuldscheine, mal wortkarg, mal wortreich, mal erregt, mal würdevoll. Nachdem der Vierte ihm seine Auflistung vorgelegt hat, sortiert der Allemand die Scheine, addiert die Summen und spießt anschließend alle Papiere auf einen Zettelspieß, wie ihn Kaufleute in den Fünfzigerjahren des letzten Jahrhunderts benutzten. Währenddessen hat sich der Cafébesitzer zum Allemand gesetzt, winkt seinen eigenen Ober herbei, bestellt Pernod.

„Aucune idée, zu welcher Höhe die Schulden in diesem Winter aufgelaufen sind?"

Der Allemand nimmt den zuletzt aufgespießten Schein, auf dem er die addition notiert hat, zeigt dem Cafébesitzer wortlos die Gesamtsumme.

„Ich wusste gar nicht, dass man so viel Geld ausgeben kann. Im Winter. Und in Chartres. Meine Töchter brauchen à Nice, bien entendu, in Nizza, wohlgemerkt, nur halb so viel."

„Das glaube ich unbesehen."

Da der Cafébesitzer unsicher ist, wie er die Bemerkung interpretieren soll, schweigt er.

„Das werden die Führungen für die Touristen schon bringen. Nach drei Monaten ist alles bezahlt."

So nimmt der Wirt sehr gelassen weitere Schuldscheine an, weist jedoch der guten Ordnung halber darauf hin, dass sie auf den Zettelspieß kommen sollen, wodurch er eine gewisse Reihenfolge der Bearbeitung erreicht. Als der Allemand gehen will, hält er ihn kurz zurück, denn er will es nicht versäumen, die heutige Rechnung aufzuspießen.

Der Allemand bewohnt ein Zimmer oberhalb eines Hut- und Miederwarenladens. Auf der Treppe begegnet er der Zimmerwirtin, die er bereits nach ihren ersten Worten „Monsieur, je vous ..." unterbricht.

„Wie viel Geld schulde ich Ihnen?"

„So viel, wie Sie mit Ihrer Malerei, Ihren Bildern nie verdienen werden."

„Nicht mit denen, aber mit den Touristen, oder besser: an den Touristen. Also bitte, wie viel schulde ich Ihnen? Die Saison hat begonnen."

„Werde es Ihnen ausrechnen und schriftlich geben."

Der Allemand sieht keine weitere Veranlassung, mit der Wirtin zu diskutieren, begibt sich in sein Zimmer, muss dort

erst einmal Vorhänge aufziehen, die den Blick auf die Kathedrale freigeben. Natürlich ist das Zimmer mehr eine Rumpelkammer als ein Appartement, was vor allem damit zusammenhängt, dass Farbtöpfe, Staffelei und zahlreiche an die Wand gestellte und neben dem Bett liegende Bilder, gerahmte und ungerahmte, den Raum beengen. Einen bedeutenden Platz nehmen auch Waschschüssel, Wasserkanne und Spiegel sowie eine übergroße Kiste ein. Ungewaschenes Geschirr ist auf die verschiedensten Abstellflächen verteilt. Zwischen allem mehrere Aschenbecher. Er beginnt aufzuräumen: das Geschirr in die Waschschüssel, den Inhalt der Aschenbecher und Essensreste aus dem Fenster. Dann hält er inne, mustert Bilder, die auf dem Bett liegen. Es sind übermalte Bilder, ähnlich denen, wie Horst Janssen sie malt, allerdings mit religiösem Inhalt. Häufig sind die Säulenfiguren der Kathedrale porträtiert, verfremdet. Schließlich packt er Pinsel, Palette, Zeichnungen und Farbtöpfe in die Kiste. Diejenigen Bilder, deren Format das der Kiste überschreitet, schiebt er unter das Bett. Eines der großformatigen Bilder betrachtet er längere Zeit, er scheint etwas zu suchen. Es sind die fehlenden Initialen und der Vermerk des Entstehungsjahres. Beides holt er nach, legt dann das Bild, das zufolge seiner eigenen Anmerkung Lilien in freier Natur darstellen soll, zu den anderen. Begleitet wird sein Tun von ständigem Murmeln und Fluchen: „Bei allen Heiligen. Sechs Monate malen bringt weniger als drei Monate Touristen führen!" Er hat fast alles verstaut, schließt die Kiste, holt vom Bücherregal Zigaretten und einen Kathedralenführer, liest darin, geht mit dem Buch im Zimmer auf und ab.
„Jetzt die Portale!"

Er öffnet und schließt die Toilettentür, weist wiederholt auf imaginär vorhandene Details der Kathedrale und arbeitet sich durch den Text, bei dem er mitunter auch stockt, Sätze und Satzteile wiederholt: „Linkes Nordportal. Rechtes Nordportal: Einflüsterungen des Teufels. Mittleres Nordportal: Melchisedech, Abraham, Moses, Samuel, David, Jesaja, Jeremias, Simeon, Johannes ... der Täufer. Mittleres Südportal. Linkes Südportal: Am linken Südportal wird der Märtyrer gedacht. Auf dem Türsturz die Vertreibung ... auf dem Türsturz die Vertreibung aus Israel und ... und die Steinigung des Märtyrers Stephanus ... des ersten Märtyrers Stephanus ... auf dem Tympanon ... Tympanon die Vision des Märtyrers Stephanus: Christus von Engeln begleitet. In den Archivolten Märtyrer – noch mal Märtyrer? –, deren Reihe am Gewände fortgesetzt wird. Am rechten Südportal werden den Märtyrern die Bekenner gegenübergestellt. Am Türsturz links die Mantelteilung des Heiligen Martin und darüber sein Traum. Rechts davon dargestellt die Mitgiftschenkung des Heiligen Nikolaus. Darüber Kranke ... hoffentlich sieht man denen die Krankheit auch an ... darüber Kranke, die an seinem Sarkophag auf Heilung warten. Im Giebelfenster erneut die Erscheinung Christi. In den Archivolten Bekenner und ... und Engel."
Bei den letzten Worten steigt der Allemand auf die Kiste, steht immer noch auf ihr, als die Tür geöffnet wird und Françoise eintritt. Überrascht bleibt sie stehen, schließt sofort die Tür hinter sich, so, als wollte sie verhindern, dass noch jemand ihren Allemand auf der Kiste balancieren sieht.
„Tu es fou? Totalement verrückt?"
„Non."
Er verharrt auf der Kiste. Sie sieht sich um.

„Wo sind die Bilder?"

„Weg."

„Seit Langem das erste Mal, dass ich dein Bett ohne Bilderstapel sehe. Auch nicht dumm. Sagt man so auf Deutsch?"
Sie schlägt die Bettdecke zurück, als wollte sie darunter die Bilder suchen.

„Was ist nun mit den Bildern?"
Er macht sie darauf aufmerksam, dass die Bilder nicht im, sondern unter dem Bett zu suchen seien.

„Die hatten ihre Chance. Haben sie nicht genutzt."

„Auch das Bild mit den Lilien?"

„Auch das. Jetzt müssen die Touristen das Geld bringen."
Das Gespräch wird unterbrochen, weil die Wirtin anklopft und ohne ein Herein abzuwarten eintritt. Durch den Umstand, dass der Allemand auf der Kiste steht und seine Geliebte mehr unter als neben dem Bett kniet, lässt sie sich nicht irritieren.

„Pardon, Ihre Schulden bei mir. Es ist alles gelistet. November bis April."
Sie legt den Schuldschein auf die Kiste, zu Füßen des Allemand.

„Ich erwarte von Ihnen, dass Sie meinen Zettel obenan legen."
Sie geht. Auffallend ist, dass sie Françoise keines Blickes würdigt. Der Allemand schließt hinter ihr die Tür, nimmt den Zettel, spießt ihn auf. Françoise schlägt vor: „Bei dir ist es ungemütlich. Lass uns gehen, bevor weitere Gläubiger kommen!"

„Hier wird es erst gemütlich, wenn alle Schuldscheine beisammen sind."

„Oder wenn alle Schulden bezahlt sind."

„Auch möglich."

„Mon pauvre Allemand!"

Ihr Versuch, ihn zu trösten, wird dadurch gebremst, dass der Allemand begonnen hat sich umzuziehen.

„Lass uns essen gehen!"

Beim Umkleiden murmelt er weiter seinen Text für die Touristen. Sie reagiert verärgert: „Du bist verrückt." Wobei sie die Betonung auf das Verb legt.

„Ich bin bei den deutschen Touristen. Ich meine, ich bin beim Text für die deutschen Touristen. Willst du den englischen Text hören?"

Sie lehnt dankend ab.

Der Allemand und Françoise verlassen Zimmer und Haus. Als sie am Hut- und Miederwarenladen der Wirtin vorbeigehen, bemerkt Françoise, dass in einem Schaufenster Bilder des Allemand hängen. Er sieht sich genötigt, das zu kommentieren: „Die hat sie in Zahlung genommen, als sie noch an mich glaubte." Sie gehen.

Sie gehen. Mit dieser kaum zu übertreffenden Kurzform eines Satzes endet offensichtlich die *Szenenfolge I* des Textes. Von Berufs wegen hätte ich am Rand ein Aha! Wohin denn? oder eine andere Sottise vermerkt. Warum ich es unterlasse? Es ist schlicht die mich überkommene Müdigkeit, die mich in dieser Sache träge macht. Stark gebrauter Kaffee würde mir sicher die erforderliche Konzentrationsfähigkeit verleihen beziehungsweise zurückgeben. Da die Cafébar aber noch immer geschlossen ist, benötige ich zumindest eine Lesepause. Vertiefe mich dann aber doch in die *Szenenfolge II*.

Szenenfolge II – Der Allemand tut sich schwer mit der Wiederaufnahme der Kathedralenführungen

Wiederzufinden sind der Allemand und Françoise hoch über dem Kathedralenvorplatz. Vom Kathedralenturm aus lässt sich beobachten, wie die Touristenbusse eintreffen. Wie anschließend, alles zu verfolgen aus der Vogelperspektive, die Gruppen aus den Bussen drängen, sich treffen, durcheinandergeraten, sich neu organisieren müssen, weil offensichtlich Reiseleiter dazu auffordern. Beide finden das äußerst amüsant, weisen sich gegenseitig auf weitere Pannen bei der Beherrschung der Touristenströme hin. Vor allem bewegen sich einzelne Touristen von den Gruppen weg, wandern von einer zur anderen, bis sie ihre Zugehörigkeit erkannt haben. Sobald jedoch einer endgültig seine Gruppe gefunden hat, beginnt ein anderer die Suche. Das alles wirkt wie bei einem Billardspiel, bei dem die Energie der ankommenden Kugel auf die getroffene ruhende Kugel übertragen wird, sodass diese sich in die vorgesehene Richtung bewegt. „Pauvres touristes", äußert Françoise ihr Mitleid, dann steigen sie, immer noch amüsiert, die Treppen hinab.

Der Allemand und Françoise kreuzen gezwungenermaßen die Touristenströme, die sich sowohl auf Andenkenläden als auch auf die wenigen existierenden Cafés zubewegen. Vor den Cafés setzt zuletzt ein Wettlauf um Tische und Stühle ein. Kinder werden vorgeschickt, Alte bleiben auf der Strecke. Eine Weile beobachten der Allemand und Françoise das Treiben bei den Andenkenläden.

„Isn't it marvellous, the cathedral?"

„Look, how impressive it is on the photos. I will buy them. They will also impress them at home."

„Great, really great."

„Yes, it is. Great is the right word for it."
„Incredibly great."
„Yes, incredibly great. And marvellous."
„Yes, and marvellous."
„Impressing, great and marvellous."
„Yes, that's what it is. Exactly."
„I like it."
„So do I. Everyone would like it."
„Yes, so they would."
„Sorry that they will only see the photos."
„Really sorry for that. They really miss something."
„Yes, they do."
Währenddessen würdigen die, die Ansichtskarten auswählen, die Kathedrale, die sich hinter ihnen erhebt, keines Blickes.

Halb amüsiert, halb sich belästigt fühlend haben sich der Allemand und Françoise ein Bistrot in einem Stadtteil gesucht, der Fremde nicht oder kaum erwarten lässt. Françoise sucht das Gespräch, sie ist besorgt über den Ablauf der Touristenführungen.

„Ich nehme mal an, du liegst mehr weinselig als nüchtern in deinem Bett, zu einer Zeit, in der die Touristen ankommen. Wie erfährst du dann, dass sie da sind?"

„Erstens ist das nicht meine Bettzeit und zweitens bin ich zu der Zeit nicht weinselig. Wir machen das wie immer: mit deinem Bruder François. Dein Bruder hält die Verbindung zu den Reiseleitern und holt mich."

„Und weiß er, von wo er dich holen soll?"

„Zumindest hat er es in den vergangenen Jahren immer gewusst. Zwar war er genauso voreingenommen wie du, glaubte mich im Bett oder beim Wein, aber immerhin hat er mich noch immer gefunden. Bekommt dafür schließlich auch seinen Anteil."

„Was nennst du Anteil? Wenn er dich im Bordell findet und du ihm seinen Platz anbietest, wie du es im letzten Jahr getan hast?"

„Das hat er nur so verstanden. Du weißt, wie schlecht sein Deutsch ist."

„Ich erwarte von dir, dass du deine Verhältnisse ordnest, deine Schulden bezahlst und malst, anstatt zu huren. So sagt man doch auf Deutsch?"

„Man spricht im Deutschen gerne von geordneten Verhältnissen."

„Tant mieux. Umso besser."

Nach einer Pause nimmt der Allemand das Gespräch wieder auf: „Soll ich deinen Bruder bitten?"

„Das mache ich schon. Vor allem werde ich ihm einschärfen – so sagt man doch: einschärfen? –, dass er dich finden muss. Peu importe où tu seras. Gleichgültig, wo du dich rumtreibst."

Er ist mit dieser Regelung zufrieden, sie trennen sich.

In der Folgezeit ergeben sich die unterschiedlichsten Situationen, bei denen der Allemand in seiner Freizeit gestört wird, um die Touristen englischer und deutscher Sprache durch die Kathedrale zu führen. Drei Situationen sind besonders charakteristisch. Der Allemand angelt am Flüsschen Eure nahe Chartres. Auf dem Angelplatz herrscht Friedhofsstille. Nur das Summen der Insekten ist zu hören. Wie an einer Perlenschnur aufgereiht sitzen Angler am Ufer und warten auf Erfolg. Einer liest, ein anderer ordnet seine Haken, ein dritter schläft, ein vierter starrt gebannt auf die Wasseroberfläche. In die kontemplative Stille hinein fährt der Bruder von Françoise, François, mit seinem Motorrad. Der Lärm schreckt alle auf ebenso wie der Ruf „Hé, Allemand, les touristes!" Der Allemand ist verärgert, auch weil die anderen Angler gestört werden. Er murmelt erst, dann wird seine Stimme deutlich lauter: „Trop de bruit. Mach nicht solch einen Lärm! Stell die Maschine ab! Du sollst die Maschine abstellen!"

„Qu'est-ce que tu as dis? Was hast du gesagt?"

„Du sollst die Maschine abstellen!"

Der Allemand fürchtet die Verärgerung der anderen Angler, will durch raschen Aufbruch Schlimmeres verhindern, zieht seine Angelschnur aus dem Wasser, doch das misslingt. Sie verfängt sich in denen zweier Nachbarn, die sind erbost. Französische Flüche folgen und weitere Angler fühlen sich gestört. Um mit François fahren zu können – der drängt bereits, hupt durchdringend –, kappt der Allemand alle drei Angelschnüre mit seinem Messer, das ruft erneut Empörung hervor. Er greift sich Angel, Sitz und Fischkasten und fährt auf dem Sozius über Land Richtung Chartres. Kurz danach folgen in Kolonne auf Mopeds und Motorrädern die Angler mit den unbrauchbar gewordenen Angeln, dann zwei weitere, die sich auch gestört gefühlt haben. François bleibt an einer Kreuzung kurz stehen, um dem Allemand Gelegenheit zu geben, Angel, Sitz und Fischkasten besser in den Griff zu bekommen. Als François die anderen Angler auf ihren Mopeds und Motorrädern nahen sieht, gibt er Gas.

François bringt den Allemand bis zur Kathedrale. Dort will der Allemand mit der Angel zur Touristengruppe gehen, bemerkt dies im letzten Moment, gibt sie François, wendet sich dann, mit deutlich sichtbar verdreckter und nasser Hose, an die Touristen. François fährt zufrieden ab. Im Lärm seines Davonfahrens sind die Erläuterungen des Allemand nicht zu verstehen.

Ebenso unsanft wird der Allemand einmal beim Boulespiel gestört. Das Spiel beginnt damit, dass die Spieler die Kugeln mit Taschentüchern und Staubtüchern putzen. Die werden anschließend in den Hosentaschen verstaut, sind jedoch, wie Fahnen ausgehängt, greifbar. Während des Spiels wischen sich die Spieler mit den Tüchern sowohl den Schweiß von der Stirn, sodass diese von schwärzlichen Streifen gezeichnet wird, als schnäuzen sie sich auch, mit gleichem Ergebnis. Das Werfen der Kugeln ist individuell sehr verschieden: mal auf nur einem Bein stehend, mal aus der Hocke, mal im Spreiz-schritt. Lediglich der Allemand hat keinen eigenen Stil. Auch sind die Flugbahnen der Kugeln unterschiedlich: Über-wiegend rollen sie wie beim Kegeln auf dem Erdboden zum Ziel, gelegentlich nur werden sie wie Kanonenkugeln auf eine parabelförmige Bahn geschickt, um zum Ziel zu kommen. Als der Allemand sich nicht recht entschließen kann, welche Wurfart er wählen soll, das seinen Mitspielern jedoch zu lange dauert, legt ihm einer von ihnen heftig die Hand auf die Schulter, sodass der Allemand die Kugel überrascht fallen lässt, dabei um wenige Zentimeter seinen Schuh verfehlt. Bewegung kommt in die Gruppe der Boulespieler, als sie nach einer Zigarettenpause feststellen müssen, dass die Kugeln, die sie achtlos unter einer zu der Zeit noch unbe-setzten Bank hatten liegen lassen, nicht mehr zugänglich sind. Jetzt sitzen drei Frauen auf der Bank. Nach kurzer Diskussion wird einer der Spieler losgeschickt. Von Weitem ist zu sehen, dass die Frauen nicht gewillt sind, den Platz zu verlassen.

Stattdessen stellt eine von ihnen noch den Einkaufskorb auf den Boden vor die Kugeln. Darauf legt sich der Spieler längs auf den Boden, sammelt, so gut er kann, die Kugeln unter der Bank durch Hochheben von Röcken und Beinen ein, winkt die anderen zur Hilfe. Nur einer geht. Beide kommen zurück. Gemeinsam zählen die Spieler ihre Kugeln, woraufhin, offensichtlich irritiert, auch die drei Frauen die Apfelsinen in der Tasche zählen, die auf dem Boden steht. Als die Boule-spieler sich fest entschlossen zeigen weiterzuspielen, und zwar in Richtung Bank, ziehen die drei Frauen es vor, sich nicht den Würfen der Stahlkugeln auszusetzen, und gehen.

Im weiteren Verlauf des Spiels hat der Spieler mit der letzten Kugel alle Möglichkeiten zu gewinnen, zögert aber mit dem Wurf, schreitet noch die Entfernung ab, bückt sich, prüft die Strecke auf Hindernisse. Da er mehrere Unebenheiten entdeckt, entschließt er sich, sich von der Straßenkehrer-kolonne, die am Rande der Anlage steht und eh mehr zuschaut als arbeitet, einen Besen auszuleihen. „Un moment seulement!" Er fegt die Bahn für seine Kugel frei, gibt den Besen zurück, wirft dann allerdings zu weit, bewirkt dadurch freudige Reaktion beim Gewinner, Schadenfreude bei den Mitspielern und fachkundiges Aufstöhnen bei den Straßen-fegern, die inzwischen als Kulisse dienen. Beim letzten Spielgang hätte der Allemand durch seinen letzten Wurf noch zum Gewinner werden können. Bevor es jedoch dazu kom-men kann, fährt François mit seinem Motorrad vor. „Hé, Allemand, les touristes!" Als er sieht, dass der Allemand weiterspielen will, nimmt er kurz entschlossen Kurs auf die Boulebahn und stellt sich zwischen ihn und die Kugeln, sodass der Allemand aufgibt. Mit einem ärgerlichen „Merde!" wirft er seine letzte Kugel schräg nach unten neben sich, trifft

Schuh und Fuß eines Mitspielers. Der schreit auf, humpelt, flucht, droht. Folglich springt der Allemand rasch auf den Rücksitz des Motorrads, François und er ergreifen die Flucht.

Die dritte bemerkenswerte Störung ereignet sich beim Billardspiel. Das findet im Seitenraum eines Cafés statt. Dass es sich bei diesem um eines der Stammcafés des Allemand handelt, bezeugt der Umstand, dass seine Bilder an einigen Wänden hängen, allerdings insofern deplatziert, als sie zwischen naturalistischen Gemälden mit Motiven aus der Südseewelt der französischen Kolonien eingefügt sind. Der Unterschied zwischen den Bildern ist der, dass diejenigen des Allemand ein nicht zu übersehendes Schild *à vendre* mit Preisangabe führen.

Im Billardraum sind mindestens acht Männer versammelt, alle offensichtlich im Ruhestand. Der einzige junge Teilnehmer ist der Allemand. Außerdem fällt er dadurch auf, dass er das Spiel nur mangelhaft beherrscht. Gespielt wird an einem Tisch mit Löchern an der Bande. Der offensichtlich beste Spieler schließt seine Partie ab, indem er die Umstehenden noch vor Ende seiner Runde mit einigen Kabinettstücken unterhält: ein Stoß senkrecht von oben, dann ein Stoß, bei dem er den Queue hinter seinem Rücken führt und bei dem die Kugel an alle vier Bande stößt und erst dann die entscheidende Kugel ins Loch befördert. Als der Allemand mit seinem Spiel beginnt und die Kugeln neu ordnet, wenden sich alle, bewusst oder unbewusst, ab. Sie kehren ihm den Rücken zu. Einer der Spieler benutzt die Bande als Sitzgelegenheit, ein anderer stellt ein Bierglas auf den Billardtisch, ein dritter nutzt das Loch als Aschenbecher für seine Zigarettenasche. Schon beim ersten Stoß gerät der

Allemand in Schwierigkeiten, weil das Bierglas im Weg ist. Er stellt es beiseite, was jedoch zur Folge hat, dass sein Besitzer ins Leere greift, als er einen weiteren Schluck nehmen will. Er greift nicht nur ins Leere, sondern verändert auch durch das alarmierte Tasten nach seinem Bierglas die Lage einiger Kugeln. Der Allemand führt seinen ersten Stoß überstürzt aus, um nicht Gefahr zu laufen, erneut gegen das Bierglas antreten zu müssen. Das gelingt ihm nur bedingt, denn während die Kugeln rollen, stellt der Spieler das Glas wieder ab. Mehrere Male wird so die Situation heraufbeschworen, dass eine Kugel gegen das Bierglas zu prallen droht. Da hilft dem Allemand nur noch, in unerlaubter Weise den Lauf der Kugel mit seinem Queue zu verändern. Das Spiel ist natürlich völlig irregulär. Schwierigkeiten hat der Allemand auch beim zweiten Versuch. Sie potenzieren sich noch dadurch, dass jetzt das Bierglas vor einem der Löcher steht und zugleich die Position, von der aus er weiterspielen muss, von einem der anderen Spieler eingenommen wird. Als dieser auf Anreden nicht reagiert, stößt der Allemand ihm den Queue in die Rippen, gibt aber vor, dass dies unbeabsichtigt geschehen sei. Immerhin wenden sich jetzt die anderen Spieler dem Spiel des Allemand zu, kommentieren jedoch seine Spielzüge kritisch. Er bringt sich erneut in Position, konzentriert sich auf den Stoß, ist kurz davor, sich für eine geeignete Richtung zu entscheiden, als der neben ihm stehende Spieler ihn in eine gewaltige Rauchwolke hüllt, die aus einer Zigarre gespeist wird und ihm einen kräftigen Hustenreiz beschert. Der Allemand hat diese Störung noch nicht überstanden, als er vom Ruf „Hé, Allemand, les touristes!" ereilt wird. Verärgert führt er rasch einen letzten Stoß, den jedoch so heftig und neben die Kugel, dass das Tuch beschädigt wird. „Teufel auch!" Er entfernt sich eilig, ahnt den Zorn der Mitspieler, nimmt den Billardstock mit.

Als er an der Kathedrale ankommt, trägt er immer noch den Queue bei sich, benutzt ihn anfangs bei seiner Führung. Als er die völlig falsche Verwendung bemerkt, versucht er ihn unauffällig loszuwerden und steckt ihn bei der nächsten besten Gelegenheit in ein nahe gelegenes Blumenbeet neben der Kathedrale.

Nachdem die anfänglichen Schwierigkeiten überwunden sind, wird der tägliche Ablauf der Führungen zur Gewohnheit, ja sogar lästig. Anders lässt sich die nachfolgende Szene nicht erklären. Es ist früher Morgen. Das Zimmer des Allemand erhält dadurch Licht, dass Françoise die Vorhänge öffnet. Sie hat den Morgen offensichtlich bereits dazu genutzt, das Frühstück vorzubereiten, und vermutet, dass das Vorhangöffnen den Allemand wecken wird, sieht sich darin jedoch getäuscht. Erst ihr nachgeahmt schneidender Ruf „Hé Allemand, les touristes!" führt zum Erfolg.

„Mein Gott, bist du morgens unsanft!"

„C'est la vie. Ich meine, das Leben ist unsanft. Chéri, lève-toi, steh schon auf! Die Touristenbusse kommen von Mal zu Mal früher."

„Die deutschen."

Er verlässt tatsächlich das Bett, jedoch nur, um einen Blick aus dem Fenster zu werfen und Zigaretten und Streichhölzer zu holen, raucht anschließend im Bett.

„Was ist los?"

„Ich habe es satt."

„Was?"

„Das Touristenführen."

„Das ist stark. Die Saison steckt noch in ihren Anfängen, und du machst schon schlapp! Trage ich daran Schuld?"

„Habe ich gesagt: schlappmachen, Schuld tragen? Ich habe nur von satthaben gesprochen." „Und was willst du stattdessen machen? Die Wand anstarren?"

Sie setzt sich zu ihm.

„Vergiss es! Steh auf! Ich habe den Kaffee gekocht, du könntest Brot besorgen."

„Wenn du meinst."

Er steht auf, geht, kommt mit dem Croissantbeutel der Wirtin zurück. Sie braucht einige Zeit, um die Zusammenhänge zu verstehen, dann weist sie mit der Hand nach unten: „Ihre?"

Er bejaht das wortlos.

„Für den Fall, dass sie kommt: Willst du nicht abschließen?"

Der Allemand schließt nicht ab, hängt stattdessen ein Schild *Bitte nicht stören!* draußen an die Tür, wie es sonst Hotels zur Verfügung stellen. Beide beginnen mit dem Frühstück. Sie ist nach wie vor unzufrieden, dass er der Touristenführungen schon überdrüssig ist.

„Je voudrais bien savoir, ich würde gerne wissen, was in dich gefahren ist, dass du die Touristenführungen satthast. Habe ich jetzt korrekt zitiert?"

„Du warst häufig genug dabei. Leugne nicht, dass du selbst gesagt hast: ,Sie trappeln wie Schafherden den Schäfern hinterher.'"

„Was hat das mit dir zu tun? Lass sie doch Schafe sein!"

„Ich könnte die Texte für Chartres und Reims vertauschen und sie würden es nicht bemerken, sondern ihre Blicke verständig in alle angewiesenen Richtungen lenken."

„Dann sag gar nichts!"

„Sie sind aber gekommen, um sich alles erläutern zu lassen."

„Die Schafe. Das verstehe ich nicht."

„Was?"

„Entweder sie sind nun vertrottelt schafig oder sie sind an Erläuterungen interessiert."

„Sie sind ... beides. Ich meine, die einen sind so, die anderen sind so."

„Was hat das alles mit dir zu tun?"

Er findet es offensichtlich zu schwierig, das zu erklären, schweigt zunächst, unternimmt dann einen erneuten Versuch: „Es macht mich krank."

„Von Krankheit habe ich heute Nacht nichts bemerkt. Krankheit nenn ich was anderes."

„Sieh dir bei den Führungen den alten Georges an, oder besser hör ihn dir an. Heiser ist der bereits. Krächzt wie ein Marabu. Der gehört in den Zoo, nicht in die Kirche."

„Kannst du mir bitte erklären, was das, die Betonung liegt auf das, mit dir zu tun hat?"

„Ich habe es satt. Ich bin kurz davor, krank zu werden."

„Das weißt du schon jetzt."

„Ja."

„Krank woran? Oder sagt man: krank wovon?"

Wieder erkennt der Allemand, dass seine Begründungen nicht weiterführen, schweigt erneut, nimmt dann jedoch einen letzten Anlauf: „Du willst es nicht verstehen."

„Ich kann es nicht verstehen."

„Werde bitte nicht spitzfindig! Besonders nicht in meiner Muttersprache."

„Ich verstehe den Satz nicht, weil ich das Wort nicht kenne - parce que je ne connais pas le mot spitzfindig. Mais je comprends, ich verstehe: Du willst einfach nicht mehr. Aus welchen Gründen auch immer."

Der Allemand beschließt, erst einmal zu schweigen.

Das Frühstück ist beendet.

„Ich habe nicht gesagt, dass ich nicht mehr will, sondern dass ich es satthabe."

„Wenn ich dich richtig verstehe, war das auch spitzfindig. Wo ist der Unterschied? Dass du doch weiterhin Touristen führen wirst? Mach es! Deine Gläubiger werden es dir danken." Einen Neubeginn der Diskussion vermeidet Françoise erfolgreich dadurch, dass sie beginnt, das wenige Geschirr abzuräumen.

„Was machst du mit den Resten?"

„Wie immer."

„Das heißt: aus dem Fenster."

Mittlerweile ist die Wirtin dabei, ihren Hut- und Miederwarenladen zu öffnen. Vor dem Schaufenster betrachtet bereits eine Frau mittleren Alters interessiert die Auslagen. Ihr Mann betrachtet die Auslagen ebenfalls, jedoch weniger interessiert. Da die Wirtin ihren Beutel mit Croissants vermisst, streicht sie um die beiden herum, einem unbestimmten Verdacht folgend. Sie findet jedoch nichts, was auf den Verbleib der Croissants hindeutet und kehrt in ihren Laden zurück, hängt das Schild ins Schaufenster *Mann spricht Deutsch. We speak English.* Dahinter die jeweiligen Nationalflaggen.

„Das ist der Laden!"

Die Frau ist bereits im Begriff einzutreten.

„Ich warte."

Damit gelingt es ihrem Mann, vor der Tür zu bleiben. Von draußen lässt sich beobachten, dass die beiden Frauen Schwierigkeiten haben, sich zu verständigen. Die Kundin zeigt erst auf einen Hut, möchte offensichtlich etwas erläutert haben, zeigt dann auf das Schild *Mann spricht Deutsch.* Die Ladeninhaberin scheint ratlos, die Kundin verärgert, sie will augenscheinlich ihren Mann zu Hilfe holen und macht ihm Handzeichen hinzuzukommen. Er versucht durch vorgetäuschtes Nichtverstehen das zu vermeiden, doch seine Frau bleibt hartnäckig. Er hat den Laden noch nicht betreten, als unmittelbar neben ihm ein Schwall Flüssigkeit niedergeht: der Rest Kaffee, den der Allemand eben aus dem Fenster geschüttet hat. Der Mann, obgleich in die Höhe schauend, begreift nicht, jedoch erkennt die Ladenbesitzerin die Zusammenhänge.

„Un instant, s'il vous plaît, il arrive. Der Mann wird jeden Augenblick kommen."

Sie ruft laut ins Treppenhaus hinein.

„Allemand! Il y a des touristes allemands qui veulent acheter quelque chose. Pouvez-vous venir, s'il vous plaît? Wir haben Kundschaft aus Deutschland. Können Sie bitte kommen?"

Da der Allemand nicht antwortet, beschließt sie hochzugehen, wendet sich an das Ehepaar: „Un instant, s'il vous plaît. Nur noch einen Augenblick, bitte."

„Merci."

Sie klopft oben kräftig an die Tür, kehrt dann zurück.

„Un instant, s'il vous plaît."

Sie rückt einen Stuhl zurecht, auf dem ihre Kundin Platz nehmen soll. Der Mann betrachtet derweil die Bilder des Allemand. Es dauert nicht lange, bis der Allemand kommt. Allerdings ungekämmt, unrasiert, das Hemd ungebügelt, die Hose ausgebeult und somit deutlich kontrastierend zum Äußeren der anderen Anwesenden. Er sieht sich in der Runde um.

„Il y a des Allemands, qui veulent acheter quelque chose, je crois. Dies sind die Deutschen, die, so glaube ich, etwas bei uns kaufen wollen", macht die Wirtin ihn auf die beiden aufmerksam. Der Allemand stellt sich vor, wendet sich an den Ehemann, der nach wie vor die Bilder betrachtet.

„Das linke Bild hat einen Preis von 480 Francs. Aus dem Jahr 1968."

Bevor sich zwischen den beiden ein Gespräch entwickeln kann, klärt die Frau den Allemand auf: „Wir kaufen keine Bilder. Vor allen Dingen nicht von diesen. Von diesem Hut ist die Rede."

Die Besitzerin fürchtet um ihr Geschäft, ihr ist die sich anbahnende gegenseitige Abneigung nicht entgangen.

„Qu'est-ce qu'elle dit? Qu'est-ce qu'elle veut? Hat die Kundin gesagt, was sie will?"

„Un chapeau. Einen Hut."

„Ça c'est ce que j'avais compris moi-même, pour ça je n'ai pas besoin d'un traducteur! Das habe ich selbst schon begriffen, dafür brauche ich keinen Übersetzer!"

„Alors, quel est le problème?"

„Le chapeau. Faites de la réclame pour ce chapeau. Der Hut ist das Problem. Preisen Sie ihn an. Dite qu'il est beau, qu'il est chic, qu'il est de dernier cri. Sagen Sie, dass er schön und schick ist und modisch. Et qu'il est bon marché. Und außerdem nicht teuer."

Die Kundin wendet sich ebenfalls an den Allemand: „Bitte, ich brauche einen Spiegel, ich muss sehen, ob er die richtige Größe hat."

Sie nimmt den Hut, der in seiner Art sehr ähnlich dem ist, den Buster Keaton in seinen Slapstick-Filmen trug, er ist schwarzfarbig.

„Qu'est-ce qu'elle a dit?"

„Qu'elle a besoin d'un mirroir. Dass sie einen Spiegel braucht."

Die Wirtin schafft umgehend einen großen Handspiegel herbei, reicht ihn dem Allemand, der reicht ihn an den Ehemann weiter, der reicht ihn seiner Frau. Seine Frau ist unschlüssig.

„Die Größe ... gibt es diesen Hut größer?"

„Qu'est-ce qu'elle dit?"

„Avez-vous ce truc là plus grand?"

Er zeigt mit den Händen die Größe eines Wagenrades.

„Quoi. C'est le seul que j'ai. Il faut lui expliquer que c'est exactement ça qui est chic. Pas trop grand, pas trop petit. Allez!"

„Die Größe ist nach Ansicht der Geschäftsinhaberin genau richtig: nicht zu groß und nicht zu klein."

„Bien. Mais qu'est-ce que ça veut dire: Geschäftsinhaberin?"

„C'est vous. Damit sind Sie gemeint."

„Ah, oui."

Die Deutsche unterbricht das Zwiegespräch von Verkäuferin und Allemand: „Bedeutet ‚genau richtig', dass er in anderen Größen nicht vorliegt?"

„Qu'est-ce qu'elle dit? Qu'est-ce qu'elle veut?"

„Elle croit que vous n'en avez pas d'autre à offrir. Sie vermutet, dass es keine Auswahl gibt."

„Nous en avons des douzaines. Wir haben davon reichlich", beschwört die Verkäuferin und deutet auf andere, größere, ähnliche Hüte.

„Nein, nein, ich möchte diesen!"

„Il est à vous, Madame! Dann nehmen Sie ihn doch!"

„Nein, nein. Größer! Nicht diesen."

„Comme je l'avais déjà dit. Plus grand", erläutert der Allemand und zeigt wiederum Wagenradgröße an.

In der Zwischenzeit hat sich auch Françoise zu der Gruppe gesellt, begutachtet den Hut, nimmt ihn der Deutschen, die ihn noch unschlüssig festhält und dreht, aus den Händen.

„Warum nehmen wir den Hut nicht? Morgens nimmst du ihn, hältst ihn am Ende der Führungen für das Geld der Touristen bereit, stabil wird er schon sein ..."

Sie biegt den Hut kräftig.

„... und abends nehme ich ihn, wenn wir ausgehen."

Sie setzt sich den Hut auf, sieht in den Handspiegel, den die Deutsche immer noch in den Händen hält. Der Allemand zeigt angesichts dieser Wendung ein gewisses Interesse am Hut. Vor allem, weil sie damit, wie er anmerkt, bezaubernd aussieht.

„Sollten wir tatsächlich erwägen. Passt zu uns eh besser. Et bien, maintenant c'est nous qui voulons acheter ce chapeau. Es könnte sein, dass wir ihn kaufen wollen."

Die Wirtin ist aufgebracht, reißt Françoise den Hut vom Kopf, stülpt ihn der Deutschen über. „L'acheter? Vous? C'est ridicule! Ihr? Kaufen? Vous oubliez vos dettes! Ihr bekommt den nicht, bevor ihr nicht alle alten Schulden beglichen habt!"

Damit bedeutet sie den beiden, besser zu gehen, öffnet die Tür. Sie gehen tatsächlich. Das Ehepaar bleibt ratlos zurück.

Draußen findet Françoise als Erste die Sprache wieder: „Mon Dieu, elle est affreuse comme toujours. Sie ist unerträglich wie immer. Hat sie noch nicht ihr Geld von dir?"

„Nein."

„Ah, deshalb."

Er schweigt zu der Schlussfolgerung, hat hingegen bald ein ganz anderes Problem, erkundigt sich bei Françoise:

„Wohin gehst du, bitte?"

„Zur Kathedrale."

„Zum Beichten?"

„Nein, mit dir. Um sicherzustellen, dass du deinen Pflichten nachkommst. Oder sagt man: Pflichten nachgehen?"

„Beides gleich schlecht. Das ist kommen wie gehen, ich meine, kein Unterschied."

Sie versteht ihn nicht, doch gehen beide Richtung Kathedrale.

Damit habe ich – bereits seit drei Absätzen gegen den Schlaf ankämpfend – das Ende dieser Szenenfolge erreicht. Dass ich beim Versuch des nächtlichen Durchwachens bei der Lektüre in einen Halbschlaf gefallen bin, wird kaum jemanden verwundern, zumindest den nicht, der ähnliches schon versucht hat. Allerdings ergreift mich Panik bei dem Gedanken, mein mangelnder Wachzustand könnte jemanden verleiten, mein Gepäck zu entwenden. Instinktiv fasse ich danach. Der Verlust wäre für mich außerordentlich schmerzlich. Sein Inhalt – die Beerdigungsausstattung – würde dem, der ihn davonträgt, wenig Freude bereiten. Für mich hingegen wäre er sprichwörtlich unersetzlich, da ich nicht glaube, in der Lage zu sein, innerhalb von zwölf Stunden alle für die Trauerfeier und Beerdigung als angemessen erachtete Kleidungsstücke zu ersetzen. Von denen derjenige Fremde, der sie bei Öffnen des Koffers vorfände, bestenfalls denken würde, er halte Theaterrequisiten in den Händen.

In der Annahme, dass unter den gegebenen Umständen weiterlesen – trotz allem – noch die sinnvollste Methode ist, mich vor dem Einschlafen zu bewahren, nehme ich mir das dritte Kapitel des Manuskriptes vor, die *Szenenfolge III*.

Szenenfolge III – Eine junge Deutsche aus der Schar der Touristen interessiert sich für den Allemand

Es ist Sonntagmorgen. Vor der Kathedrale in Chartres sind nur wenige Touristen versammelt. Busse fehlen noch völlig. Am Königsportal der Kathedrale hat sich eine junge Frau eingefunden, die auf jemanden zu warten scheint. Sie lehnt an einem Säulenfuß des Gewändes. Benachbarte Säulenschäfte tragen Heilige, während dort, wo die junge Frau sich anlehnt, eine entsprechende Figur fehlt. Gekleidet ist sie in den Verwitterungsfarben des Kathedralenkalksteins, ihr langes, enggeschnittenes Kleid zeichnet sich durch fließende, dichte Faltenzüge aus, wirkt wie kanelliert und vermittelt den Eindruck, den Gewändern der Säulenheiligen nachgeschneidert zu sein. Ob das Blond ihrer Haare und das Gold ihres Schmucks echt sind, lässt sich bei flüchtiger Betrachtung nicht feststellen.

Eine Gruppe deutscher Touristen versammelt sich vor dem Königsportal, nachdem sie bereits vorher in einiger Entfernung zur Kathedrale Erläuterungen zur Kenntnis genommen hat. Der Allemand betreut die Gruppe. Dass die Führung sich für ihn schwierig gestalten wird, lässt bereits der Umstand erahnen, dass jeder der Zuhörer deutlich sichtbar einen Reiseführer mit sich führt, dessen Themen Chartres und seine Kathedrale sind. Lesezeichen sichern das fortlaufende Folgenkönnen der Führung, wo sie fehlen, sind Finger zwischen die entsprechenden Seiten geklemmt. Die junge Frau, nicht der Gruppe zugehörend, gibt sich teilnahmslos, beobachtet indessen aufmerksam den Allemand. Unter den Touristen ist auch die Frau, die tags zuvor den Hut hatte kaufen wollen. Sie hat ihn tatsächlich gekauft. Sie fühlt sich bei der Führung allein schon durch die Gegenwart des Allemand provoziert.

So kommt ihr Disput mit ihm nicht überraschend.

„Wie gesagt, außerordentlich bedeutsam für die Entwicklung dieser Kathedrale war der Brand von 1194."

„Irren Sie sich nicht? War das nicht 1197? Ich meine, Sie sollten den Führer der französischen Kathedralen zurate ziehen. Der sagt 1197."

„Ich empfehle Ihnen die Archivschrift, die über den Besuch des päpstlichen Legaten Melchior von Pisa berichtet, der im Jahre 1194 in unserer Stadt weilte. Sie sagt, dass 1194 der Brand ausbrach, dass das Mariengewand im Brand verloren geglaubt war, und, im Jahr 1194, dieses den Einwohnern von Chartres vom Klerus wiedergegeben wurde."

„Was hat das mit dem Brand zu tun?"

„Das alles war im Jahr 1194. Ebenso wie der Beschluss, die Kathedrale unverzüglich wiederaufzubauen, im Jahr 1194 gefasst wurde."

Die Gruppe der Touristen wird unruhig, hält den Streit um drei Jahre offenbar für müßig. „Hören Sie, es ist doch völlig unerheblich, ob drei Jahre früher oder später. Hauptsache, es hat gebrannt."

„Mein Gott, wie barbarisch!"

„Wenn Sie es vollständig haben wollen: Gebrannt hat es in der Kathedrale nicht nur 1194, sondern auch in den Jahren 1020, 1030, 1134, 1506 und 1836."

Zu dieser letzten Ausführung des Allemand schweigt die Deutsche. Man kann daraus schließen, dass sie nach Ende der Führung kein Trinkgeld geben wird.

Der Allemand setzt die Führung fort, ergänzt noch rasch, bevor sie in die Kathedrale eintreten: „Wie bereits erwähnt, waren die Säulenheiligen dem fortschreitenden Verfall preisgegeben, sodass sie heute in der Krypta gelagert werden. Sie wurden durch Abgüsse ersetzt. Die Mehrzahl der Figuren ist also kaum älter als die junge Dame dort, von der man glauben möchte, es handele sich um einen soeben gefallenen Engel, um einen von der Säule gefallenen Engel."

Für den Allemand ist die Einführung in den Außenbereich der Kathedrale beendet. Er drängt die Touristen, den Kirchinnenraum zu betreten, zumal sie, vom Allemand erst einmal aufmerksam gemacht, den Vergleich Säulenfigur – junge Frau anstellen und sie ohne zu fragen fotografieren. Sie steht in einem wahren Blitzlichtgewitter, bis endlich alle Touristen das Kircheninnere betreten haben.

Fast unmittelbar nachdem die erste Touristengruppe in der Kathedrale verschwunden ist, trifft eine zweite am Portal ein. Sie wird von einem Führer eingewiesen, der, anders als der Allemand, es mit den Jahreszahlen nicht so genau nimmt und einige verwechselt. Bald gelangt auch er zum Kathedralenbrand: „Ein bedeutendes Jahr für die Kathedrale war das Jahr 1197. Ein Jahr, von dem schon häufiger die Rede war. Es ist das Jahr, in dem der schwerste Brand ausbrach, den die Kathedrale je sah."

Die junge Frau unterbricht ihn: „Irren Sie sich da nicht? War das nicht 1194? Die Archivschrift des päpstlichen Legaten ...", sie stockt kurz, „... ich meine die Archivschrift, die 1194 sagt."

„Ich kenne nur eine Archivschrift, und das ist die, die über den Besuch des päpstlichen Legaten berichtet, der 1197 in Chartres war. Sie berichtet, dass 1197 der Brand ausbrach. Sagen Sie, gehören Sie zu unserer Gruppe? Nicht?"

Mit einer vielsagenden Bewegung beendet er jäh das sich abzeichnende Streitgespräch, wendet sich wieder der Gruppe zu: „Lassen Sie mich noch einige Worte zu den Figuren des

Portals sagen. Zunächst, dass Sie nur zum Teil Originale vor sich sehen."

Die junge Frau ist irritiert wegen der Ähnlichkeit der Vorträge, vermutet, dass man sie erneut einen gefallenen Engel heißen wird, rückt zur Seite. Nicht nur das, sie beschließt vollends zu gehen, sucht das Nordportal auf. Welches bald der vom Allemand geführten Gruppe als Ausgangsportal dient. Der Allemand nutzt die Gelegenheit des Wiedersehens, um bei der Unbekannten Sympathien zurückzugewinnen und bietet ihr eine Kathedralenführung an: „Et bien, pourrais-je vous invitez à visiter la cathédrale, mon ange?"

„Mon ange – das ist schon freundlicher als der gefallene Engel."

„Quoi, vous parlez allemand?"

„Sie können Deutsch mit mir reden."

„Ah, oui."

Aus Anlass dieser kurzen Unterhaltung und um ihr näherzukommen, ist der Allemand einige Stufen der Eingangstreppe hinabgestiegen. Dort hält er, im Gehen und mit einer Hand seitrückwärts die Mütze, in die die Touristen Geld werfen sollen. Diejenigen, die ihre Anerkennung zu zeigen gewillt sind, sehen sich genötigt, ihm zu folgen.

Sobald die Touristen gegangen sind, setzt er die Unterhaltung fort.

„Sind Sie an etwas Besonderem interessiert?"

„An Ihnen."

„An mir ist nichts Besonderes."

„Ich habe auch nicht gesagt, dass ich an etwas Besonderem interessiert sei."

„Auch gut. Wollen wir uns nicht wenigstens setzen? Im Café?"

„Wenn es Ihnen Ihre Einnahmen erlauben, gerne."

„Die dienen anderen Zwecken. Und im Café lasse ich anschreiben. Der Wirt kennt das, ich meine, kennt mich. Das gleiche System wie das der Kreditkarten: bargeldlos."

Sie sind bereits auf dem Weg zum Café, als der Allemand plötzlich innehält.

„Sagen Sie, Sie sind nicht an einem Streit mit mir über die Jahre bestimmter Brände hier interessiert?"

„Das Wissen um Ihre intimen Kenntnisse von Archivschriften würde mich schon davon abhalten."

Sie sind am Kathedralenvorplatz angelangt. Er hält ein Taxi an. Sie steigen ein. Der Fahrer fragt nach etwa 30 Metern Fahrt nach dem Wohin.

„Ici. Arrêtez! Halt an!"

Der Taxifahrer ist zu verblüfft, um nicht zu halten. Sie sind vor dem Café gegenüber der Kathedrale, steigen aus. Erst jetzt begreift der Taxifahrer, schimpft, sieht auf das Taxameter, das noch nicht angelaufen ist. Unbeeindruckt tritt der Allemand in das Innere des Cafés, zieht die junge Deutsche hinter sich her. Der Taxifahrer fährt verärgert ab.

„Ist das auch Teil Ihres bargeldlosen Systems?"

Er schweigt dazu, bestellt zwei Tassen Kaffee.

Der Kaffee wird ihnen vom Wirt gebracht, der sich zunächst, zur Überraschung des Allemand, an seine Begleiterin wendet, um sich zu vergewissern, dass der nun neben ihr sitzende Deutsche in der Tat derjenige ist, den sie gesucht hatte: „Voilà, Mademoiselle. C'est notre peintre allemand. C'est bien celui vous aviez cherché?"

„Oui, c'est bien lui. Das ist er."

„Was heißt das?"

„Ich hatte hier nach einem deutschen Maler gefragt."

„Dann sind Sie zu spät gekommen. Maler bin ich nur im Winter. Was meine Haupttätigkeit ist, haben Sie gesehen."

„Komisch. Und das stehen Sie durch? Ganze Jahreszeiten ohne Malen und Zeichnen?"

„Das wahre Genie würde das sicher nicht. Ich schon. Enttäuscht?"

Sie lächelt nur schwach, beide schweigen, beobachten neu ankommende Touristen.

„Die Frage ist eigentlich nicht, ob ich die Zeit ohne Malen durchstehe, sondern ob ich die Zeit mit Touristen durchstehe."

„Haben Sie schon einmal an einen anderen Lebensstil gedacht?"

„Kennen Sie Georges Mazou? Nicht. Der ist hier Schriftsteller. Zusätzlich hat er es mit Geigenspielen versucht. Das hat ihm so wenig eingebracht, dass seine Geige gepfändet wurde. Als Beispiel für einen anderen Lebensstil."

„Ist das der Erfinder des bargeldlosen Verkehrs à la Chartres?"

„Mag schon sein. Muss man vielleicht aber auch in die Reihe seiner Plagiate einreihen." „Dann ist er wohl mehr Lebenskünstler denn Künstler."

„Mag auch sein."

Mehr kann er zu dieser Einschätzung nicht sagen, da sich der Wirt zu ihnen setzt, sich an ihn wendet: „Tout va bien? Mit allem zufrieden?"

„Oui."

Der Allemand gibt sich wortkarg, fühlt sich offenbar gestört.

„On a eu de la chance, das nenne ich Glück, n'est-ce pas?"

Der Allemand antwortet nicht. Der Wirt betrachtet neugierig den Schmuck am Arm der jungen Deutschen.

„Echt, Mademoiselle?"

Er hebt ihren Arm, um die Armreifen besser prüfen zu können.

„Il est bien fait. Schön gearbeitet."

Damit reicht er den Arm an den Allemand weiter, der etwas ratlos ist.

„Entschuldigung. Hier haben Sie Ihren Arm zurück."

Der Wirt geht, weil er an der Theke benötigt wird. Da er Schwierigkeiten hat, sich einem deutschen Gast verständlich zu machen, ruft er den Allemand herbei. Der geht, lässt die junge Deutsche nur kurz allein, kommt missgestimmt zurück: „Nicht einmal die Getränkekarte mit Café, Tee und Coca Cola können die lesen. Was habe ich die alle satt!"

„Warum geben Sie sich dann mit ihnen ab?"

Er schweigt dazu.

„Wenn Sie ohne die nicht völlig auskommen: Verkleinern Sie doch den Kreis. Drastisch."

„Auf eine Person?"

„Zum Beispiel."

„Die Änderung verdient weiß Gott die Bezeichnung drastisch, über die zu entscheiden Zeit braucht."

„Das ist keine Änderung, sondern ein Angebot."

„Wenn, dann beides."

„Wo und wann fangen wir an?"

„Womit?"

„Mit der Führung."

Er schweigt auch dazu, jedoch lässt sein neugieriges bis wohlgefälliges Betrachten der potenziellen Partnerin darauf schließen, dass er sich mit dem Gedanken vertraut macht.

„Erst entscheide ich und dann mache ich einen Plan."

„Wo fängt der Plan an?"

„Der wahrhaft Kunstinteressierte beginnt in dem Steinbruch, aus dem die Steine für die Kathedrale gebrochen und von dort dann herangeschafft wurden."

„Wo ist das?"

„Nicht weit von hier, nahe Berchères-les-Pierres. Allerdings ziemlich einsam und verlassen."

„Ich wollte nicht verführt werden."

„Gefährlich ist es da schon. Weil gelegentlich gesprengt wird."

Weitere Betrachtungen über dieses Thema kann er nicht anstellen, da François ihn mithilfe des Wirtes gefunden hat. Er winkt dem Allemand mit unübersehbarer Handbewegung zu kommen: „Des touristes. Viens!" Der Allemand bleibt sitzen. Hingegen erheben sich zahlreiche Touristen-Gäste, weil sie sich von François angesprochen fühlen, folgen ihm. Auch noch, als er bereits auf sein Motorrad gestiegen ist und Richtung Kathedrale fährt. Die Touristen eilen gar hinter ihm her. Als er sich umdreht, die Touristen hinter sich sieht, missversteht er die Situation – wie sollte er auch anders –, gibt Gas und fährt, rast fast an der Kathedrale vorbei, sehr zur Verwunderung der Touristen.

Zurückgeblieben sind ein völlig entgeisterter Caféwirt, der nicht weiß, wie er an sein Geld kommen soll, aber immerhin den Ober losgeschickt hat, die Gäste an das Zahlen zu erinnern, und auch der Allemand mit der jungen Deutschen.

„Da haben wir schon die erste Schwierigkeit: Bisher ist alles darauf abgestellt, dass ich Führungen für Gruppen anbiete, die François findet."

„Der Junge?"

„Ja."

Er nimmt die Rechnung, gibt sie wortlos dem Wirt. Zur jungen Deutschen gewandt sagt er: „Wie soll ich das ändern?"

Der Wirt ist sich nicht im Klaren, was das Übergeben der Rechnung zu bedeuten hat: „Quoi, qu'est-ce que ça veut dire?"

„Comme toujours. Wie immer."

„Déjà? Jetzt schon?"

„Oui."

Der Wirt gibt nach, der Allemand und die junge Deutsche gehen, begegnen unweit des Cafés den zurückkehrenden Touristen.

„Sie können den Entschluss natürlich auch noch rückgängig machen. Morgen zum Beispiel." Der Allemand hüllt sich in Schweigen. Sie versteht das als Einverständnis.

„Wo treffen wir uns morgen?"

„Am Westportal."

Er geht Richtung Kathedrale, sie Richtung Stadt.

Der Tag nach Ankunft der jungen Deutschen ist ein Dienstag. Die Kathedrale leidet unter erheblichem Besucherstrom. In ihrem Inneren geht es zu wie in einer Markthalle. Um Sehenswürdigkeiten bilden sich Besuchertrauben wie Käuferansammlungen um Obststände. Die Kathedralenführer bemühen sich, Ordnung in das sich abzeichnende Durcheinander zu bringen, indem sie ihre Gruppen an markanten Stationen im Kircheninneren zusammenstellen. Als geeignet erweisen sich zwei nahe der Kanzel platzierte, freistehende und auffällige stelenartige Fremdkörper, die von Planen verhüllt sind. Besonders Wissbegierige wollen wissen, was sich unter den Planen verbirgt. Der angesprochene Führer erklärt, das nicht zu wissen, er könne aber versichern, dass es sich nicht um Teile des gotischen Kirchenbaus handelt. Die wenig erhellende Auskunft verleitet zum Spekulieren. Nicht verwunderlich, mutmaßt einer der Interessierten, die Plane verdecke ein Versatzstück der Barockzeit, so wie es ihm auch in anderen gotischen Gotteshäusern begegnet sei. Sein Nachbar widerspricht ihm mit dem Hinweis auf Zementreste, die er unter der Plane ausgemacht habe. Dass der Führer keine der Anmerkungen kommentiert, erlaubt den Schluss, dass er und vermutlich auch seine Kollegen nicht sonderlich interessiert waren und sind, der Sache auf den Grund zu gehen. Somit bleibt die Frage nach den mysteriösen Sehenswürdigkeiten, wenn sie denn solche sein sollten, ungeklärt.

Von den Kathedralenführern, die sich nach und nach einfinden, wirken einige sehr engagiert, zumindest gestikulieren sie entsprechend, während es anderen offenbar völlig an Körpersprache mangelt. Ihre Zuhörer sind in der Mehrzahl äußerst willig und aufnahmebereit, wenden ihre ganze Aufmerksamkeit stets dem vom Führer erläuterten Gegenstand zu, wenn auch einige diesen nur durch das Dunkel ihrer Sonnenbrillen wahrnehmen. Dort, wo Gruppen sich zu nahe kommen, die Führer aber dennoch ihre Erläuterungen geben, überlagern sich die Stimmen und Texte, bewirken babylonisches Sprachgewirr oder auch einen nicht mehr entwirrbaren Stimmenkanon.

Durch einen unachtsamen Rückwärtsschritt stößt ein Kathedralenbesucher eine vor der Muttergottes kniend betende Frau derart heftig nach vorne, dass sie sich nur durch rasches Festklammern an der Lehne der Betbank vor dem Vornüberfallen bewahrt. In derselben Gruppe haben sich offensichtlich zwei Jungen gefunden, die sich dadurch Abwechslung verschaffen, dass sie Opferkerzen ausblasen wie Kerzen auf einer Geburtstagstorte. Auch dadurch wird die Andacht einer Einheimischen gestört. In einer anderen Gruppe haben sich so viele Kinder zusammengefunden, dass sie im Seitenschiff vier Pfeiler eines Jochs zum Bäumchen-Wechsel-dich-Spiel nutzen können. Ruhiger geht es da schon bei dem vermutlich japanischen Jungtouristenpaar derselben Gruppe zu, das sich kurz von der Gruppe abgesetzt hat, um sich von einer Landsmännin fotografieren zu lassen. Die beiden posieren vor dem mannshohen Kreuz mit dem leidenden Christus, er links, sie rechts des Kreuzes, Hände haltend. Da sie darauf bestehen, dass das Foto sie beide glücklich lächelnd zeigt, wird die Aufnahme mehrmals wiederholt.

Schließlich versammelt sich eine der Gruppen im Querschiff, um sich von einem Führer die Architektur der Kathedrale erläutern zu lassen. Der Führer zeichnet sich dadurch aus, dass er seine Betonung monoton und falsch an das Ende eines jeden Satzes legt. Auch seine rasche, einförmige Aufzählung architektonischer Details trägt nicht zum besseren Verständnis der baulichen Leistung bei. Sein erläuternd vorgetragener Text ist langatmig: „Betrachten wir, was die Architektur dieser Kathedrale derart bedeutsam macht. Es sind die fehlenden Emporen. Die funktionell ersetzt sind durch Strebebögen. Die Vertikalgliederung in dieser Kathedrale heißt: Arkaden, Triforium, Obergaden. Beachtung verdient, dass das Triforium, eingerahmt durch das Blendmaßwerk, ohne Laufgang ist und dass den Triforiumbögen Vierpässe fehlen. Bemerkenswert das tiefe Hinabreichen der Obergadenfenster. Sie sind nicht beschränkt auf den Raum zwischen Gewölbeansatz und einsetzenden Gewölbekappen, sie reichen bis unter den Ansatz des Gewölbes. Eines Gewölbes, dessen

Grundriss nicht sechsteilig ist, es ist zukunftsweisend quer-rechteckig und vierteilig angelegt. Seine Schildbögen überspannen nicht vier Fenster, sondern zwei. Die Höhe der Obergadenfenster entspricht der der Arkaden. Erwähnens-wert, dass wir keine Maßwerkfenster vor uns haben, die Rose und Lanzettfenster zusammenfassen. Okulus und Lanzett-fenster sind vielmehr durch massive Mauern separiert. Der Übergang von den Schiffen zu Vierung und Chor ist harmo-nisch. Die Vierungsbögen gehen ohne auffallende Kapitelle in die Vierungspfeiler über, ebenso wie die das Mittelschiff tragenden Pfeiler ohne betonte Kapitelle sind. Herausge-hoben sind Dienste und Rippen. Nähere Betrachtung der Pfeiler des Schiffes zeigt, dass sie einem Wechsel der Formen unterliegen. Kantonierte Pfeiler wechseln von rundem Kern mit achteckigen Diensten zu achteckigem, mit vorgelegtem Dienst. Richtungsweisend ist die konstruktive Lösung der Probleme, die die Größe dieser Kathedrale hervorriefen. Der Schub der Gewölbe wird jeweils auf Strebepfeiler und zwei miteinander durch radial gestellte Säulen verbundene Strebe-bögen nach außen abgeleitet. Gurtbögen eines Joches korrespondieren mit jeweiligen Strebepfeilern, Rippen wer-den in dieser Anordnung nach Art der tas-de-charge in die Wand eingefügt."

Damit enden die Erläuterungen. Ob das ihr vorgesehenes Ende ist oder ob es erzwungen wurde, ist nicht erkennbar, da seit einigen Minuten eine andere Touristengruppe nach-drängt und schließlich die erste Gruppe weiterschiebt. Erneut erläutert ein Führer die Architektur. Es ist derjenige, der schon eingangs durch die falsche Jahreszahlenangabe aufge-fallen war. Auch jetzt zeigt er sich nicht immer richtig infor-miert, kürzt den Standardtext, verwechselt Details, stellt falsche Bezüge her und richtet gelegentlich mit Handbewegungen die Aufmerksamkeit seiner Zuhörer auf andere bauliche Besonderheiten, als auf die, mit denen sich sein Text befasst. Gegen Ende seiner Erläuterungen bedrängt bereits die nächste Gruppe die Zuhörer, deren Führer durch Heiserkeit darin behindert ist, seiner kunstinteressierten Gefolgschaft die Großartigkeit der Kathedrale zu vermitteln. Nur mit Mühe kann er sich verständlich machen. Sein Text ist mit dem identisch, den der erste Führer vorgetragen hatte. Des heiseren Führers begleitende Gesten erinnern mehr an diejenigen einer Stewardess, die zu Flugbeginn den Passagieren mit Handbewegungen vorführt wo Atemmasken untergebracht sind und wo Notausgänge zu finden sind, als dass sie dem Gegenstand der Erläuterungen gerecht werden. Der heisere Führer ist auf einen Stuhl gestiegen, geht auf der Stuhlreihe hin und her. Nicht wenige seiner Zuhörer achten mehr darauf, ob er einen Fehltritt tut, als seinen Erklärungen zu folgen.

Allzu weit ist der heisere Führer mit seinem Text noch nicht gekommen, als bereits der Allemand mit seiner Gruppe nachdrängt. Diese Position hatte er sich gewissermaßen erkämpft: ein Kabelbündel, über den Boden von Seiten- und Mittelschiff verlegt, hätte Übereifrige zu Fall bringen können, hätte der Allemand nicht an dieser Stelle zur Vorsicht gemahnt. Die Kabel waren, sicher nicht regelgerecht und kaum geschützt, bis zu einer Säule geführt worden, dann dort hinauf zum Kapitell, wo sie sich, unordentlich verknotet, verloren. Da der Allemand bemerkt hatte, dass einige Gruppenmitglieder ungläubig hochschauend an der Säule verharrten wie vor einer Sehenswürdigkeit, hatte er sie gedrängt, sich nicht ablenken zu lassen, sondern weiterzugehen.

Erklärungen gab er keine ab, vermittelte eher den Eindruck, dass auch er nicht wusste, wozu die Kabelstränge dienten. Oder dass sie ihn nicht wirklich interessierten.

Angesichts des Gedränges im Mittelschiff beschließt der Allemand alsbald, einen neuen Standort zu suchen, von dem aus die Fensterrosen gut betrachtet und erläutert werden können. Da jedoch schon bald eine andere Gruppe naht, zieht er gleich zur nächsten Sehenswürdigkeit weiter. Auch hier hält es ihn nicht lange, denn eine französischsprachige Gruppe, die bislang hinter ihnen war, ist im Begriff sie zu überholen. Er bricht seinen Text ab und führt seine Zuhörer an beiden Gruppen vorbei. All das spielt sich in Seitenschiff und Chorgang ab, die dadurch mehr einem Rundkurs für Fahrradrennen denn der Andacht dienenden Räumen gleichen. Natürlich ist den anderen Führern das Vorgehen des Allemand nicht entgangen, sie werden unruhig und gehen ebenfalls zu einer gedrängten Form der Führung über. Einer von ihnen trägt seine Erläuterungen gar nur noch im Gehen vor. Der zunächst verdeckte, bald aber offene Wettlauf der Führer und ihrer Gruppen endet an der Eingangstür zur Krypta. Dem Allemand ist es gelungen, seiner Gruppe als Erster den Zugang zur Krypta zu sichern, da er sie zum Schluss dazu bewegen konnte, gleichsam in einen Laufschritt überzugehen. Bei Herannahen der nachfolgenden Gruppe schiebt er entschlossen die Nachzügler seiner Gruppe durch den Eingang zur Krypta. Er ist erschöpft, übergibt die Führung in der Krypta dem dort zuständigen, von der Kirche eingestellten Experten.

Der Allemand legt eine Verschnaufpause ein. Dann bahnt er sich einen Weg durch die Besuchergruppen in Richtung Westportal. Kommt kaum vorwärts, so als bewegte er sich flussaufwärts gegen den Strom. Bemerkenswert sein Desinteresse an Vorgängen um ihn herum. Dass er ein an eine Säule gelehntes Gerüst umrunden muss, scheint er nicht zu bemerken oder nicht zur Kenntnis nehmen zu wollen. Auch nicht die völlig deplatzierten Absperrgitter auf seinem Weg nach draußen, die zwei Jugendliche wie Hürdenläufer zu überwinden versuchen.

So hektisch, wie es in der Kathedrale war, geht es vor dem Westportal nicht zu. Dennoch sind sich auch hier Touristen gegenseitig im Weg, zum Beispiel beim Fotografieren. Jetzt wartet dort, wie am Vortag verabredet und erneut wie ein Portalengel gewandet, die junge Deutsche auf den Allemand. Währenddessen verlässt ein Paar die Kathedrale durch das Westportal. Beide zeigen Interesse an dessen reichhaltigem Figurenschmuck, suchen jemanden, der sie davor fotografiert. Sie bitten die junge Deutsche darum. Die stimmt zu. Sie legt den Bildausschnitt fest, macht dann allerdings den Vorschlag, dass die Frau zwei Stufen höher tritt, während er stehen bleiben möge – sie ist deutlich kleiner. Die Fotografin vermeint so, den Größenunterschied ausgleichen zu können. Die Frau lehnt empört ab, drängt ihren Begleiter, ohne Foto mit ihr zu gehen. Fast vergessen sie, den Fotoapparat zurückzunehmen. Unterdessen ist auch der Allemand eingetroffen, begrüßt die junge Deutsche, ist jedoch sonst nicht sehr gesprächig. Die junge Frau macht ihm klar, dass sie schon länger wartet: „Mir schwirrt es im Kopf. Immer wieder Archivolten, Tympana, Gewände, Trumeaupfeiler, Säulen und Mandorlen."

„Da haben Sie beisammen, was bei einem Portal so alles möglich ist."

„Jeden Tag Archivolten würden mich krank machen."

„Sag ich doch."

„Und doch konnten Sie sich gestern nicht recht entschließen, sich von Ihren Touristen zu lösen."

Sie schweigen wieder, dann sucht sie erneut das Gespräch –

Hier endet abrupt meine Lektüre. Was auch immer die junge Deutsche sagen mag, in den nächsten zwanzig Minuten werde ich es nicht erfahren. Denn die Lautsprecher im gesamten Bereich des Bahnhofs Montparnasse lähmen jede Art von Tätigkeit durch ihren durchdringenden, beinahe drohenden Aufruf an alle Bahnreisenden mit Ziel Chartres. Die Durchsage wiederholt mehrfach, dass der Zug Richtung Chartres vom Bahnsteig 2 statt vom Bahnsteig 5 abfahre, in wenigen Minuten. Der Aufruf paralysiert mich gewissermaßen, war es mir doch völlig entgangen, dass von der Bahn Änderungen angekündigt waren. So trifft mich der Aufruf, mich zur Abfahrt einzufinden, völlig unvorbereitet – ich hatte das Gefühl für Zeit und Ort gewissermaßen verloren. Geschuldet dem Text, der mich, wie man so sagt, völlig vereinnahmt hatte.

Hastig klemme ich mir meine Reiselektüre unter den linken Arm, ungeordnet und ständig Gefahr laufend, dass ich einen Teil verliere, ergreife mit der rechten Hand meine zwei Gepäckstücke und stolpere mehr als dass ich eile zum vorgegebenen Bahnsteig. Gottlob bin ich nicht der einzige verspätete Fahrgast. Diejenigen, die dasselbe Problem wie ich haben, sind, wen wundert es, die Tablet-Benutzer, die wohl auch alles, was sich um sie herum ereignete, nicht wahrgenommen haben. Da wir zu dritt sind, die den Zug noch verspätet erreichen wollen, sind wir für den Zugbegleiter nicht zu übersehen. Der hält uns gar die Abteiltür offen. Ich glaube, mich gebührend bedanken zu müssen. Wenn auch mein Vokabular für solche Fälle sich sehr bescheiden ausnimmt.

Kapitel 2

Eine halbe Nacht in einem Wartesaal verbracht und auf den nächsten fahrplanmäßigen Zug gewartet zu haben, diesen dann aber zu verpassen – das wäre komödienreif gewesen, hätte ein spaßiger Einfall meines verstorbenen Freundes sein können. Einzureihen in die Slapsticks, mit denen er sein Manuskript bereichert hat. Nun ist der Fall nicht eingetreten – gesetzt den Fall, dass ich im richtigen Zug sitze. Im Text meines Freundes hätte die Variante, dass der Protagonist auf den falschen Zug aufgesprungen ist, sicherlich auch noch Verwendung gefunden. Indessen versichert mir ein Mitreisender, dass unser Zug nach Chartres fährt. Es ist also noch alles im Plan. Lediglich bin ich außer Atem geraten, verzeichne erhöhte Pulsfrequenz. Dass durch meinen fluchtartigen Aufbruch das säuberlich geordnete Manuskript zur ungeordneten Loseblattsammlung wurde, ist eine eher unbedeutende Begleiterscheinung. Ich beschließe, simultan Ordnung in die Blättersammlung zu bringen und zu lesen.

Warum dieser Leseeifer, gepaart schon fast mit Hektik? Anlässlich der Rechtfertigung meines plötzlichen Urlaubsantrages hatte der verantwortliche Redakteur, den ich um Zustimmung des Antrags gebeten hatte, mich wohlmeinend darauf hingewiesen, dass ich unter den Umständen damit rechnen müsse, auch um Worte des Abschieds vor, während oder nach dem Beerdigungszeremoniell gebeten zu werden. Darauf solle ich mich klugerweise vorbereiten. Das schien mir zunächst wirklichkeitsfremd. In welcher Sprache denn dann? Auf Deutsch? Wohl kaum. Und meine Fähigkeit, einen Epilog geschweige denn eine Trauerrede zu halten, in französischer Sprache, unter Verwendung eines dem Anlass angemessenen Vokabulars, wäre sehr eingeschränkt. Nach längerem Nachdenken jedoch war ich zu der Überzeugung gelangt, dass ich doch gut beraten sei das einzuplanen. Persönlichkeiten, die herausragen, erfahren auch bei uns mehrfache Würdigung. Also, wenn der Fall eintreten sollte, müsste ich natürlich alles, hier ist ein Ausrufungszeichen zu setzen, über den Freund wissen. Dieses alles glaube ich in seinem Text zu finden. Ich bin bemüht, bis zur Stunde der Beerdigung den Text gelesen zu haben und mein so posthum gewonnenes Wissen einbringen zu können.

Also lese und ordne ich weiter. Die Landschaften ziehen am Abteilfenster vorbei, bieten ständig wechselnde Szenarien. Ich aber mache mich vertraut mit den Begebenheiten im Chartres der Sechzigerjahre.

Der Wiedereintritt in den Text ist nicht allzu schwierig. Meine Lektüre endete im letzten Absatz vor der vierten Szenenfolge. Erinnerlich ist mir zudem, dass die junge Deutsche das Gespräch suchte. Was das Inhaltliche betrifft, habe ich Probleme, aber warum sollte es mir besser ergehen als denjenigen Literaturbeflissenen, die sich wochenlang mithilfe ihrer Tageszeitung den Inhalt eines ganzen Romans erschließen und jeden Morgen sich erinnern müssen, was der Vortagstext beinhaltete. Also weiter im Text.

„Was machen wir?"

„Uns von den Touristen erholen."

„Und danach? Was machen wir, nachdem wir uns von den Touristen erholt haben? Was haben Sie mit dem Motoradler, mit François, vereinbart?"

„Nichts. Wenn er mich nicht findet, bin ich nicht da. Ich meine, dann kann ich halt nicht führen."

„Hoffentlich. Vergessen Sie nicht, dass jetzt Einzelführung angesagt ist."

Sie gehen in Richtung des Cafés auf dem Kathedralenvorplatz, geraten dabei in eine Menschengruppe.

Damit habe ich das Ende des Kapitels erreicht. Es gibt keinen Grund, nicht unmittelbar die Lektüre fortzusetzen. Ich nehme mir also des Freundes *Szenenfolge IV* vor.

Szenenfolge IV – Das Interesse des Allemand gilt nur noch der vermeintlichen deutschen Touristin

Am dritten Tag nach Ankunft der jungen Frau in Chartres haben sich beide auf das Du verständigt, und die junge Frau hat sich als Deutsche mit Namen Allma zu erkennen gegeben. Und nicht nur das, sie haben sich auch schon auf den Weg gemacht, den Steinbruch aufzusuchen, in dem das Baumaterial für die Kathedrale gewonnen wurde. Sie sind mit Fahrrädern unterwegs, auf einer der napoleonischen Straßen, die erbarmungslos jeden Hügel hinaufführen, anstatt seitlich an ihm vorbeizuleiten. Das ist beschwerlich für Radfahrende. Sie hat Schwierigkeiten, ihm, der vorausfährt, zu folgen, ruft ihm hinterher. Er hört nicht.

„Können wir nicht umkehren?"

Sie erhält keine Antwort.

„Möchte wissen, warum wir das Fahrrad benutzen, um zu dem Steinbruch zu gelangen."

Sie erhält wieder keine Antwort.

„Einsam, wenn du das brauchst, ist es auch hier schon. Eine Steigerung gibt es nicht."

Erneut bleibt ihr Kommentar unbeantwortet.

„Du wirst nicht behaupten, dass uns das näher bringt."

Dieser Hinweis veranlasst den Allemand, auf sie zu warten. Er fährt nun dicht vor ihr her, bremst ab, versucht, als sie an ihm vorbeifährt, sie anzuschieben, dann sie zu ziehen, indem er ihren Arm fasst. Das geht gründlich schief, beide verlieren das Gleichgewicht und finden sich zwischen den Fahrrädern im Straßengraben wieder.

„Ich meinte, nicht uns einander näherbringt, sondern dem Steinbruch."

Er bemerkt, dass sie einige Schrammen davongetragen hat.

„Hatte ich auch so verstanden. Entschuldige meine Toll-patschigkeit – ein Wort aus meiner Jugendzeit."

Seine Entschuldigung bleibt ohne Antwort.

„Wie kann ich das wiedergutmachen?"

„Soll heißen?"

„Ich dachte, das wäre eine typisch deutsche Vokabel. Als ich in Deutschland lebte, gab es ein Wiedergutmachungs-programm zum Abtragen der Schuld, die die Deutschen auf sich geladen hatten während der Herrschaft des National-sozialismus."

„Das ist mir zu politisch. Lass es! Aber ich werde mir überlegen, was eine sinnvolle, unpolitische Entschuldigungs-geste ist."

„Wenn du gewillt wärest, dich den Umgangsformen deines Gastlandes anzupassen, wäre die Geste vorgegeben."

„Und die wäre?"

„Eine Zärtlichkeit zu akzeptieren."

„Warum küsst du nicht deine Kalksteinengel?"

Sie steht auf, entstaubt ihre Kleidung und versucht den Lenker ihres Rades zurechtzurücken. Das gelingt ihr nicht.

„Darf ich dich bitten, unser Duzen nicht als Beginn eines Austausches von Vertraulichkeiten misszuverstehen und davon keine Besitzansprüche abzuleiten?"

„Aber bei Allma darf ich bleiben?"

Darf er.

Das missglückte Überholmanöver und seine Folgen wurden von einem Traktorfahrer in Gänze und mit Schadenfreude beobachtet. Dabei gerät er selbst von der Straße ab, kann das Abgleiten in den Straßengraben jedoch noch vermeiden. Der Allemand indessen macht die Fahrräder wieder fahrtüchtig, stellt sie dann gegeneinander.

„Fotografieren wollten wir auch. Willst du nicht mal auf dem Feld posieren? Du im Vordergrund, fruchtbares Ackerland im Hintergrund."

„Wenn du die Assoziation sinnvoll findest, meinetwegen."

Sie begibt sich, ständig neben der Ackerfurche balancierend, mehrere Zehnermeter auf das angrenzende Feld. Das erregt die Aufmerksamkeit einiger Bauern. Einer, der mit Pferden pflügt, beobachtet ausdauernd das Treiben der beiden, verfehlt dabei die Furche. Als er das schließlich bemerkt, bedeutet das Hiebe für die Pferde.

Während der Allemand sich bemüht, Fotos gemäß seinen Vorstellungen zu machen, fährt auf der Straße ein Bus mit Touristen vorbei. Sowie der Fahrer den Allemand fotografieren sieht, bremst er ab, vermutet wohl einen sehenswürdigen Fernblick. Viele Businsassen greifen bereits zu ihren Fotoapparaten, da aber dann doch nichts auszumachen ist, wie etwa die Türme der Kathedrale von Chartres, nimmt der Busfahrer die Fahrt wieder auf. Allma drängt, diese Art von Modeling zu beenden: „Und jetzt?"

„Die lass ich entwickeln, könnten dann Vorlagen für ein Bild werden. Meine Abwandlung der Freiluftmalerei."

„Kenne ich so nicht, aber immerhin bist du gedanklich nicht nur bei den Touristen, sondern auch bei deiner Malerei."

Beide gehen zu den Fahrrädern zurück. Sie nimmt Erde hoch, schnuppert: „Ich mag den Duft."

„Ich hasse Blut-und-Boden-Romantik."

„Den Gedankensprung verstehe ich nicht."

„Macht auch nichts. Liegt ja gottlob schon lange zurück."

Da sie nach wie vor nicht versteht, gehen sie schweigend. Er nutzt die Gelegenheiten, bei denen sie auf dem unebenen Acker seine Hilfe braucht, zu Zärtlichkeiten.

„Das ist bereits der dritte Versuch einer Entschuldigung – im Sinne meines Gastgeberlandes."

Eine weitere Klärung in dieser Sache ist nicht möglich, denn jäh werden Stille und Harmonie dadurch gestört, dass Motorradlärm aus dem Tal hochdringt. Der Allemand begreift schneller als sie, reißt sie mit sich zu den Fahrrädern. Einen Augenblick ist er unschlüssig, in welche Richtung sie fahren sollen, entscheidet sich dann für talwärts. Sie versteht das nicht, folgt jedoch. Nach kurzer Fahrt haben sie den Reisebus erreicht, der am Straßenrand gehalten hat und dessen Fahrer den Insassen die Möglichkeit einer Pause gegeben hat. Rasch stellen sie ihre Räder an einem Straßenbaum ab, mischen sich unter die Gruppe der Touristen. François rast mit seinem Motorrad an ihnen vorbei. Beide sind außerordentlich befriedigt. Jedoch nur für kurze Dauer, denn einerseits kehrt François auf der Anhöhe um, und andererseits steigen die Touristen wieder in den Bus. Sie beschließen, auch in den Bus

einzusteigen, müssen die Fahrräder herrenlos am Straßenrand zurücklassen und fahren inmitten der Touristen nach
Chartres zurück.

Nach dem missglückten Versuch des Allemand, Allma die
Bausteine der Kathedrale vor Ort zu zeigen und seiner Rolle
als Führer gerecht zu werden, hat der Allemand offensichtlich
alle weiteren Versuche dieser Art aufgegeben. Wir finden
beide in seinem Zimmer wieder. Es ist Abend. Der Allemand
hat ihr gezeigt, wie er wohnt. Sie scheint sich für seine Bilder
interessiert zu haben. Darauf deutet, dass eine Anzahl Bilder,
die der Allemand noch vor wenigen Tagen erst verstaut hatte,
wieder hervorgeholt worden sind, und dass ein Bilderstapel
die Mitte des Zimmers einnimmt. Eines der Bilder hat ihr
besonderes Interesse gefunden, es ist die Darstellung der
Lilien in der freien Natur.
„Erstaunlich! Das Datum besagt, du hast es in diesen Tagen
vollendet. Also doch nicht nur Fremdenführer. Auch noch
Künstler."
„Zeig her! Dann habe ich mich verschrieben. Das Bild ist älter.
Alle mochten und lobten die Lilien, aber mit niemandem sind
sie mitgegangen. Lilientreue. Sollte mich nicht wundern,
wenn sie mich bis zu meinem Grab begleiten, keinen Käufer
finden."
Mit den Worten, denen Allma nicht unmittelbar einen Sinn
zuordnen kann, nimmt er ihr das Bild aus den Händen, legt
es zurück zu den anderen.
„Abgesehen davon und wenn überhaupt, dann ist mein
gegenwärtiges künstlerisches Interesse auf die Porträtmalerei
beschränkt."

Der Allemand setzt sich auf einen der Stühle, ergreift ein Bildoriginal, legt dieses und eine Unterlage auf seine Knie und beginnt es mit einem Kreidestift zu übermalen. Das Bild zeigt den Kalksteinengel eines Kathedralenportals.

„Stell dich so, wie der auch steht!"

„Wie steht der denn?"

„Gerade."

„Und weiter?"

„Nichts weiter. Engel stehen so."

„Und wie lange stehen Engel so ... gerade? Ich meine, wie lange soll ich gerade stehen?"

„Das kommt darauf an, wie still du stehst."

Er übermalt das Bild, verleiht dem Engel ihre Haarfarbe, Form der Augen, Nase und Lippen.

„Das ist ein eigenartiger Malstil. Ist das Kunst? Ich war immer der Meinung, dass sich das Abbild nach der Natur richtet. Bei dir ist es umgekehrt, da muss sich die Natur nach dem Abbild richten."

„Meinst du dich, wenn du von Natur sprichst?"

„Ja."

„Um die Verwirrung noch zu steigern, kann ich die Natur ja auch noch ändern."

Er nimmt ihre Haare, versucht sie anders zu legen, das ist schwierig. Dabei werden mit zunehmender Dauer seiner Versuche seine Handbewegungen zärtlicher. Alle weiteren Pläne, die er für den Abend möglicherweise hatte, muss er jedoch aufgeben, da unvermittelt Lärm auf der Straße entsteht, verursacht von François, der mit dem Motorrad vorfährt, mehrmals hupt, weil sich der Allemand nicht am Fenster zeigt, und aufjaulend Zwischengas gibt. Viele

Nachbarn machen Licht, öffnen auch bedrohlich die Fenster. Beim Allemand rührt sich nichts.

„Hé, Allemand! Viens vite, la police! Die Polizei fragt nach dir. Du solltest kommen!"

„Teufel auch, ich muss zu ihm! Bleib bitte, bis ich zurück bin. Es kann nicht lange dauern, für mehr als eine Stunde strenger Befragung taugen meine Verfehlungen nicht."

Er hastet die Treppe hinab, schwingt sich auf den Beifahrersitz, sie fahren davon. Der Allemand auf dem Rücksitz gestikuliert wild.

François und der Allemand halten vor dem Gebäude des Commissariat de Police, das schwach beleuchtet ist, während die umliegenden Häuser schon im Dunkel liegen.

„Was hast du gesagt, soll ich hier?"

„Übersetzen."

„Was?"

„Allemand – Français, Français – Allemand."

„Bist du bei Sinnen? Und deswegen holst du mich nachts aus dem Bett?"

„Ich nicht. Die Polizei."

„Dann sind die nicht bei Sinnen. Übersetzen! Als gäbe es keine Nachtruhe. Und was soll ich übersetzen? Wenn da ein betrunkener Deutscher arretiert worden ist und nur lallt, verstehe ich den auch nicht."

„Die haben gesagt: Diebstahl, Diebstahl an Deutschen."

Weitere Diskussionen sind nicht möglich, da ein Gendarm sie hereinbittet. Der Allemand tritt dort ins Licht, farbverschmiert. Im hinteren Teil der Polizeistube wartet die Deutsche, ausgewählt gekleidet, in nicht zu übersehendem Kontrast zu seinem Äußeren. Es ist die Dame, die schon im Hut- und Miederwarenladen seine Übersetzungshilfe in

Anspruch hatte nehmen müssen. Sie ist wieder mit ihrem Mann. Beider Passdaten werden soeben aufgenommen, mit Schreibmaschine getippt. Er ist unzufrieden: „Hoffentlich geht das gut. Ohne Umlaut! Selbst ein einfacher Name wie Müller wird hier zum Problem!"

„Red nicht, die besorgen uns einen Übersetzer."

„Gegen Umlaute hilft auch kein Übersetzer."

Sie bemerkt plötzlich den Allemand, ist bereits nicht mehr so sehr von der Nützlichkeit eines Übersetzers überzeugt: „Sie schon wieder!"

„Ja."

„Gibt es in Chartres keinen anderen Übersetzer?"

„Est-ce qu'il n'y a pas d'autres traducteurs à Chartres, dis? Fragt euch die Dame aus Deutschland", erklärt der Allemand einem der Gendarmen. Hat also mit dem Übersetzen bereits begonnen.

„Quoi? Qu'est-ce qu'elle veut? Qu'est-ce qu'elle s'imagine? Chercher en pleine nuit le meilleur traducteur de Chartres? Pourquoi? Pour une montre? Was will sie? Stellt sie sich vor, wir suchen mitten in der Nacht den besten Übersetzer der Stadt? Wozu? Für eine Uhr? Elle est folle! Übersetze ihr das, wie du willst, aber mach ihr klar, dass hier unsere Regeln gelten."

„Er sagt, es gibt durchaus noch andere Übersetzer, aber keinen besseren."

Mit dieser Antwort hat der Allemand die Deutsche für Augenblicke zum Schweigen gebracht, gewinnt Zeit, mit den Gendarmen zu sprechen. Er handelt offenbar eine Gebühr für das Übersetzen aus, das wird durch Handbewegungen deutlich, die an Geldzählen erinnern. Doch die Deutsche und ihr Mann begreifen nicht. Anschließend entwickelt sich ein

Dreiergespräch zwischen einem der Gendarmen, dem Allemand und der Bestohlenen, das nur zweimal vom Protokollführer und einmal vom Ehemann der Deutschen unterbrochen wird. Zunächst wendet der Gendarm sich an den Allemand: „Enfin, est-ce qu'elle va nous la donner la description de sa fameuse montre? Demande le à madame!"

„Können Sie die Uhr beschreiben?"

„Allerdings. Alt war sie vor allen Dingen."

„Une montre ancienne."

„Kürzlich war ihr Alter auf fast einhundert Jahre geschätzt worden. Gekauft im Großen Basar von Istanbul."

„Mon Dieu, c'est une vraie Mathusalem. Achetée à Constantinople, sur un marché local."

„La description, s'il vous plaît, la description!"

„Die Beschreibung, bitte, die Beschreibung!"

„Es handelt sich um ein Erbstück. Nicht um irgendeine Uhr!"

„Qu'est-ce que c'est: Erbstuck? C'est la description? Was ist Erbstück? Die Beschreibung?"

„D'une façon oui. In irgendeiner Weise schon. Wie gesagt: alt. Aus dem neunzehnten Jahrhundert. Comme je le disais: vieille. Du dix-neuvième siècle."

Hier hat der Protokollführer erstmals Schwierigkeiten, nicht einzugreifen: „Chef, qu'est-ce que j'écris comme description?"

„Was soll er nun als Beschreibung der Uhr einsetzen?"

Jetzt unterbricht der Ehemann der Deutschen, wird seinerseits von ihr unterbrochen: „Gehäuse, Zifferblatt, Zeiger … alles alt, sehr alt."

„Ecrivez: une montre comme une montre qui est ancienne. C'est tout. Schreiben Sie: eine Uhr, die wie eine Uhr aussieht, die alt ist."

Der Gendarm ist des Hin und Her überdrüssig, er schließt seine Akte: „J'ai l'impression qu'il nous faudra continuer demain. Comme madame n'a plus de montre, il me semble que madame ne s'est pas rendue compte de l'heure qu'il est."
Erleichtert lässt auch der Protokollführer seine Schreibmaschine einrasten, mit dem Kommentar: „Fini!"
Die Deutsche ist irritiert: „Was soll das heißen?"
Der Allemand glaubt, seine Übersetzerfunktion auch weiterhin wahrnehmen zu müssen: „Er hat den Eindruck, dass wir besser morgen in der Sache fortfahren. Sie, gnädige Frau, scheinen sich nicht bewusst zu sein, welche Uhrzeit ist, weil Sie keine Uhr mehr haben."
„Das, das ist … das ist hoffentlich nicht der Spott nach dem Schaden!"
„Soll ich das übersetzen?"
„Machen Sie, was Sie wollen!"
Sie holt ihren Ehemann hinzu, aus ihrem Disput mit dem Allemand wird ein Dreiergespräch, während der Gendarm und sein Protokollführer ihre Unterlagen ordnen und wegschließen.
„Morgen fortfahren! Der Dieb wird Ihnen dafür dankbar sein, und morgen über alle Berge sein."
„Ich halte es für unwahrscheinlich, dass ein Dieb Ihrer Uhr wegen angereist ist und heute Nacht wieder abreist."
„Wollen Sie damit sagen, der Dieb stammt aus Chartres?"
Der Gendarm unterbricht das Dreiergespräch: „Alors. Nous y allons? Madame, ça fait quarante Francs, s'il vous plaît."
„Was heißt das?"
„Dass er Sie bittet, vierzig Francs zu zahlen."
„Geld? Wieso? Wofür?"

„Elle ne veut pas payer? Will sie nicht zahlen? Tu n'as qu'à lui dire que c'est pour toi, non? Du solltest ihr sagen, dass das dein Honorar ist."

„Eine Übersetzung kostet schließlich Geld."

„Das geht zu weit. Alles Räuber! Alles Banditen!"

„Soll ich das übersetzen?"

„Machen Sie, was Sie wollen! Aber wenn Sie es übersetzen, machen Sie es auf Ihre eigene Rechnung."

Das deutsche Ehepaar geht empört, lässt einen ratlosen Gendarmen zurück.

„Ich hole sie zurück. Sie sollen zahlen."

Der Allemand macht ihm klar, dass er darauf verzichten soll.

„Wieso? Hast du nicht Geld von uns für das Übersetzen gefordert? Das muss von denen kommen!"

„Schon richtig. Aber die Übersetzung war ... streckenweise nicht wörtlich. Das kostet dann nichts."

Der Gendarm ist verunsichert, er beginnt aber bald zu begreifen. Alle gehen.

Vor der Tür wartet immer noch François. Sie fahren zurück. Die Verabschiedung ist kurz: „Uns sind heute sechs Busse entgangen."

„Ich weiß."

„Wie das?"

Der Allemand überlegt einen Augenblick, ob er darauf antworten soll, unterlässt es schließlich, geht eilig. Sehr zur Verwunderung von François.

Seine Einzimmerwohnung findet der Allemand leer vor, die junge Deutsche ist gegangen. Stattdessen nur die Mitteilung auf einem schmalen Zettel: *Das Bild gefällt mir nach eingehen-*

derer Betrachtung doch. Ich habe es an mich genommen. Bis zum
nächsten Mal(en). Gruß Allma

Der Allemand weiß das Wortspiel nicht recht zu deuten,
schwankt noch zwischen Zuversicht und Zweifel: „Sehr
sinnig. Es wäre aber, liebe Allma, hilfreicher gewesen, wenn
du geschrieben hättest, wann das nächste Mal sein soll." Und
muss feststellen, dass auch das Postskriptum auf der
Rückseite des Zettels ihm in der Beantwortung seiner Frage
nicht weiterhilft: *Beim nächsten Mal wirst du mir sicherlich*
erklären, wer Françoise ist.

Gemeinhin würde solch eine Aufforderung den Adressaten
beunruhigen und ihn veranlassen, schon im Vorfeld nach
Ausflüchten oder Erklärungen zu suchen. Der Allemand
hingegen sucht zunächst nur nach der Erklärung, was seine
Beziehung zu Françoise so offensichtlich dokumentiert haben
könnte, dass sie der jungen Deutschen mit Namen Allma
auffallen musste. Er findet sie umgehend: Offensichtlich hat
Allma während seiner Abwesenheit Ordnung in den
Bilderstapel inmitten seines Zimmers gebracht und also
bemerkt, dass es zwei Porträts von Françoise gibt, von
anderen – meist namenlosen – Damen jedoch nur eines.

Am nachfolgenden Tag ist der Allemand erneut mit Allma
verabredet. Für François heißt das, dass er ihn suchen muss,
sobald Touristenbusse eintreffen. Er hat sein Motorrad vor
dem Café am Kathedralenvorplatz abgestellt, wartet drinnen
auf die Ankunft der Busse. Die Wartezeit vertreibt er sich mit
Freunden am Flipper. Da den Ober das Motorrad vor den
Cafétischen stört, schiebt er es zur Seite. François hastet
hinaus, als er sein Motorrad nicht mehr sieht, weil er an

Diebstahl glaubt, holt dann erleichtert das Motorrad zurück, hat allerdings einen Disput mit dem Ober.

Am Flipper geht es leidenschaftlich zu. Das Gerät wird geschoben, gezogen und angehoben, so wie es der jeweilige Spieler am günstigsten für den Lauf der Kugel hält. In regelmäßigen Abständen geht François zur Straße, um nachzusehen, ob Busse angekommen sind. Einer der stürmischen Spieler, der soeben ein unbefriedigendes Ergebnis erzielt hat, flucht, belässt es allerdings nicht bei den Flüchen, sondern tritt obendrein verärgert gegen das Gerät, gegen eines der Standbeine. Es birst, jedoch nur so weit, dass es gewissermaßen zum O-Bein wird. Um weiterspielen zu können und den Vorfall möglichst unauffällig zu halten, beschließen die Spieler nach kurzer, heftiger Diskussion, dass jeweils einer der Pausierenden das Gerät in Balance halten muss. Wie nicht anders zu erwarten, hupen Busse gerade in dem Moment, als François den Flippertisch in der Waagerechten halten muss. Er überlässt den Flippertisch seinem Schicksal, eilt zu seinem Motorrad, um den Allemand zu holen.

François' Suche beginnt bei der Wirtin des Allemand, eigentlich vor dem Fenster seines Zimmers. Da der Allemand jedoch auch nach mehrmaligem Rufen, Hupen und Motoraufheulen-Lassen nicht kommt, tritt er in den Hut- und Miederwarenladen. Da die Wirtin nicht im Verkaufsraum ist, geht er wieder zur Tür, öffnet und schließt sie mehrfach, sodass die Türglocke ununterbrochen schrillt. Die Wirtin wird hierdurch bei ihrer Arbeit im Lagerraum gestört, ist bereits entsprechend verärgert, als sie kommt: „Den Allemand suchst du? Ich auch! Wenn ihr, ich meine deine Schwester und dich, es nicht wisst, wer soll's dann wissen. Hier ist er nicht. Hat im Übrigen seit geraumer Zeit nicht mehr seine Hilfe als Übersetzer angeboten. Hat wohl attraktivere Möglichkeiten. Weißt du eigentlich, warum er bei mir so wenig Miete zahlt? Weil er mir zugesagt hatte, seine Deutschkenntnisse zur Verfügung zu stellen. Das ist aber schon lange her. Da, lies das Schild."

Sie weist auf das Schild *Mann spricht Deutsch*.

„Eine Schande ist das! Nimm nur einmal an, in diesem Augenblick kommt ein Kunde, ich meine ein deutscher Tourist, um ein Mieder zu kaufen."

Er korrigiert sie: „Touristin."

„Peu importe. Les deux. Kommen in gutem Glauben, hier den Mann zu finden, der sie in ihrer Muttersprache berät. Im ersten Geschäft am Platze. Was Miederwaren betrifft."

François verabschiedet sich abrupt von ihr und wirft den Motor seines Motorrades an. Während sie auf der Schaufensterscheibe die Ankündigung *Mann spricht Deutsch* mit Kreide durchstreicht, fährt er beunruhigt ab und murmelt: „Mon Dieu! Wundert mich nicht, dass er's bei ihr nicht aushält und hier nicht zu finden ist."

François hält an der nächsten Straßenkreuzung, überlegt erst einmal, wo er jetzt den Allemand suchen soll. Schon während dieser kurzen Zeit wird er von Autofahrern durch Hupen zum Weiterfahren gemahnt. Er entschließt sich, bei den Boulespielern zu fragen. Die sind tatsächlich auf der Bahn, auf der er sie bereits früher angetroffen hatte. Der Allemand ist nicht dabei. François hat dies nicht sofort bemerkt, mustert die Gruppe, grüßt auch hin und wieder freundlich, fährt zu den Männern, um zu fragen, wo er den Allemand suchen müsse. Unter den Spielern ist auch einer, der seinen Fuß in Gips hat. Es bedarf keiner Frage, dass das derjenige ist, auf

dessen Fuß der Allemand seine Kugel geschleudert hatte.
François mustert ihn, er mustert François, beide begreifen.

„C'est lui, c'est lui! Das ist er!"

„Qui? Wer?"

„Celui qui a amené l'Allemand. Der Chauffeur des Allemand."

„Quoi? Lui?"

„Mais si."

Der mit dem Gipsfuß nähert sich François mit drohenden Gesten, sodass François umgehend beschließt, auf weitere Fragen zu verzichten und umzukehren. Er lässt den Motor an, währenddessen hat der mit dem Gipsfuß bereits eine Kugel aus der laufenden Spielrunde aufgehoben und gegen die Felge eines der Räder geworfen. In buchstäblich letzter Minute gelingt François die unbeschadete Abfahrt. Vor weiteren Treffern wird er dadurch bewahrt, dass er bereits zu weit entfernt ist, und auch dadurch, dass die anderen Boule-spieler es nicht zulassen, dass der mit dem Gipsfuß ihr laufendes Spiel irregulär gestaltet, indem er wahllos einzelne Kugeln aufnimmt.

Einen weiteren Versuch, den Allemand zu finden, unternimmt François bei den Billardspielern. Als er vor dem Café das Motorrad abstellt, ist er unschlüssig, ob er es vorschriftsmäßig abschließen oder ob er den Motor laufen lassen soll, um im Fall erneuter Bedrohung rasch davonfahren zu können. Er lässt den Motor laufen und übt überdies noch das rasche Aufspringen auf das Motorrad, bevor er das Innere des Cafés durchkämmt, in der Hoffnung, den Allemand dort zu finden. Das Café ist sehr gut besucht, auch das Billardzimmer. Der Allemand ist nicht unter den Anwesenden. François bahnt sich äußerst behutsam seinen Weg durch die Gruppe der Spieler. Dennoch stört er dabei den, der gerade am Zug ist. Der brummt erst nur verärgert, wird aber aufmerksam, als er in François denjenigen wiedererkennt, der den Allemand abgeholt und bei seinem Abgang das Billardtuch beschädigt hat.

„Et bien, toi: où est ton Allemand? Disparu? Ça ne m'étonne pas. Sieh an: Du! Wo ist dein Freund? Abgetaucht? Das würde mich nicht wundern."

Er verweist auf den Riss im Billardtuch, den der Allemand verursacht hat und der wegen eines aufgenähten Flickens unübersehbar ist. Unübersehbar auch, weil er nicht sehr ordentlich vernäht ist und eine andere Grünfärbung aufweist. Der Spieler ruft den Wirt herbei und lenkt zugleich die Aufmerksamkeit der anderen Spieler auf François: „Hé chef, l'un d'eux est venu! Chef, einer der beiden hat sich hergewagt!"

François begreift, dass Flucht durch das Gedränge der Spieler zwecklos ist, nimmt vielmehr hin, dass er im Gewirr der aggressiv auf ihn gerichteten Queues Spießrutenlaufen muss, bis der Wirt kommt.

„Voilà chef, c'est l'un d'eux. Chef, das ist der eine der beiden. Der Freund von dem, der das Tuch beschädigt hat. Tu sais, l'autre avait maltraité ce truc là."

Er weist auf das Billardtuch. Der Wirt bleibt, anders als François es erwartet hatte, gelassen. „Es ist gut, Junge, dass du gekommen bist. Da kannst du nämlich deinem Allemand sagen, dass ich eines seiner Bilder verkauft habe. Um den Preis dieser Reparatur, die ja schließlich bezahlt werden musste."

Jetzt erst bemerkt François, dass innerhalb der Bilderreihe eine Lücke entstanden ist. Er nimmt die Mitteilung des Wirtes entsetzt, aber stumm zur Kenntnis, geht. Erst draußen findet er Worte: „Mais non! Il me faut le trouver. Das kann nicht sein! Ich muss ihn finden."

Er fährt überstürzt mit dem Motorrad davon.

Eine weitere Möglichkeit, den Allemand zu finden, sieht François im Angelplatz an der Eure. Er fährt über Land, begibt sich in den Windschatten eines Lastkraftwagens. Dadurch achtet er nicht darauf, wo er abbiegen muss, verpasst den Abzweig. Als er das bemerkt, bremst er scharf, kehrt um, ruft Kopfschütteln bei allen Beobachtern hervor. Der Abzweig führt über einen Feldweg zum Angelplatz, der an den perlenschnurartig aufgereihten Angelruten jenseits des Flussdamms zu erkennen ist. Als François sich dem Platz nähert, lässt er den Motor aufheulen und ruft nach dem Allemand. Darauf senken sich der Reihe nach die Angeln, fallen wie Dominosteine, verschwinden hinter der Uferböschung. Doch der Allemand kommt nicht. Nach kurzer Wartezeit hingegen erscheinen, wie der Reihe nach wieder aufgerichtete Dominosteine, die Angler. Da dies nichts Gutes verheißt und der Allemand auch nicht unter den Anglern ist, macht François rasch kehrt, springt auf sein Motorrad und fährt in Richtung Chartres zurück, ohne dass die Angler ihren Zorn an ihm auslassen können.

Zurück in der Stadt, fährt François mit verminderter Geschwindigkeit in einer Einbahnstraße, behindert dort den Verkehr. Er ist sichtlich ratlos, wo er den Allemand noch suchen soll. In dem Augenblick, in dem er wohl eine weitere Möglichkeit ins Auge fasst und entsprechend beschleunigen will, beginnt der Motor seines Motorrades zu stottern. Der Kraftstoff ist ausgegangen, François steckt fest. Die Abhilfe: ein sich näherndes Taxi. Sein Motorrad stellt François am

Straßenrand ab, kettet es an einer Laterne an, an der bereits ein Fahrrad abgestellt ist. In der Eile kettet er beide zusammen, bemerkt das nicht, steigt in das Taxi. Der aus einem nahe gelegenen Geschäft kommende Fahrradbesitzer versucht vergeblich, sein Fahrrad zu entketten.

François fährt mit dem Taxi vor einem schmucklosen Gebäude inmitten der Stadt vor. Es ist das Bordell. Er bittet den Taxifahrer zu warten. Der ist überrascht, stimmt aber zu. Das Innere steht im auffälligen Gegensatz zum Äußeren, hat Toulouse-Lautrec-Atmosphäre. François findet lediglich zwei sich gegenseitig schminkende jüngere Frauen vor, die ihn nicht beachten. Er räuspert sich, keine Reaktion. Er sieht sich um, bemerkt an einer Wand Gemälde des Allemand, sie sind lieblos platziert, eines, dessen Motiv nur schwer zu entschlüsseln ist, hängt kopfüber. Er räuspert sich erneut.

„Ist uns noch zu früh, Kleiner."

„Ist mir gerade recht. Ich suche nur jemanden. Den Allemand."

„Komm später wieder, dann findest du gleich mehrere Allemands."

„Ich meine den ... ich meine, dass ich den meine, der die gemalt hat."

Er weist auf die Bilder.

„Den? Auch das noch!"

„Der, der uns die untergeschoben hat? Damit hat der uns doch nur hinters Licht geführt, sind doch nichts wert."

„Keine fünf Minuten."

„Such den woanders."

„Das werde ich wohl müssen."

Eine weitere jüngere Frau kommt hinzu: „Was ist mit dem?"

„Lass von dem die Finger! Sein großer Bruder zahlt in Bildern und er vermutlich in Naturalien."

Mit lässiger Geste legt François daraufhin einen Geldschein auf den Tisch: „Für die Auskünfte."

Sein theatralischer Abgang beeindruckt allerdings die jungen Frauen keineswegs.

François fährt mit dem Taxi zum Café am Kathedralenvorplatz. Dort setzt er sich, offenbar erschöpft, an einen der noch freien Tische. Er beobachtet missmutig den Aufbruch der Touristen, die Abfahrt der Busse. Sein Missmut äußert sich vor allem darin, dass er zu häufig dem Ober winkt, ihm Wein nachzuschenken, und richtet sich alsbald gegen jeden und alles. Richtet sich auch gegen einen vermutlichen Freizeitmaler am Nachbartisch, der, mit Zeichenblock und Buntstiften versehen, die Ansicht der Kathedrale darzustellen versucht.

„Sagen Sie, Monsieur, warum ... warum fotografieren Sie den Kasten da nicht? Ist schneller, billiger und genauer. Vor allem, was die Perspektive betrifft. Oder nehmen Sie die Farben: Schon Ihr türkisfarbener Himmel ist überbelichtet. Der Himmel über Chartres ist blau ... und wird auch immer blau bleiben."

François nimmt einen Blaustift, malt damit quer über das Blatt.

„Oh pardon, Monsieur. Aber wie gesagt: fotografieren ... einmal einstellen, justieren, und Sie können die Ansicht zehnmal und öfter wiederholen. Morgens, mittags, nachmittags, abends, nachts – sofern Sie noch in ein Blitzlicht zu investieren bereit sind. Kennen Sie die über die Tageszeiten verteilten Ansichten der Kathedrale von Rouen? Monet. Avec le photo ... hätte er das an einem Tag geschafft. Dieses

Meisterwerk, ich meine unsere Kathedrale, hat eine solch stümperhafte Wiedergabe wie die Ihre nicht verdient!"

Er zieht einen zweiten, kreuzenden Strich mit dem Blaustift quer über das Blatt. Der Maler sammelt seine Malutensilien ein, geht wortlos, vergisst aus Ärger zu zahlen. Er ist bereits außer Sichtweite, da bemerkt der Wirt, dass der Gast die Zeche geprellt hat. Er macht dafür zu Recht François verantwortlich: „C'est ta faute! Tu me le payeras ou quoi? Das geht auf dein Konto! Zahlst du mir das, oder was?"

„Heute habe ich mit Malern kein Glück."

François erhebt sich, will gehen. Der Wirt hält ihn zurück: „Quoi? Jetzt bezahlen zwei nicht?"

Mit großer Geste, ähnlich der im Bordell, legt François einen Geldschein auf den Tisch: „Pour nous deux. Für uns beide."

Er will gehen, wird erneut vom Wirt aufgehalten: „Où est ta moto?"

„Das Motorrad? Das lasse ich immer zu Hause, wenn ich zu viel getrunken habe."

Er geht endgültig, bemüht sich dabei um Haltung.

Der nächste Vormittag bringt keine Änderung, was den Allemand betrifft. Erneut ist er nicht auffindbar. Vor allem zwei Fahrer von Reisebussen leiden unter diesem Sachverhalt, denn in nicht abreißender Folge werden sie auf eine Führung von ihren Fahrgästen angesprochen, nachdem diese sich bis zum Portal allein auf den Weg gemacht haben, dann aber bemerkten, dass andere, französische Gruppen fachkundig geführt wurden. Nach einiger Zeit schenken die beiden Fahrer den Hinweisen und Beschwerden keine Beachtung mehr, sondern diskutieren miteinander, wie sie das unerwartete Problem lösen können: „Wollten die hier nicht längst audiovisuelle Führungen anbieten?"

François macht den Fahrern klar, dass auch er ratlos ist, kann ihnen jedoch seine Hilfe anbieten, als einer der beiden schließlich eine Lösung sieht: François soll in dem nahe gelegenen Andenkenladen alle deutschen Versionen des verfügbaren Kathedralenführers aufkaufen und bei ihnen abliefern. François erwirbt alle deutschsprachigen Führer, beziehungsweise alle, die preislich akzeptabel sind. Beide, Busfahrer und François, machen sich mit dem Bücherstapel auf den Weg zum Südportal. Dabei sammeln sie alle Fahrgäste ein, derer sie habhaft werden können, und postieren sich seitlich des Portaleingangs. François wird als Bücherständer missbraucht. Ein Fahrer nimmt die jeweils benötigten Exemplare vom Stapel und verteilt sie an diejenigen, die ihren Touristengruppen angehören. Der zweite Fahrer markiert auf einer Teilnehmerliste, wem der Kathedralenführer ausgehändigt wurde. Dass einigen die Aushändigung verweigert wird, da sie nicht der berechtigten Gruppe angehören, ist nicht allen Touristen unmittelbar einsichtig, erfordert aufwendige Erläuterungen. Aber auch mit den eigenen Leuten haben die Fahrer mitunter Schwierigkeiten. Nicht alle sind zufrieden.

„Was soll ich damit?"

„Lesen werden Sie doch können!"

Im Inneren der Kathedrale bilden diejenigen, die mit dem Führer in der Hand das Gotteshaus besichtigen, eine auffällige Gruppe. Vor allem auch deswegen, weil für sie das Besichtigen mithilfe eines solchen Buches ungewohnt ist und sie sehr umständlich vorgehen. Die meisten sitzen in den Kirchenstühlen wie auf der Schulbank und lesen. Andere, die umhergehen, blicken nicht hoch, weil sie lesen, rennen andere Touristen fast um. Einer, der nahe der Fensterrose in einem Querschiff steht, beschwert sich, dass es zu dunkel zum Lesen sei. Ein anderer widmet seine Aufmerksamkeit dem Mittelschiff, in dem er sich befindet, und versucht vergeblich, Übereinstimmung zwischen seinen eigenen Beobachtungen und dem Text herzustellen. Er liest sich den Text halblaut vor: „Es sei uns erlaubt, an dieser Stelle W. Rüdiger zu zitieren, der uns an seiner Bewunderung von Geometrie und Gestaltung gotischer Kathedralen teilhaben läßt: ‚Allein der Stein, der gebrochene und behauene Stein in seiner lagernden Schwere, ist das Urmaterial, das Element, aus dem, Schicht um Schicht und Lage um Lage, der Bau gefügt wird, auch wenn die Steinwand immer mehr aufgelöst wird und von der ehemaligen Mauer nur noch ragende Pfeiler und steinerne Masten übrigbleiben. Die Schwerkraft des Materials wird nicht verleugnet, sondern auf wunderbare Weise in eine Schwebe gebracht: Den aufschießenden Vertikalen der Kathedralenwand werden leise horizontale Bindungen beigeordnet – die Geschosse von Triforium und darüber die nach oben in die Gewölbekappen vergehende Leuchtwand der Fenster.'"

Einem anderen Touristen ergeht es mit dem Text nicht viel besser. Von seiner Frau bedrängt, sie an dessen Erläuterungen teilhaben zu lassen, übergibt er ihr ärgerlich die Broschüre: „Wenn ich dir sage, dass über das Seitenschiff nichts drinsteht, dann ist das so. Lies selbst! Ich meine das wörtliche Zitat."

Sie nimmt sich den Text, überfliegt den ersten Teil der Seite, die ihr Mann aufgeschlagen hatte, liest dann halblaut vor: „Das Bauanliegen der Gotik, aus dem Standfesten und Geborgenen der romanischen Gottesburgen aufzubrechen und auszubrechen in das Abenteuerliche einer hinandrängenden Gottessuche, schafft die Bauelemente. Der Stein, im romanischen Dom Ausdruck der fest und festlich gefügten Ordnung, wird in der Gotik zu feinsten Gebilden behauen. Er wird in schmalen Rippen und in durchsichtigem Steinwerk der Türme gegen den Himmel geführt: verwegen und glanzvoll wie die Ritter des Abendlandes, die in den Kreuzzügen dieser Zeit in schimmernden Rüstungen in die Hitze und Dürre des Heiligen Landes ritten, Christi Grab zu erobern."

Sie schlägt den Führer zu: „Stimmt."

„Was?"

„Dass über das Seitenschiff nichts gesagt wird."

Erstmals meldet sich die Tochter, und gleich laut und unüberhörbar, zu Wort: „Mama, wo sind die Ritter des Abendlandes?"

„Sei still! Die sind hier nicht."

„Aber das hat doch jemand gesagt oder geschrieben!"

„Ja. Aber der hat das anders gemeint, der Herr Zacharias."

„Ah so?"

Damit endet das Interesse der Familie am Seitenschiff.

Damit endet auch der letzte Absatz der *Szenenfolge IV* im Manuskript des Verstorbenen.

Aus der vor Stundenfrist gemachten Erfahrung lernend, dass man auf Abfahrten - und also auch Ankünfte - von Zügen hinreichend vorbereitet sein sollte, werde ich meine Lektüre vorläufig beenden und nicht noch die nachfolgende Szenenfolge beginnen. Ich werde mich auf die Ankunft des Zuges in Chartres vorbereiten. Denn wenn unser Zug beziehungsweise unser Zugführer sich an den Fahrplan hält, werden wir in Kürze dort eintreffen. Dass wir uns Chartres nähern, ist allerdings der Stadtlandschaft, die wir soeben durchfahren, nicht anzusehen, die Bilder der französischen Vororte ähneln sich zu sehr, und auch die Kirchtürme der Kathedrale lassen sich nicht blicken. Doch kann man die unmittelbar bevorstehende Ankunft erahnen angesichts der Unruhe, von der die anderen Fahrgäste, insbesondere die älteren, ergriffen werden. Sie bereiten sich offensichtlich auf die Ankunft in Chartres vor. Ich schließe mich ihnen an, ordne und hefte das zusammen, was ich für Literatur halte, schließe Koffer und Reisetasche, warte und betrachte die Vorortarchitektur, dann das sich verzweigende Schienensystem vor Ankunft im Bahnhof, schließlich den Bahnhof.

Der Bahnhof von Chartres ist unspektakulär. Fast provinziell. Mit Betreten des Bahnhofsvorplatzes – der diesen Namen allerdings kaum verdient – halte ich erst einmal inne, so als hätte ich an meinem Gepäck schwer zu tragen. Ich sehe mich um, versuche mich zu orientieren. Auch in der Erwartung, dass ich ab sofort und des Öfteren von Déjà-vu-Erlebnissen begleitet werde.

Der Fahrer des Taxis, der sich für meine Beförderung zuständig fühlt, begrüßt mich wie einen alten Bekannten, öffnet die Beifahrertür seines Wagens für mich. Ich beende meine Orientierungsversuche, steige ein, vertraue mich seinen lokalen Kenntnissen an. Der Fahrer fragt nach dem Ziel, ich nenne ihm das Hotel. Er besieht mich mit Misstrauen, begleitet von Kopfschütteln. Das verunsichert mich, denn ich weiß nicht, wie ich das deuten soll. Gleichviel, wir fahren los. Und sind nach geschätzten dreihundert Metern schon am Ziel. Jetzt begreife ich Misstrauen und

Kopfschütteln. Und erinnere mich, gerade erst eine entsprechende Szene im Text gelesen zu haben. Allerdings: Ich zahle. Mit Rücksicht auf die Gefühlswelt meines Taxifahrers entlade ich mein Gepäck selbst. Und beende damit gewissermaßen meine Anreise. Die ist, in der Rückschau, mehr oder weniger gemäß Plan verlaufen. Dass ich zu dieser frühen Stunde mit meinem Gepäck gegen den Strom schwimme – alle Hotelgäste verlassen das Hotel, ich bin der einzige, der es, ihnen entgegenkommend, betritt –, ist ein unwesentlicher Schönheitsfehler. Was jetzt auf mich zukommt – Beerdigung und Totengedenken, Treffen auf des Freundes Freundeskreis –, wird sicher weniger planbar sein. Dem sehe ich mit gemischten Gefühlen entgegen.

Kapitel 3

Die Fassade des Hotels meiner Wahl lässt sich am treffendsten als unauffällig beschreiben. Zum Hotelinneren ist nicht viel zu sagen. Die Kategorisierung *Bahnhofshotel* sagt eigentlich alles. Ich hatte mich an den Angaben eines Hotelführers orientiert. Dabei hatte ich wohl übersehen, dass die Juroren die magere Ausstattung und Bestuhlung der Räumlichkeiten als unwesentlich empfanden, ihnen offensichtlich die Güte des Hotelrestaurants bei der Sternevergabe wichtiger war. Zumindest schließe ich das aus der Erwähnung der Restaurant-Qualitäten: Der Benutzer des Führers wird verwiesen auf die bemerkenswerte Sorgfalt bei der Zubereitung der Speisen und Gerichte, auf die innovative Küche und auf die begrüßenswerte mediterrane Note bei der Zusammenstellung der Speisekarte. All das hilft mir zurzeit wenig. Die Dame an der Rezeption informiert mich, dass mein Zimmer noch präpariert werde. Was immer sie damit sagen will. Also werde ich mich in der Stadt nach einem ruhigen Bistrot umsehen. Dort könnte ich mich weiterhin dem Text des verstorbenen Freundes widmen, bis ich dann mein Zimmer in Besitz nehmen kann.

Vor Verlassen des Hotels prüfe ich verschiedene Stadtführer, die am Empfang ausliegen. Verlasse mich schließlich doch auf meinen eigenen Reiseführer. Der nämlich bietet an, den Leser mittels Beschreibung durch die Stadt und zu ihren Sehenswürdigkeiten zu navigieren. Beginnend in der Altstadt, dann mit der Empfehlung, die Uferpromenade des Flüsschens Eure aufzusuchen, soweit zugänglich, und den Rundgang mit der

Besichtigung der Kathedrale abzuschließen. Und, was unabdingbar ist, wenigstens für mich: Es werden Cafés und Bistrots empfohlen.

Vor der Tür des Hotels finde ich mich in der frühmorgendlichen Geschäftigkeit der Stadt wieder. Es ist das frühe Treiben französischer Mittelstädte, das mich bereits bei meinem ersten Frankreichbesuch fasziniert hatte. Diejenigen Passanten, die ihrer Arbeit entgegeneilen huschen an mir vorbei wie in einem Film im Zeitraffer-Modus. Andere arrangieren in ständigem Hin und Her die Anlieferung der Waren, die sie im Laufe des Tages anbieten und verkaufen wollen. Die Lieferanten fahren mit Lieferfahrzeugen vor, deren Dieselausstoß die Luft verpestet, aber auch mit Fahrrädern und Schubkarren. Die stationären Vertreter der Geschäftigkeit bauen Stände auf, auf denen die Waren ausgelegt und feilgeboten werden. Selbst hier herrscht rege Betriebsamkeit, bedingt durch die Uneinigkeit der Aufbauenden, wie was wo zu stellen und zu orientieren ist.

Die gelegentlich an Hektik grenzende Geschäftigkeit, die mich umgibt, hat keine Sogwirkung auf mich. Vielmehr bemächtigen sich meiner Gefühle von Leichtigkeit, Unbeschwertheit und Schwerelosigkeit. Warum? Weil ich ohne Zwang und Pflichten bin. In aller Regel nämlich sind für mich Aufenthalte in anderen Städten Arbeitsaufenthalte. Hier aber, in Chartres, bin ich ohne den Auftrag der Redaktion, einen Bericht abzuliefern. Fast macht die Geschäftigkeit um mich herum mich vergessen, welches der Anlass meiner Reise ist.

Möglich, dass es dem Freund ähnlich ging, als er nach Ankunft in Chartres erstmals durch die Straßen der Stadt ging, vermutlich schlenderte. Später dann hat er offenbar die

Dinge in anderem Licht gesehen. Zumindest deutet die Eingangsszene seines Manuskriptes darauf.

Der Besuch von Chartres' Sehenswürdigkeiten in der Altstadt bedarf keines allzu großen Zeitaufwands. Der Bestand an Fachwerkhäusern ist überschaubar. Auch der Kalkstein, der Baustein der Kathedrale, ist nicht allzu häufig fassadenbildend, vermutlich ist er oft unter einer Putzschicht verborgen. Was den Charme von Chartres ausmacht? Wohl der Kathedralenhügel, das Ensemble der Altstadtgassen und der Abstieg von Kathedrale und Altstadtviertel zum Flusstal der Eure, die einst den Ostrand der Ansiedlung markierte.

Mein Rundgang hat mich, der Empfehlung des Reiseführers folgend, zur Maison du Saumon geführt. Würde ich im Auftrag der Redaktion die Gassen und Gässchen der Altstadt durchstreifen, müsste ich an dieser Stelle Worte finden, um die Stimmung einzufangen, und in bildreicher Sprache die Architektur beschreiben. Muss ich heute nicht. Sondern folge weiterhin dem Routenvorschlag des Reiseführers. Denn im Kanon der Sehenswürdigkeiten der Stadt fehlt noch der Besuch der Kathedrale. Die Aufzählung dessen, was im Inneren und am Äußeren der Cathédrale Notre-Dame de Chartres als kunsthistorisch bedeutend zu bewundern ist, füllt weit mehr als dreißig Seiten der in der Kathedrale ausliegenden, käuflichen Broschüre. Fotos eingerechnet. Um die herausragenden Kunstschätze betrachten und verstehen zu können, bedürfte es – was meine Betrachtungsweise betrifft – kontemplativer Stille. Insbesondere zur Würdigung der Verglasung der Rosetten und Seitenschifffenster. Stille in der Kathedrale, das scheint angesichts des Touristenandrangs eine illusorische Vorbedingung zu sein. Unter dem litt die

Kathedrale auch schon, als der Freund seine Beobachtungen zu Papier brachte.

Was die Betrachtung der Rosetten angeht, habe ich unter den Umständen zwei Möglichkeiten: Sie auf zum Kauf angebotenen übergroßen Fotografien zu besehen, oder mir eine andere Tages- und Besucherzeit zu suchen, in der Hoffnung, der Besucherstrom könnte zu irgendeiner Zeit auch abschwellen. Kenner würden mich allerdings wohl darauf hinweisen, dass die Lichtverhältnisse entscheidend bei der Betrachtung der Kirchenfenster seien, um deren kunstgeschichtliche Bedeutung, Einzigartigkeit und Großartigkeit ermessen zu können. Also entschließe ich mich zur ersten Option. Ich verlasse die von den Touristen bevölkerte Kathedrale, erwerbe Fotos und suche das der Kathedrale am nächsten gelegene Bistrot auf. Letzteres zeichnet sich durch mehr als eine Empfehlung aus, vergeben von Experten, die es wissen müssten. Später werde ich feststellen, dass die Qualität der Speisen den Juroren auch hier über alles ging.

Das Bistrot verfügt über eine Terrasse, die den Blick freigibt auf die Südansicht und das Südportal der Kathedrale. Authentischer geht nicht. Also lasse ich mich an einem der Tische nieder, selbst wenn die Witterung und die Temperaturen zu wünschen übrig lassen. Ich gebe meine Bestellung auf, akklimatisiere mich, erfreue mich – lang anhaltend – an dem Anblick des monumentalen, zugleich feingliedrigen Bauwerkes, und schlage schließlich die Seiten des Manuskriptes dort auf, wo meine Lektüre im Zug geendet hatte.

Was die erwarteten Déjà-vus betrifft, kann ich eine gewisse Enttäuschung nicht verhehlen – ungeachtet der Tatsache, dass mein Anspruch an ein Déjà-vu etwas anders als üblich ist.

Natürlich sind die Touristenmassen vor und in der Kathedrale nicht zu übersehen, und natürlich sind die in allen Verkehrssprachen angebotenen Kathedralenführer immer noch vielbenutzte Hilfsmittel der Besucher. Aber die Anordnung der Cafés und Geschäfte im Umkreis der Kathedrale, so wie der Verstorbene sie geschildert hat, kann ich nicht eins zu eins identifizieren. In überheblich-mokanter Schreibe wäre unser Feuilletonisten-Kommentar zu diesem Befund: Die Beschreibung ließ sich nicht verifizieren. Mit dieser Schlussfolgerung verabschiede ich mich auch von der Vorstellung, der Text könnte als Ersatz für einen Chartres-und-Umgebung-Führer, gewissermaßen als Vademekum dienen. Es bietet sich eine Vielzahl von Antworten auf die Frage an, warum der Leser es in dem Text meines Freundes mit solcherart Ungenauigkeiten zu tun hat. Jedoch wären jegliche Erklärungsversuche mit dem Makel der Spekulation behaftet. Also unterlasse ich entsprechende Betrachtungen, nehme vielmehr endgültig das Manuskript zur Hand und beginne die *Szenenfolge V* zu lesen. Während um mich herum die Touristen nicht müde werden, bildungshungrig und bildungsbeflissen sich jedwedem baulichen Detail der Kathedrale zu widmen.

Szenenfolge V – Der Allemand verabschiedet sich von den Kathedralenführungen

Allma und der Allemand suchen am Abend des Tages, an dem François den Allemand vergeblich gesucht hatte, das Restaurant des Hotels auf, in dem die Deutsche übernachtet. Sie sucht nach typisch französischen, regionalen Speisen, was in dieser Hotelkategorie nicht ganz einfach ist. Schließlich wird der Koch herangeholt, der eine Empfehlung ausspricht, die vom Allemand nicht uneingeschränkt gutgeheißen wird.

„Wir werden ja sehen, wie die *Andouille de Beauce*, die Kaldaunenwurst der Region, dir bekommen wird", beendet er die Auswahlprozedur. Der Koch sieht keine Veranlassung, diesen versteckten Zweifel zu kommentieren.

Tagsüber haben beide offensichtlich ihre Zeit ebenfalls gemeinsam verbracht, was reichlich Gelegenheit bot, über dieses und jenes zu reden. An Gesprächsstoff scheint es nicht gefehlt zu haben. Ein Thema, dessen verschiedene Aspekte wohl nur kursorisch beleuchtet worden sind, scheint das der Beziehung des Allemand zu Françoise gewesen zu sein. Diesen Rückschluss zumindest erlaubt die Unterhaltung, die nach Klärung der Speisen- und Getränkewünsche in Gang kommt. Sie fasst ihr Wissen in dieser Sache zusammen: „Also fragte sie an, ob sie für dich Modell stehen könne. Sagst du."

„Und ich sage auch, dass ich ihrem Wunsch nicht entsprochen habe. Weil ich andere Pläne hatte."

„Du kannst mich nicht davon abbringen: Ich bin überzeugt, dass sie kam, um etwas abzugeben, und du schlugst ihr vor, Modell zu stehen."

„Selbst wenn, wo wäre da der Unterschied?"

„Wenn du es nicht weißt, wer dann?"

„Warum fragst du Françoise nicht selbst?"

„Meine Kenntnisse der französischen Sprache geben das nicht her."

„Françoise versteht direkte Fragen auch auf Deutsch."

„Interessant. Was wird sie antworten, wenn ich sie frage, ob sie auch so Modell stehen musste wie ich – nämlich in der Haltung deines Entwurf-Engels?"

„Du fragst viel zu viel."

„Ich könnte meine Fragen auch in einer einzigen zusammenfassen: Ist sie deine Geliebte?" „Solch eine Frage verbietet sich
hier. So fragt man nicht. Vor allen Dingen nicht nach dem
wie, was, wann und warum."

„Ah so?"

„Weil es etwas Natürliches ist."

„Was, bitte, ist natürlich? Eine Geliebte zu haben?"

„Wenn die Umstände es erlauben oder erfordern: ja."

„Ah so. Darf ich doch noch eine Frage stellen? Welcher Art
von Beziehungen sind die von François zu dir und auch zu
deiner Geliebten?"

„François ist ihr Bruder. Hält, wie du bereits weißt, für mich
die Verbindung zu den Busfahrern."

„François und Françoise. Wie einfallslos – von den Eltern."

„Ich würde es patriotisch nennen. Noch weitere Fragen in
dieser Richtung?"

Die hat sie. Sie lässt sich nicht abschrecken von den Hinweisen des Allemand, man frage hierzulande bei bestimmten
Themen nicht nach, sondern sie scheint das Thema eher
vertiefen zu wollen.

„Wenn du deine Touristenführungen aufgibst, ich sage
ausdrücklich: wenn, heißt das dann auch, dass sich deine
Beziehungen ändern, zuallererst zu François, dann auch zu
Françoise?"

„Das eine hat mit dem anderen nichts zu tun."

„Aha? Ich glaube, in eurer Sprache müsste ich jetzt fragen: Tu
es absolument sûr, chéri? Da bist du dir ganz sicher,
Liebling?"

„Kann man so fragen. Muss man aber nicht. Aber man darf
es, wenn man so einfühlsam und fremdländisch betont fragt
wie du."

Die Hartnäckigkeit bei der Behandlung des Themas Françoise und Allmas unerwartete, charmante Anwendung des Französischen missinterpretiert der Allemand völlig, ungeachtet der wenig eindeutigen Aussage. Er glaubt, sich ihr gegenüber Zärtlichkeiten erlauben zu dürfen. Die jedoch sind nicht nur dem Stil des Hauses zuwider, sondern rufen auch bei ihr Widerspruch hervor.

„Ich frage mich, ob solcherart Annäherungsversuche typisch französisch oder deinem fortgeschrittenen Alter zuzuschreiben sind. Oder aber deine ganz persönliche, mangelhafte Erziehung widerspiegeln."

„Was willst du hören?"

„Ich wollte keine Zärtlichkeiten austauschen, sondern mit dir reden. Zum Beispiel dich, vermutlich zum dritten Mal, auf den Widerspruch in deinem Verhältnis zu den Touristen hinweisen: mal führst du sie, mal schmähst du sie."

„Ich habe dazu alles gesagt, was zu sagen ist."

„Das klärt kaum den Widerspruch auf. Abgesehen davon, dass meine Kritik am organisierten Tourismus eine ganz andere wäre."

„Welche dann?"

„Dass der Tourismus wie ein Heuschreckenschwarm über Stadt und Land herfällt und, wenn alles abgegrast und zertrampelt ist, weiterzieht zur nächsten Plantage."

„Kann man so sehen. Oder auch nicht."

„Natürlich. Aber den Widerspruch hast du mir immer noch nicht erklärt."

„Muss ich das? Vielleicht bin ich ja umständehalber oder aber intellektuell gar nicht dazu in der Lage."

„Das bringt uns nicht weiter."

„Mag schon sein. Ich will auch keine kontroversen Argumente austauschen, sondern mit dir Pläne machen."

„Welcher Art?"

Die Fortsetzung des Gesprächs verliert sich in Details, die nur mäßig interessieren. Währenddessen sind zwei Ober des schwach besuchten Hotelrestaurants im Begriff einander abzulösen.

„Alles okay, keine Einheimischen. Achte auf die beiden hinten links. Haben schon den Koch kommen lassen. Er kennt sich aus. Warum, ist mir ein Rätsel. Habe ihn hier nie gesehen."

„Dafür kenne ich ihn. Habe ihn öfters im Chez Max sitzen sehen. Hoffentlich hat er hier nicht die Absicht, wie bei Max mit Bildern zu zahlen."

„Sie zahlt. Wohnt hier."

In der Zwischenzeit sind der Allemand und Allma bei einem Aspekt des von ihm eingeforderten Plans angelangt, bei dem sie sich nicht einig sind.

„Sagtest du Fahrrad?"

Sie zieht ihre Hand zurück.

„Hast du etwas anderes verstanden?"

„Nein."

„Was ist dann?"

„Ich mache dir einen Gegenvorschlag. Wir fahren nach Paris. Mit meinem Auto."

Der Allemand braucht einige Zeit, um sich an den Gedanken zu gewöhnen.

„Ich verstehe. François. Das Versteckspiel in und um Chartres herum. Die Touristen."

„Françoise nicht zu vergessen."

„Einverstanden. Paris. Einmal muss schließlich jeder Provinzler in Paris gewesen sein."

„Ich spreche nicht vom Nachtleben."

„Ich auch nicht. Wann fahren wir los?"

„Früh."

„Dann sollte ich hier übernachten. Mit Alkohol im Blut darf
man auch in Frankreich nicht mal aufs Rad steigen."

„Ohne Reisegepäck wird man auch in Frankreich nicht ver-
reisen. Ich empfehle dir dringend, das zusammenzustellen,
im Verlaufe der nächsten Stunden. Zu Hause. Bei dir. Und
morgen wohlgerüstet wiederzukommen."

Seine Zustimmung lässt auf sich warten.

„Wenn du meinst. Schließlich sind das dein Vorhaben und
deine Planung."

Er ruft den Ober, um ihm mitzuteilen, dass seine Begleiterin
zu zahlen gewillt ist: „Tous sur la chambre de Madame. Die
Rechnung geht auf das Zimmer der jungen Dame." Sie
verabschieden sich voneinander. Er mit Wangenkuss, sie lässt
den unerwidert. Dann verlassen sie das Restaurant in der
jeweils von der jungen Deutschen vorgegebenen Richtung.

Wie vereinbart, findet sich der Allemand am frühen Morgen
des nächsten Tages vor dem Hotel ein, in dem Allma wohnt.
Er fährt auf leerer Straße. Vor dem Hotel erlaubt er sich noch
einen übermütigen, gegen alle Verkehrsregeln verstoßenden
Schlenker, bevor er vor dem repräsentativen Eingang hält.
Dort kettet er sein Fahrrad an einer der Säulen an, die die
ebenfalls repräsentativ gestaltete Eingangsüberdachung stüt-
zen. Als er noch unschlüssig vor der Glastür steht, kommt ein
Hotelboy auf ihn zu: „Your luggage, Sir? Sus maletas, por
favor? Ihr Gepäck, bitte? Votre bagage?" Der Allemand

reagiert einsilbig: „Je n'en ai pas. Habe keines." Nimmt aber zugleich die Fahrradtaschen ab und schultert sie, wie Westernhelden ihren Sattel schultern. Er begibt sich zur Rezeption, lässt offensichtlich anrufen. Währenddessen versucht draußen der Hotelboy vergeblich, das Fahrrad zu entfernen.

Da die Wartezeit länger zu werden droht, beginnt der Allemand zu rauchen, streift die Asche mehrmals so ab, dass sie auf den Teppichboden fällt. Bald bemerkt der Portier dies, beugt sich jedoch vergewissernd über den Rezeptions-Tresen, bevor er dem Allemand einen Aschenbecher zuschiebt. „Ashtray. Cenicero. Aschenbecher. Cendrier." Erneut gibt der Allemand vor, erst das Französische zu verstehen, streift die Asche seiner Zigarette über dem Aschenbecher ab.

Die junge Deutsche kommt, gibt den Zimmerschlüssel ab. Bezüglich ihrer Reisetasche hat der Allemand keine Chance, sie zu tragen, da der Hotelboy ihm das abnimmt. Auf dem Weg zum Auto zeigt der Allemand ihr, wo sein Fahrrad steht. Sie lächelt, der Hotelboy lächelt auch. Dann gehen sie zu ihrem VW Cabrio, steigen ein, dabei wird ihr vom Hotelboy die Tür aufgehalten, dann zugeschlagen. Er versucht das auch zu erreichen, doch es misslingt. Die Tür bleibt offen stehen. Er schlägt sie schließlich selbst zu.

„Irgendetwas passt nicht zusammen. Ich weiß nur noch nicht, was. Erst warst du in einer dieser Touristengruppen, jetzt bist du individuell behandelter Gast mit Auto im ersten Hotel am Platz."

„Gönn es mir doch. Willst du fahren?"

„Besser nicht. Ich vermag kaum als Fahrradfahrer französische Verkehrsregeln einzuhalten." Sie fahren los.

Nach einer Weile, sie sind bereits außerhalb von Chartres, empfindet er das Fehlen eines Autodaches über sich als sehr störend.

„Findest du das abgedeckte Dach, so sagt man wohl im Deutschen, nicht etwas verfrüht? Ich finde es ziemlich kühl und windig."

„Im Handschuhfach ist der Kopfschutz."

Er sucht tatsächlich danach, findet nur eine Ledermütze, wie sie in den Anfängen der Motorisierung von Autofahrern getragen wurde.

„Die?"

„Ja."

„Von Cardin ist die nicht."

Er setzt sie auf, fühlt sich unwohl, stellt sich den Innenspiegel so, dass er sich sehen kann, ist unzufrieden mit seinem Aussehen. Ohne sein Problem eines Kommentars zu würdigen, dreht sie den Innenspiegel wieder für sich zurück.

Etwas später nähern sie sich einer Wegegabelung, die zwar durch zwei Wegweiser ausgeschildert ist, die aber für beide Straßen Paris als Ziel angeben, jeweils ohne Kilometerzahl.

„Welche Straße müssen wir nehmen?"

„Woher soll ich das wissen? Mit dem Fahrrad habe ich noch nicht versucht, nach Paris zu fahren."

Sie bremst, setzt zurück, um noch einmal die Schilder zu lesen, wird dabei fast von einem nachfolgenden Fahrzeug gerammt, lässt sich jedoch selbst durch ausdauerndes Hupen nicht beirren.

„Verstehst du das?"

Sie ist ratlos. Anders der Allemand: „Ich habe keine Autofahrererfahrung, aber mein gesunder Menschenverstand sagt mir, dass eine Richtung für poids lourds, Schwerverkehr, ist, dass der Schildermaler Feierabend hatte, als er das schreiben sollte, und es am nächsten Morgen vergessen hat."

„So einfach ist das, wenn man gesunden Menschenverstand hat."

„Ja."

„Welches ist denn nun nicht der Weg für den Schwerverkehr?"

„Das Problem könnte man durch abzählen lösen. Die Straße, auf der uns die meisten poids lourds entgegenkommen – alle halten sich nämlich nicht daran –, ist die für den Schwerverkehr."

„So einfach ist das, wenn man gesunden Menschenverstand hat."

„Ja."

„Wer zählt?"

„Der mit der größten Verkehrserfahrung."

Während sie tatsächlich Anstalten macht zu notieren, welche Autos aus welcher Richtung kommen, steigt er aus.

„Hoffentlich fängt es bald an zu regnen, und du beschließt, das Dach hochzuziehen."

Sie steigt aus, beginnt die entsprechenden Vorbereitungen.

„Was ist nun, willst du das Dach hoch haben oder nicht?"

„Ja."

„Dann hilf auch!"

Er hat jedoch ganz sein Augenmerk auf die Reisebusse gerichtet, die ihnen entgegenkommen. „Alles Kundschaft. Bares Geld, das da vorüberfährt."

„Ich dachte, unser Ziel ist Paris."

„Ich auch. Was sagt deine Statistik?"

„Unentschieden."

Er sieht sich schon wieder nicht in der Lage, ihr beim Hochziehen des Verdecks zu helfen, diesmal, weil sich das Scharnier des Verdecks auf seiner Seite nicht bewegt.

„Will nicht."

„Wer will nicht?"

„Dein Regendach."

„Wenn das so ist, ist das nicht spaßig."

„Habe ich auch nicht gesagt."

„Dann fahren wir so weiter wie bisher."

„Bis zum Regen."

„Ja. Und von da bis zur nächsten Werkstatt."

Der Allemand rüttelt noch einmal am Scharnier, ohne Erfolg.

„Wenn du auch nach Paris willst, musst du einsteigen."

Er will. Springt in den von ihr bereits in Gang gesetzten Wagen.

Während der Weiterfahrt verbreitet der Allemand merklich Unruhe. Mal sieht er den ihnen entgegenkommenden Lkws nach, zählt die Fahrzeuge, mal schaut er bedeutungsvoll in den wolkenverhangenen Himmel, zählt die Wolken. Sie bemüht sich, ihn auf den Boden der Tatsachen zurückzuholen: „Ziehst du das Auto nicht auch dem Fahrrad vor?"

„Wie man es nimmt. Für eine Fahrt nach Paris, ja."

„Ich meine ..."

„Stell dir vor, ich fahre in Montmartre vor den Folies Bergères vor, stelle das Fahrrad ab, geh rein ..."

„Am besten fährst du gleich durch. Auf die Bühne."

„Und dann?"

Er rückt seine Ledermütze zurecht, benutzt wieder den Innenspiegel, um sein Aussehen zu überprüfen. Allma verzichtet darauf, die Themen Kopfbedeckung und Fahrrad weiterzuverfolgen, und richtet ihr Augenmerk auf die Straße

und den Gegenverkehr. Der Allemand jedoch verbreitet bald
erneut Unruhe. Klappt mal die linke, mal die rechte Ohren-
klappe seiner Ledermütze hoch.

„Ich glaube, wir müssen noch einmal halten."

„Das ist nicht dein Ernst! Spürst du Regen schon in
Vorahnung seiner Ankunft?"

„Sei still!"

„War das ein Redeverbot?"

„Ich höre ein Geräusch."

„Ich auch."

„Aber ich höre offensichtlich eines, das du nicht hörst."

„Welches, bitte?"

„Der Motor produziert eigenartige Geräusche."

„Der Motor hat Geräusche, wie ein Motor Geräusche hat, die
sich naturgemäß von denen deines Fahrrades unterscheiden."

„Wie du meinst. Obwohl ich zu bedenken geben möchte, dass
zu einem Defekt sich gerne ein zweiter gesellt."

„Für den Fall, dass du mit dem einen Unglück drohst, das
selten allein kommt, muss ich dich enttäuschen: Das erste
Unglück habe ich schon hinter mir, der Motor wurde gerade
erst ausgetauscht."

„Jugend schützt vor Gebrechen nicht, würde ich dazu sagen."

„Mein Gott, wann gibst du endlich auf?"

„Sprichst du von aufgeben, wenn du nachgeben meinst? Du
solltest wirklich erwägen anzuhalten."

„Weil du Geräusche hörst?"

„Wenn der Motor singen könnte, dann würde ich sagen, er ist
im Stimmbruch."

„Und deswegen soll ich anhalten?"

„Nicht deswegen, sondern weil der Motor seine Stimme ganz
verlieren könnte. Der Fachmann würde von Kolbenfresser

sprechen. Und wenn der zuschlägt, wirst du noch jeden beneiden, der ein Fahrrad fährt."

„Irgendetwas passt nicht zusammen. Ich weiß nur noch nicht was. Erst warst du zu nichts anderem fähig, als ein Fahrrad zu steuern, jetzt bist du Experte für Automotoren und für ... wie heißt das noch?"

„Kolbenfresser."

Sie bremst scharf.

„Wenn du meinst."

Hinter ihr empörtes Hupen. Autos überholen.

„Vielleicht hättest du besser den Rückspiegel benutzt."

„Wie denn, wenn du ihn benutzt, um dein Aussehen zu überprüfen?"

Sie stellt den Innenspiegel neu ein. Der Allemand steigt aus, öffnet die Motorhaube.

„Was sagt der Experte? Ich meine, hast du deinen Kolbenfresser schon gesichtet?"

„Wie soll ich, bei ruhendem Motor?"

Er bedeutet ihr mit einer Handbewegung, den Motor anzulassen.

„Standgas?"

„Vollgas."

Der Motor heult auf. Es gelingt ihr nicht, den Vollgas-Modus zurückzunehmen, sie steigt auch aus. Natürlich erregen Fahrer und Gefährt Aufsehen. Ein Autofahrer bietet seine Hilfe an, fragt nach dem Problem. Die junge Deutsche erklärt sehr zum Unwillen des Allemand dem Hinzugekommenen mithilfe ihres begrenzten Wortschatzes, dass sie sich nicht einig sind, ob das Motorengeräusch normal oder absonderlich ist. Während der hinzugekommene Autofahrer sich über den Motor beugt, um das Problem zu analysieren, steigt der

Allemand in den Wagen, vornehmlich in der Absicht, erst einmal die Kraftstoffzufuhr zu unterbrechen. Er betätigt aber zugleich die Hupe. Dass der hilfsbereite Autofahrer erschreckt hochfährt, mit dem Kopf gegen die Motorhaube stößt, war zu erwarten. Leicht benommen nimmt er Abstand von weiterer Hilfe. Allma bemüht erneut ihren Wortschatz des Französischen, um sich bei ihm zu entschuldigen. Er geht zurück zu seinem Fahrzeug. Ohne weitere Worte des Abschieds – vielleicht, weil er die junge Frau nicht verstanden hat, vielleicht, weil ihn eine Beule an seinem Hinterkopf mehr beschäftigt als ein formeller Abschied. Erst nachdem der hilfswillige Autofahrer gegangen ist, steigt der Allemand aus dem Auto, gibt sich teilnahmslos.

„Wo sind wir hier eigentlich?"

„Irgendwo zwischen Chartres und Paris. Was weiß ich! Aber ich kann dir sagen, wo wir stehen: Der Motor läuft comme il faut, dein Fahrrad benötigen wir nicht, und der Helfer mit der Beule am Kopf hat aufgegeben. Unser einziges Problem: das Cabriodach. Das werden wir von der nächsten Werkstatt richten lassen, wobei ich dir und deinen plötzlich sich offenbarenden Automechaniker-Kenntnissen zutraue, dem Kraftfahrzeugmeister verständlich zu machen, in seiner Sprache, was unser Problem ist."

Mit dieser Zusammenfassung gelingt es der jungen Deutschen, weitere Diskussionen zu verhindern. Sie steigen in das Cabrio ein, fahren weiter. Er beschließt, seine Rolle des sich teilnahmslos Gebenden weiterzuspielen.

Der Regen lässt auf sich warten, kein Grund also, die Fahrt abzubrechen. Dennoch entscheidet Allma im nächsten Dorf, die an der Hauptstraße gelegene Werkstatt aufzusuchen.

„Hier? Inmitten von Ackerbau und Viehzucht?"

„Ja. Immerhin suggeriert das ausgehängte VW-Firmenschild, dass man hier etwas von unserem Auto versteht."

Sie ermuntert beziehungsweise bedrängt ihn, den Patron der Werkstatt zu suchen. Der Allemand macht sich auf den Weg ins Werkstattinnere. Nach geraumer Zeit kehrt er zurück. Sie hat unterdessen die Zeit genutzt, ihr Make-up aufzufrischen. Er versucht, ihr erklärlich zu machen, was er erreicht hat: „Das Problem können sie lösen, sagen sie. Aber dafür haben wir ein anderes Problem."

„Ah so?"

„Sie schaffen es nicht mehr heute. Wir müssen hier übernachten."

„Wo hier?"

„Im Ort."

„Beim Bauern und seinen Kühen."

Da sie bei diesen Worten die Augenbrauen hochzieht, misslingt ihr das Nachziehen derselben. „Es gibt Bauern, die Zimmer vermieten. Und zwei Dorfgasthöfe mit Übernachtungsmöglichkeit, die aber schon complet sind. Ausgebucht. Außerdem ein Schlosshotel, das liegt einige Kilometer außerhalb."

„Was uns nicht hindern sollte."

Damit hat sich Allma schon für das Schlosshotel entschieden.

„Wir sollten den Patron bitten, wenn es dir Ernst ist mit dem Schloss, für uns die réservation zu machen."

„Für zwei Zimmer, ja. Bitte."

„Zwei. Dann haben wir das nächste Problem. Es ist nur noch eines frei."

„Warum reden wir über eine Möglichkeit, die keine ist? Oder wolltest du in der Besenkammer schlafen?"

„Im Schloss sind alle Zimmer Doppelzimmer."

„Dann soll er ein Zusatzbett reservieren."

„Ich glaube, das sollten wir besser vor Ort selbst in die Hand nehmen."

„Was, wenn Zusatzbetten aber im Schlosshotel nicht stilgemäß sind oder auch unter der Würde eines Schlosshotels? Dann hast du das übernächste Problem – Betonung auf du –, wenn sie dir die Besenkammer anbieten."

„Das wäre dann sicher auch unter der Würde des Schlosshotels. Und unter meiner."

Inzwischen hat sich der Patron zu ihnen gesellt. Er glaubt zu verstehen, worüber sie sich uneins sind, mischt sich unaufgefordert in ihre Diskussion ein: „Madame, là, on a un grand lit. Très grand. Et confortable. Madame, les grand lits im Schlosshotel sind sehr groß und auch komfortabel."

„Sag ihm, dass seine und meine Ansprüche unterschiedlich sind. Oder besser, sag ihm, er soll nach einem extra lit fragen."

Der Allemand, um weitere Peinlichkeiten zu vermeiden, begibt sich mit dem Patron in dessen Büro, kommt nach wenigen Minuten zurück mit der Mitteilung, dass alles wie gewünscht reserviert wurde.

„Très bien. Fragt sich jetzt nur noch, wie wir dorthin gelangen."

„Und wieder zurück. Ganz recht. Und vor allen Dingen, wann."

„Sag dem Meister, wir brauchen das Auto – repariert – morgen Vormittag. Und er möge bitte ein Taxi besorgen."

„Das Taxi kannst du dir abschminken. Die Bauern und ihr Vieh benutzen das nicht. Aber ich werde ihn bitten, eine Fahrgelegenheit zu besorgen."

Als Fahrgelegenheit erweist sich ein Traktor, gesteuert von einem freundlichen Bauern, der das Gepäck im Fußraum neben dem Gaspedal verstaut, und der der jungen Deutschen beim Aufsteigen hilft und ihr einen Platz auf dem rechten Radkasten des Hinterrades zuweist. Der Allemand nimmt auf dem linken Radkasten Platz. Ihre Fahrt führt sie durch das Dorf. Sie ist anstrengend für die beiden, weil sie sich immer wieder Halt verschaffen müssen. Außerdem sind die Sitze unbequem, hart und schmerzhaft. Am Dorfausgang verweist der Traktorfahrer auf das Schild, das das Schlosshotel – stolz geführt als der Relais-&-Chateaux-Gruppe zugehörig – ankündigt. Nach zwei Kilometern soll man links in eine Allee abbiegen. „Mein Gott!" ist Allmas einziger Kommentar. Die Wegstrecke zum Hotel führt tatsächlich über eine schmale Allee. Auf halbem Wege kommt ihnen ein großer, noch aus der Billig-Benzin-Zeit stammender Pkw entgegen, dessen Fahrer sich für vorfahrtberechtigt hält. Er geht offensichtlich davon aus, dass der Traktor ausweicht. Erst im letzten Moment bemerkt er, dass der Traktorfahrer nicht gewillt ist Platz zu machen, weicht selbst aus, findet sich im Straßengraben wieder, will die Tür öffnen, um den Traktorfahrer zur Rechenschaft zu ziehen. Aber die Tür klemmt infolge des misslungenen Ausweichmanövers.

Die Einfahrt des Schlosshotels ist durch ein Schmiedeeisengitter verschlossen, das nicht sofort geöffnet wird. Der Bauer hupt mehrmals durchdringend, drückt das Gaspedal im Leerlauf durch, mit dem Effekt starker Rauchentwicklung aus dem bis zum Verdeck hochgezogenen Auspuff. Zwei Bedienstete kommen, ziehen die Flügel des Gittertores auf. Der Bauer fährt mit majestätischer Geste ein, hält vor dem

Portal des Schlosses, stellt das Gepäck ab, verabschiedet sich von den beiden: „À demain."

„Was heißt das?"

„Dass er uns morgen früh wieder abholt, damit wir mit der Werkstatt verhandeln können."

„Noch einmal so viel Aufsehen?"

Sie weist auf einige vornehm, aber deutlich zurückgezogene Gardinen, hinter denen offensichtlich Hotelgäste ihre Ankunft beobachtet haben.

„Konnte ich ihm das abschlagen?"

Er verabschiedet sich erneut von dem Fahrer: „Merci, de notre part et à demain. Wir sehen uns morgen."

Der Bauer dreht mit seinem Traktor, sieht sich gezwungen, wiederum zu hupen, da die Bediensteten bereits das Gitter geschlossen haben. Bald nachdem er den Schlosshof verlassen hat, ist zu beobachten, dass er die Allee verlässt, über die Äcker fährt, weil er es vorzieht, nicht noch einmal die Wege des Autofahrers zu kreuzen, den er in den Graben abgedrängt hat.

Im Innern des Hotels finden sich die beiden nicht sofort zurecht. Weil eine Rezeption fehlt. Der Bedienstete klärt sie auf, dass sie sich auf historischem Boden befinden, dass das Schloss ein ehrwürdiges Alter von 350 Jahren aufweist und Übernachtungsgäste sich in das Gästebuch eintragen, das auf einem Stehpult ausgelegt ist. Das Buch ersetzt offenbar die Rezeption.

„Das hat Stil."

„Das Interieur?"

„Die Beschränkung auf ein Gästebuch. Man fragt nicht nach woher, wohin und Zusammengehörigkeit. Wie für unsere Zwecke geschaffen."

„Welche Zwecke, bitte?"

„Verschiedenste. Zumindest den, keine Datenspur zu hinterlassen."

Dass Allma die Antwort missbilligt, ist offensichtlich. Jedoch hält sie es, in Anwesenheit der mithörenden Bediensteten, nicht für angebracht, sie weiter zu kommentieren. Den Allemand indes bewegt ein anderes Problem: „Dieser Stil wird seinen Preis haben."

„Paris wäre auch nicht billiger geworden."

Den beiden wird ein Zimmer im oberen Stockwerk zugewiesen. Wieder muss er sein Gepäck selbst tragen.

Das Zimmer ist so, wie man Zimmer in musealen Schlössern vorfindet. Stuckdecken, Lüster, geschwungene Formen bei Schränken und Betten, schwere Vorhänge, kunstvoll gearbeitete Türgriffe, goldumrandete Spiegel. Geschwungene Formen auch im Bad, die Wasserhähne goldfarben oder auch bronziert, die Sanitäranlagen verschnörkelt. Der Bedienstete, der sie hochgeführt hat, zeigt dem Allemand, den er auf den Flur hinausgebeten hat, den Notausgang. Der Allemand kommt zurück, hängt das Schild *Bitte nicht stören* aus, schließt die Tür. Als er ihr Erstaunen bemerkt, versucht er zu erläutern: „Dumme Angewohnheit. Also, wenn es brennt: Der Notausgang ist links, auf jeden Fall aber müssen wir das Bild retten." Er weist Allma auf das Gemälde hin, das über den Betten hängt: „Alter, ungenannter Meister. Der Porträtierte dagegen scheint bekannt, es soll Kardinal Richelieu sein. Außerdem: Man speist um acht." Während er im Zimmer umhergeht, um diese und jene Einrichtung auf ihre Funktionstüchtigkeit hin zu überprüfen, hat sie sich einige Kissen genommen, testet, ob das Sitzen auf Kissen ihren Prellungen Linderung verschafft. Er kommt aus dem Bad.

„Was bedeutet das?"

„Das bedeutet, dass Prellungen schmerzen."

„Dann ist Sitzen gewiss nicht die richtige Therapie."

Er stößt sie sanft, aber wirkungsvoll von ihren Kissen, sodass sie rückwärts auf das Bett sinkt, wobei der Allemand ihre Versuche unterbindet, sich wieder aufzurichten oder gar die Kissen zu benutzen.

„Gewiss ist das auch nicht die richtige Therapie!"

Sie versucht sich zu befreien. Es gelingt ihr nicht, schließlich greift sie sich ein Kissen, drückt es ihm in das Gesicht, sodass ihm die Luft ausgeht und er aufgeben muss.

„Außerdem: Man speist um acht."

Sie rücken ihre Kleidung zurecht und verlassen das Zimmer.

Nachdem beide gegangen sind, richten zwei Zimmermädchen Bad und Betten für die Nacht her. Sie schließen Vorhänge, dämpfen das Licht, decken die Betten auf, prüfen das Seifenangebot auf Vollständigkeit, tauschen Handtücher aus. Eine der beiden legt das Nachthemd aus, während die andere vergeblich nach einem Schlafanzug für den männlichen Gast sucht. Beständig unterhalten sie sich. Diejenige, die den Schlafanzug nicht finden kann, öffnet das Fenster, reißt ein Efeublatt vom Spalierefeu, legt das ins Bett. Anschließend gehen beide rasch, kichernd. Der Bedienstete, dem die Oberaufsicht obliegt, mustert die Vorbereitungen, entfernt das Efeublatt. Als er das Fenster öffnet, um es nach draußen zu werfen, kommen ihm mit einem Windstoß weitere Blätter entgegen.

In der Zwischenzeit haben der Allemand und Allma ihr Abendessen fast beendet. Der Nachtisch wurde bereits aufgetragen, die Weinflasche ist fast geleert. Allma scheint das Gespräch und seine Themen in ihrem Sinne geführt zu haben.

„Du hast bisher nichts von dem erzählt, was du gemacht hast, als du noch nicht Touristen geführt hast."

„Ist das interessant?"

Für sie offensichtlich schon. Der Allemand sieht sich genötigt, ihre Frage zu beantworten.

„Getuscht, retuschiert und gouachiert. Und übermalt."

„Und das ernährte einen Mann?"

„Zusammen mit der Touristenführung schon."

„Ich meinte die Zeit davor."

Der Allemand zögert mit einer Antwort, gesteht dann: „Françoise."

„Sie hat … dich unterstützt?"

Er bejaht zunächst wortlos, dann aber doch für Allma verständlich mit dem Hinweis, dass Françoise schon sehr lange in einem Reisebüro arbeitet.

„Malen, Touristen und Françoise. Ist das dein Frankreich?"

„Paris. Paris 1968. An der Sorbonne. Habe mich da auch verschanzt."

„Einmal muss schließlich jeder Provinzler in Paris gewesen sein."

„War ein Fehlschlag."

„Allerdings."

„Du meinst das Ganze. Ich spreche von meinem Beitrag. Die wussten nicht, wo und wie sie mich einordnen sollten: überaltert, mit der Vorliebe zur Kunst, mit deutscher Herkunft und mit Thesen gegen die Nationalsozialisten. Gegen die im heutigen Deutschland, wohlgemerkt."

Er nimmt sein Glas, will trinken, bemerkt erst spät, dass das Glas bereits geleert ist.

„Ich schlage vor, wir wechseln zur Bar. Oder zum Salon, was immer das Schloss für uns vorsieht, und du erzählst dann von dir."

Er greift noch zu einer der vom Ober angebotenen Zigarren, dann machen sie sich im Schloss auf die Suche nach Bar oder Salon.

Das Hotel bietet seinen Gästen einen Salon, möbliert im nachempfundenen Louis-quinze-Stil, also mäßig bequem. Rauchen ist hier nicht erwünscht, man befürchtet unkontrollierten Funkenflug. Sie besetzen ein Dreier-Sofa. Sehr bequem ist das nicht, also sammeln sie Kissen ein, sehr zum Missfallen anderer Gäste, aber auch damit Allma ihre blauen Flecken betten kann. Da man an der Schrankbar des Salons sich selbst seine bevorzugten Getränke einschenkt, ergreift der Allemand die Initiative, versorgt auch seine Begleiterin mit einem Muscat de Frontignan, wird fast förmlich: „Das Après-Dessert." Entgegen seinem Vorschlag, sie solle von sich erzählen, setzt Allma ihre Befragung fort.

„Bevor ich dich mit den Begebenheiten meines erst kurzen Lebens langweile, könntest du noch ergänzen, wie dein Leben vor Frankreich aussah."

„Warum?"

„Weil das eine deutsche Vergangenheit gewesen sein muss."

„Irgendwie bist du viel zu neugierig."

„Mag schon sein. Ich suche nur die Klammer, die alles zusammenhält: malen, Touristen, Françoise, Paris, Nationalsozialisten."

Währenddessen betrachtet sie ihre bei der Traktorfahrt davongetragenen blauen Flecken am linken Oberschenkel, cremt sie dann mit einer Creme vorsichtig ein, die sie ihrer

Handtasche entnommenen hat. Auch dies zum Missfallen einiger Gäste.

„Klammer heißt was?"

„Welche Gemeinsamkeiten alle haben. Mein Gott: Erklärungen!"

„Wenn du darauf bestehst, schwöre zuerst, dass du nie einen Psychologen gekannt hast und nie einen kennenlernen wirst! Zumindest nicht in Köln, meinem Heimatort."

Sie antwortet verständlicherweise nicht.

„Nicht. Ist auch egal."

„Was ist nun mit deiner Erklärung?"

„Die ist monokausal – so peinlich einfach, dass da nicht viel zu erklären ist."

„Und? Was ist nun die Erklärung?"

„Elternhaus. Was ich bin und habe, verdanke ich meinem Elternhaus. In jeder Beziehung."

„So peinlich einfach ist die Erklärung."

„Ja."

„Weil dein Vater kein Verständnis für dein Interesse an der Kunst zeigte?"

„Das hatte ich von ihm zu keiner Zeit erwartet. Aber dass er früheren Parteigenossen geholfen hat, Tritt zu fassen nach dem Untergang ihres Reiches, ohne Abstrafung, das ... das entsprach nicht dem, was ich von ihm erwartet hatte."

„Meines Wissens hat nach dem Krieg jeder jedem geholfen."

„Jeder auf seine Weise. Kumpane blieben unter sich. Gleich und gleich gesellte sich gern."

„Was immer du damit andeuten willst, du tust deinem Vater unrecht."

Diese Bemerkung der jungen Deutschen hätte den Allemand aufhorchen lassen, wenn nicht gar zu der Frage veranlassen müssen, worauf sich ihr Urteil gründete. Aber er belässt es bei der Floskel: „Dann weißt du mehr als ich." Möglicherweise auch deswegen, weil der Aperitif, der Wein zum Hauptgang und der Dessert-Muscat Wirkung zeigen. Allma gibt sich mit der Floskel nicht zufrieden.

„Wohl kaum. Ich bleibe nur sachlich."

„Es ist schwer, sachlich zu sein und zu bleiben, wenn man einen Vater hat, der nicht nur Steuerberater seiner Mandanten war, sondern ehemalige Nationalsozialisten unter den Mandanten auch in Sachen Vergangenheitsbewältigung beriet."

„Das verstehe, wer will, ich nicht."

„Deren Verständnis von Vergangenheitsbewältigung war, ihren Verstrickungen den Anstrich von Ehrbarkeit zu geben."

„Welcher Art?"

„Unrechtmäßige Übernahmen jüdischen Eigentums wurden zur selbstlosen Hilfsmaßnahme derjenigen erklärt, die sich bereichert hatten. Diese wundersame Wandlung ihrer Intentionen erfüllt zwar alle Regeln der Komik, aber sie ist keineswegs komisch. Eher schon charakterlos. Lassen wir das. Lösen wir besser die Probleme, die wir haben."

„Haben wir welche?"

„Haben wir. Wir haben noch nicht geklärt, wie wir schlafen."

Allma gibt vor, nicht zu verstehen. Übergibt ihm indessen die Creme, weist auf den letzten, noch nicht gecremten blauen Fleck auf der rückwärtigen Seite ihres Oberschenkels. Er bemüht sich um vorsichtiges Cremen, kniet aus diesem Grund vor ihr. Ihren aus einsichtigen Gründen hochgezogenen Rock und die gesamte Aktion empfinden die anwesenden Gäste offensichtlich als inconvenant, wie einer der weiblichen Gäste sich für alle hörbar äußert. Der Allemand vergisst aber dennoch nicht die Verdeutlichung seiner

Feststellung: „Ist es verständlicher, wenn ich dich frage, ob wir das Zusatzbett brauchen?"

„Nicht wir, du!"

„Streng genommen, hast du meine Frage gar nicht beantwortet. Aber die Botschaft ist angekommen. Das nächste Mal werden wir um das Bett würfeln."

„Solcherart Würfelspiel kenne ich nicht. Ist das deine Erfindung oder die eines deiner Chartres-Freunde?"

„Weder noch. Allgemeinwissen. Wer zuerst sechs würfelt, ich meine sechs Augen, hat die freie Wahl."

„Welche Wahl?"

„Wenn ich sechs würfele, schlafen wir beide im grand lit, wenn du zuerst die sechs würfelst, wählst du, was immer du glaubst, verantworten zu können."

„Du erwartest nicht, dass ich das kommentiere?"

„Nein. Schon deswegen nicht, weil ich Schwierigkeiten hätte, dir zu dieser fortgeschrittenen Stunde intellektuell zu folgen."

„Intellektuell. Aber physisch kannst du mir noch folgen: bis in unser Zimmer, in das Bad? Und dann in dein Extrabett?"

„Erwartest du, dass ich darauf antworte?"

Sie gehen, lassen die Kissen so zurück, wie benutzt. Die Gäste, vorwiegend älteren Jahrgangs, sind nun fast empört.

„C'étaient des Allemands, tu sais."

„Germans, you know."

„Sabes: estuvieron unos alemanes."

„Mein Gott, wie peinlich!"

Mit diesen wenig freundlichen Worten der Gäste endet die *Szenenfolge V* und damit auch die Beschreibung eines ereignisreichen Tages, der so vielversprechend begonnen hatte, aber nicht so endet wie erwartet – ich spreche von den Erwartungen des Allemand. Was den Verlauf der Nachtstunden betrifft, sind die Hinweise auf das, was geschehen wird beziehungsweise nicht geschehen wird, eindeutig. Es bedarf keiner weiteren Beschreibung.

Der Bericht über den Fortgang des Paris-Abenteuers folgt einerseits zwar unmittelbar in der *Szenenfolge VI*, andererseits aber hat der Freund, was die abschließenden Szenenfolgen betrifft, an seinem Originaltext Änderungen vorgenommen. Die hatte er mir zugeschickt. Irgendwann nach unserem Treffen in Dijon. Im Bürostil, ähnlich der Bearbeitung eines Vorgangs, hatte ich seinerzeit den Umschlag ordentlich und an richtiger Stelle abgeheftet. Er enthält sowohl des Freundes Begleitbrief – den ich damals wie ein Anschreiben mit Stempel und Datum versehen hatte – als auch, angehängt, die Textneuerungen. An die ich mich nur noch schwach erinnere. Beide Dokumente halte ich jetzt in den Händen, da ich beim entsprechenden Textteil angelangt bin. Des Freundes Anschreiben ist, für seine Verhältnisse, kurz:

Cher ami,
danke noch einmal für die guten Gespräche in Dijon. Der gemeinsame Abend erinnerte mich an frühere Zeiten. Zudem war er goldgerändert – damit meine ich den französischen Rahmen.
Alle uns interessierenden Themen haben wir, glaube ich, erschöpfend behandelt. Bleibt nur noch meine Nachlese zur Aufarbeitung der verschiedenen Reaktionen auf mein Manuskript.
Enttäuschung: Ja. Aber nicht wegen der Absagen, sondern wegen der weit hergeholten Argumente.
Ich habe mich des Textes doch noch einmal angenommen. Warum? Weil ich die Zeit dazu hatte. Mit Nahen des Winters werden die Touristenströme hier fast zu Rinnsalen, während sie in Richtung

Karibik wohl flutartig anschwellen. Was bedeutet, dass Françoise
für mich kaum Zeit hat.
Natürlich habe ich wenig geändert, und wenn, dann eher ergänzt
als gestrichen. Und das auch nur in den letzten beiden Szenen-
folgen. Die auszutauschenden Seiten habe ich in der Anlage
beigefügt. Ob du dir die Mühe machen willst, die Unterschiede zu
entdecken, überlasse ich völlig dir. Ich würde es nicht noch einmal
mit einer Bittsteller-Kampagne versuchen wollen. Nicht zu meinen
Lebzeiten ...
Je t'embrasse
Alman

Zum akribischen Vergleich beider Texte fehlte mir seinerzeit
die Muße, und außerdem hielt ich das grundsätzlich für viel
zu zeitaufwendig. Was ich gemacht habe damals: die Texte
nicht gegengelesen, sondern den neuen Text, so wie ich es
von unseren Vertragsjuristen gelernt hatte, über den alten
Text gelegt und gegen das Licht gehalten. Ich stellte dabei
fest, ohne Details würdigen zu müssen, dass der Freund sehr
selektiv und punktuell Änderungen vorgenommen hatte, obwohl er selbst von Ergänzungen spricht. Auch die wiederum
hatte ich damals nicht wirklich gelesen, eher überflogen, und
mir dazu – zu welchem Zweck auch immer – am Rande des
Begleitbriefs Notizen gemacht. Die von mir bemerkten Änderungen sind, meinen eigenen Randbemerkungen zufolge,
dass der Freund insbesondere Kritik an der Nachkriegs-
Verharmlosung des Nationalsozialismus nicht nur beibe-
halten hatte, sondern ergänzt, sogar schärfer konturiert hatte.
Außerdem, wenn ich ihn richtig verstanden habe, hat er
nachdrücklich auf Büchner verwiesen, was die Aussteiger-
Thematik betrifft. Und er wollte näher am Geist der Zeit sein.
So hatte ich ihn auch schon in Dijon verstanden. Damit schien

er allerdings die Zeit der Achtundsechziger-Generation ge-
meint zu haben. Weniger auf ihre Weltanschauung und ihre
Taten anspielend, sondern auf die von ihnen zugewiesene
Rolle der Sexualität. Nicht auszuschließen, dass er sich zu-
gleich entfernen wollte von der Nachkriegsidylle bei Jacques
Tati. Andererseits hat er uns – gottlob – Jacques Tatis amüs-
ierten Hinweis auf den Anbruch einer neuen Zeit erhalten:
Was bei Tati die Adaption amerikanischer Postverteil-
Methoden im Nachkriegsfrankreich ist, ist im Manuskript des
Freundes der Versuch, modernste Technik in die
Darstellungsweise der Kathedrale einzubringen. Um damit
die Bedeutung des Bauwerkes zu würdigen. So zumindest
lautet meine eigene Anmerkung am Briefrand.
Des Freundes allerletzte Sätze seines Briefes fand ich zwar
spaßig, konnte aber nichts mit ihnen anfangen. Jetzt kann ich
es.
Den Umschlag mit dem geänderten Text noch immer in den
Händen haltend, bin ich unschlüssig, ob ich die Zäsur zum
Anlass nehmen soll, meine Lektüre für heute zu beenden. Um
zum Beispiel die Kathedrale zu besichtigen. Oder aber
weiterlesen sollte, da ich mich ja möglichst umfassend auf
meine Begegnungen mit Freunden und Bekannten des Verstorbenen, insbesondere Françoise, vorbereiten will. Die
Entscheidung wird mir vom Bistrot-Chef abgenommen. Während ich nämlich intensiv mit der Lektüre der *Szenenfolge V*
beschäftigt war, hatte der schon mehrere Male rückgefragt, ob
noch alles zu meiner Zufriedenheit sei. Offensichtlich ein
diskreter Hinweis, dass ich seine Lokalität über Gebühr in
Anspruch nehme. Solcherart Hinweis kannte ich bisher nur
von Restaurantbesuchen. Da ich befürchtete, sie hielten mich
für einen mit französischen Sitten und Gebräuchen nicht

vertrauten Touristen, zum Beispiel jemanden aus Wien, der seinen Nachmittag bei ihnen verbringen will, hatte ich – leichtsinnigerweise – noch ein Five-o'Clock-Tea-Ensemble geordert. Übrigens in der Hoffnung, dass sie das hier nicht kennen würden. Aber sie kennen es, und jetzt kommt der Patron persönlich damit herüber. Also lese ich weiter. In der einen Hand Scones, in der anderen Hand die restlichen Seiten des Textes, beginnend mit der *Szenenfolge VI*.

Szenenfolge VI – Der Paris-Ausflug des Allemand und der jungen Deutschen endet vorzeitig

Der Tag zwei der Paris-Exkursion beginnt mit verspätetem Frühstück. Im Frühstücksraum mit vorrevolutionär anmutendem Ambiente. Selbstverständlich kein Frühstücksbuffet mit geschäftigem Hin- und Herlaufen der Gäste, sondern Einzelbewirtung durch das Personal, für das aufmerksame Bedienung oberstes Gebot ist. Der Frühstücksraum ist, vermutlich wegen der fortgeschrittenen Tageszeit, nur schwach besucht. Die beiden lassen sich offensichtlich Zeit, weil sie nicht damit rechnen, dass die Reparatur ihres Autos vor Mittag abgeschlossen sein wird.

Man darf davon ausgehen, dass der Allemand und Allma die Nacht im gemeinsamen Hotelzimmer, aber in getrennten Betten verbracht haben. Denn erneut oder aber immer noch, wie schon am Abend zuvor, bekundet der Allemand mangelndes Verständnis für die Maßnahme. Er beklagt wortreich, in seiner Muttersprache und auch auf Französisch, den fehlenden Komfort des feldbettartigen Ersatzbettes, das ihm von Allma zugewiesen worden war. Ihr Interesse an seinen Beschwerden ist gering. Sehr wahrscheinlich erachtet sie diese als scheinheilig, setzt ihre Lektüre im vor ihr liegenden Paris-Reiseführer fort. Und nicht nur das: Sie unterbricht ihn, liest ihm Passagen aus der Beschreibung der Kathedrale Notre-Dame de Paris vor.

„Du musst nicht meinen, ich könne nur Kathedralen."

Allma überhört seine Anmerkung, er bemüht sich um Klarstellung: „Warum beginnen wir unseren Paris-Besuch in der Kathedrale? Der wahre Kunstkenner beginnt piano und steigert sich dann."

„Aha. Und wo steht dein Piano?"

„Wenn du mich so direkt fragst: in der Orangerie. Gemäldegalerie. Musée Nationale. In den Tuileries. Monet. Les grandes Nymphéas. Seerosen."

Es ist Allma anzusehen, dass sie nichts lieber täte, als der penetranten Belehrung eine Bemerkung wie „Das reicht! Ich glaube dir unbesehen, dass du nicht nur Kathedralen, sondern auch Gemälde kannst!" entgegenzuhalten. Sie unterlässt es – was den Schluss zulässt, dass ihr an einem harmonischen Tagesbeginn gelegen ist – und fährt fort, im Paris-Führer zu lesen. Bemerkenswert auch, dass sie sich Notizen macht und Passagen unterstreicht. Offensichtlich plant sie die Stationen, die sie in Paris ansteuern wollen.

Allmas Vorbereitungen erfahren eine jähe Störung durch den Concierge. Der nämlich überrascht sie mit der Nachricht, einen Anruf von der Werkstatt im Dorf erhalten zu haben. Die Werkstatt müsse zu ihrem allergrößten Bedauern mitteilen, dass das erforderliche Ersatzteil nicht eingetroffen sei. Man müsse sich noch gedulden. Natürlich würde man es der Autobesitzerin überlassen zu entscheiden, ob sie auf die Ankunft des Ersatzteiles zu warten bereit sei oder ohne die Reparaturmaßnahmen ihr Auto zurücknehmen wolle. Die

Mitteilung des Concierge scheint eher lähmend als aufscheuchend auf Allma und den Allemand zu wirken, zumindest zögern sie mit einer Antwort. Auf die der Concierge geduldig wartet, sieht er es doch als seine vornehmste Aufgabe an, als Gastgeber zu helfen.

„Wie würde der Experte für deutsche Autos und französische Alltagsprobleme entscheiden?", fragt Allma schließlich den Allemand.

„In dem Fall ist alles denkbar. Entscheide du!"

„Entscheidungsfreude klingt anders."

„Meine Aufgabe kann bestenfalls sein, unsere Optionen aufzuzeigen."

„Und die wären?"

„Sehr unterschiedlicher Art. Wir können den Tag hier verbringen. Und auch die Nacht. Und hoffen, dass das Ersatzteil morgen eintrifft. Wenn es eintrifft, fahren wir morgen noch nach Paris. Wenn nicht, dann entscheiden wir morgen neu, was zu tun ist: weiter warten oder aufbrechen. Alles eine Frage der Risikobereitschaft."

„Das ist nicht dein Ernst!"

„Wieso nicht? Entscheidungsträger und -finder managen täglich so. Nach dem Decision-tree-Prinzip. Entscheidungsbaum."

Er formt mit seiner Hand und den Fingern ein Y.

„Kenne ich nicht. Genauso wenig wie deinen Kolbenfresser. Ich schlage vor, wir verkürzen das Ganze. Sägen deinen Baum oberhalb der Wurzeln ab, lassen die Werkstatt gewähren, fahren heute nach Paris und sind zum nächsten Entscheidungsfindungstermin wieder zurück."

„Und wie kommen wir nach Paris? Mit dem Traktor?"

„Niemand ist besser geeignet als du, eine Lösung zu finden."

„Wie du meinst."

Diese Antwort verrät mangelnde Begeisterung für den Vorschlag. Allma entgeht das natürlich nicht: „Wenn nicht du, dann der Herr neben dir."

Ohne zu zögern – was man so interpretieren darf, dass er nur allzu gern den Concierge in die Lösungsfindung einbindet – erklärt der Allemand dem Nachrichtenüberbringer das Problem. Das Problem erfährt wie selbstverständlich eine Lösung, schließlich ist Problembewältigung eine ebenso vornehme Aufgabe eines Concierge: Man werde aus Versailles oder Paris ein Taxi anfordern. Der Taxifahrer bringe sie dorthin, wo immer sie ihre Besichtigung beginnen wollten. Eine Zugfahrt empfehle sich aufgrund der Verkehrsanbindung nicht. Allma stimmt sofort zu, fragt noch nach der Dauer der Wartezeit bis zur Ankunft eines Taxis aus Paris.

„Eine Stunde."

„Passt. Dann können wir uns hier noch auf Paris vorbereiten."

Des Allemand Einwand, sie müssten sich zunächst einmal einigen, wohin der Taxifahrer sie bringen solle, lässt sie nicht gelten. Sie bittet den Concierge, alles Nötige zu veranlassen. Auch mit der Werkstatt zu verhandeln. Und breitet bereits auf dem Frühstückstisch den Stadtplan des Paris-Führers aus. Alles hinderliche Geschirr stellt sie auf den Nachbartisch. Für Allma ist der Stadtplan das geeignete Instrument, den Ablauf des Paris-Besuchs festzulegen.

„Also: Wir beginnen vor der Kathedrale Notre-Dame de Paris, auf der Seine-Insel, der Île de la Cité."

„In der Annahme, dass der, der uns fährt, bis auf die Insel vordringt."

„Wird er. Dazu ist er Taxifahrer. Und mit den lokalen Verhältnissen vertraut."

Sie sucht auf dem Plan die Kathedrale, findet sie nicht sofort. Der Allemand hilft ihr: „Hier. Wenn du Notre-Dame suchtest."

„Perfekt. Da du mit dem gotischen Kirchenbau auf Du und Du stehst, wird es dir ein Leichtes sein, mich kenntnisreich durch das Kircheninnere zu führen. Ich will damit sagen, dass wir nicht schon jetzt die Details der Beschreibung lesen und rezipieren müssen."

Er schweigt dazu.

„Also weiter. Wir bleiben noch auf der Île de la Cité. Im Justizpalast-Innenhof besuchen wir dann die Sainte-Chapelle."

„Nicht schon wieder Gotik!"

„Nicht? Wir sollen den architektonischen Höhepunkt gotischer sakraler Kunst in Europa versäumen, weil du deine Trotzphase hast? Natürlich reihen wir uns dort in die Schlange ein!" „Wieso kommt eine Schlange jetzt ins Spiel?"

„Weil der Führer davon spricht. Er warnt uns, dass es wegen der kunstgeschichtlichen Bedeutung des Bauwerkes und wegen des großen Interesses häufig zu Besucherstaus kommt."

„Sagt der Führer auch, wie lange der Stau dauern kann? Ich denke, falls länger als zwei Stunden, dann sollten wir erwägen, das von dir so ehrfurchtsvoll gepriesene Kunstwerk auf Ansichtskarten zu bewundern und es uns von einem mehrsprachigen Kunstführer erläutern zu lassen."

„Interesse an der Großartigkeit eines solchen Bauwerks oder besser die Bewunderung dafür sieht anders aus. Mein Gegenvorschlag: Wenn wir vor dem Justizpalast länger warten als erträglich, nehmen wir Kürzungen andernorts oder einfach am Ende unseres Besichtigungsprogramms vor."

„Mon Dieu! Machen wir eine Studienreise?"

„Nein. Wir bilden uns."

„Bilden ist anders. Und außerdem ist mir, als würdest du mich in den Touristenstrom stoßen, dem ich in Chartres gerade erst erfolgreich entstiegen bin."

„Wo ist das Problem?"

„Darf ich erst einmal einwenden, dass meine Vorstellungen, was unseren Ausflug betrifft, anders aussehen?"

„Darfst du. Du darfst sogar sagen, was du zu sehen dir vorgenommen hattest."

„Zum Beispiel dir in die Augen."

„Ah so."

Die junge Deutsche legt demonstrativ Karte und Führer beiseite.

„Ein gelungener Wortwitz ist das nicht. Ich habe nach *was* gefragt, nicht nach *wen* oder *wem*."

„Meine korrigierte Antwort wäre dann: Ich gedachte keinen Gegenstand anzusehen, sondern eine Person, nämlich dich."

„Und das reicht dir?"

„Ja."

„Mir nicht."

Es entsteht, nicht verwunderlich, eine Gesprächspause.

„Was ist falsch am In-die-Augen-Schauen?"

„Alles. Weil zu befürchten ist, dass das zu Missverständnissen führt."

„Welcher Art?"

Sie zögert mit der Antwort, der Allemand nutzt das zu weiteren Erklärungen.

„Was ist falsch am süßen Nichtstun? In Paris. Ich zumindest habe mich nicht auf den Weg gemacht, um dort zu arbeiten, nicht, um in deutsch-typischer Manier Sehenswürdigkeiten abzuarbeiten."

„Bleibt uns also nur noch, uns in die Augen zu schauen."

„Du sagst es. Und um uns herum die Welt zu vergessen."

Nach erneuter Denkpause gelingt es Allma dann doch, ihre Einwände, Bedenken und Klarstellungen in der von ihr als notwendig erachteten Deutlichkeit zur Sprache zu bringen: „Du magst deinen Lebensstil romantisch finden, ich finde ihn unangemessen. Du bist nicht Georg Büchners Leonce und ich bin nicht seine Lena. Was immer du dir erhofft hast. Selbst wenn du glaubtest, alles so arrangieren zu können. Leonce stellt seine Gespielin Rosetta ins Abseits, du schiebst deine Geliebte Françoise aufs Abstellgleis. Ich aber bin nicht die Prinzessin Lena vom Reiche Pipi, die scheinbar zufällig dem Prinzen des Reiches Popo fern seiner Heimat begegnet."

Der Allemand ist augenscheinlich noch nicht gewillt aufzugeben.

„Ganz recht. Bei Büchner folgt alles einem universellen Plan, nichts ist dem Zufall überlassen. Und auch du, so scheint es, hast einen Plan im Gepäck."

„Und wenn schon. Der Plan jedoch sieht nicht vor, mich mit dir zu vereinen."

„Was immer unter vereinen zu verstehen ist. Du wirst es mir erklären."

„Es sollte reichen, wenn ich dich darauf hinweise, dass Leonce und Lena gleichaltrig waren."

„Und sie haben auch sonst noch einiges gemeinsam: Sie sind beide von edlem Geschlecht und baldige Erben eines Königreichs."

Dem ist nichts hinzuzufügen. Also entsteht wieder eine Gesprächspause. Diesmal ist sie länger als alle vorangegangenen.

Allma sieht keine Veranlassung, das Gespräch wieder aufzunehmen. Das bietet dem Allemand Gelegenheit, ihren Hinweis auf die Weltliteratur zu kommentieren.

„Dass du den Vergleich – den des Prinzen mit mir – zwar entwirfst, dann aber wieder verwirfst, finde ich bedauerlich. In jeder Beziehung. Wenn es dir mit deinem Vergleich Ernst gewesen wäre, dann hieße das, Büchners Bühnenhelden Leonce zum ersten Aussteiger der Moderne zu ernennen. Leonce als Vorgänger oder Vorbild – das würde mich ehren …" „Werde bitte nicht literarisch!"

„Soll heißen?"

„Bleib bei deiner Malerei."

„Das sagtest du bereits."

Sie versteht ihn nicht.

„… als du mir vorgeschlagen hast, den Touristen-Führungen abzuschwören. Ich mich stattdessen meinen Bildern widmen solle."

„Erstaunlich, wie rasch es dir immer wieder gelingt, bei Aussagen, die dir missfallen, elegant das Thema zu wechseln."

„Das war sicher nicht anerkennend gemeint."

„Nein."

„Dann sage mir, welches dein oder besser unser gemeinsames Thema ist."

Die Aufforderung bleibt unerwidert. Der Allemand indessen blättert im vor ihnen liegenden Führer, fährt dann planlos mit dem Finger über die Karte.

„Wo sind wir jetzt?"

„Nicht viel weiter als zu Anfang. Wir haben noch nicht einmal die Nachbarinsel Saint-Louis erreicht."

„Sage nicht, dass dort ein dritter gotischer Kirchenbau steht. Das kann nicht sein. Saint-Louis ist nicht für Kirchgänger geschaffen. Die Insel ist Wohnviertel. Eines der berühmtesten und angesehensten in tout Paris."

„Wie es im Führer steht. Ganz recht. Ist auch der Grund, warum wir es aufsuchen wollen. Laut Führer bewohnen viele bedeutende Persönlichkeiten diesen Teil des vierten Arrondissements."

„Darf ich fragen, wem ich da begegnen soll?"

„Wenn ich dem Führer glauben kann: Camille Claudel, Helena Rubinstein, Georges Pompidou, Louis de Funès."

„Sofern sie noch leben."

„Bei wem hast du Zweifel?"

„Ich verfolge die Lebensläufe derer aus der Oberschicht nicht, aber dass zum Beispiel Camille Claudel nicht mehr unter den Lebenden weilt, sollte Teil der Allgemeinbildung sein."

„Mir auch recht. Das verkürzt dann den Aufenthalt dort entsprechend."

Es ist weder zu übersehen noch zu überhören, dass der Allemand nicht wirklich interessiert, eher höflichkeitshalber Allma nach dem von ihr geplanten weiteren Verlauf der Besichtigungsroute fragt. Sie fährt jedoch fort in ihren Erläuterungen: „Über die Seine-Brücke Louis-Philippe directement zum Marais-Viertel. War lange Zeit jüdisch geprägt. Vorbei am Kaufhaus Bazar de l'Hôtel de Ville und am Rathaus selbst. Im Marais kannst du dann wählen zwischen dem Musée Carnavalet und dem Musée national Picasso."

„Wir gehen dahin, wo der Andrang geringer ist."

„Sagt der Künstler."

„Sagt der frustrierte Künstler."

„Frustration kenne ich anders. Abgesehen davon: Gibt es einen Grund, frustriert zu sein?"

„Mehr als einen."

„Ich kann nicht einmal einen erkennen. Fürchte hingegen, dass deine ganz persönliche Trotzphase immer noch andauert."

„Wenn wir so weitermachen, werden wir nie in Paris ankommen. Das nächste Ziel, bitte!"

„Wie du möchtest. Nachdem wir das Musée Carnavalet besucht haben werden ...", Allma erwartet seinen Einspruch, der aber nicht kommt, „... wenden wir uns der Place des Vosges zu. Der Führer sagt, es sei einer der bedeutendsten und schönsten Plätze von Paris."

„Die Aussage ist ihm unbenommen. Sagt er hier auch etwas zu den Besucherzahlen? Könnte ja sein, der Besucherandrang auf der Place ist so groß, dass die Zahl der Touristengruppen die Zahl sehenswerter Gebäude drum herum übertrifft."

„Wohl kaum. Die Autoren des Führers schreiben, dass der Platz beliebt ist bei Eltern mit Kindern. Wegen der Spielgeräte in der Grünanlage."

„Da wir weder Eltern noch Kinder sind, würde ich dein Programm gerne modifizieren. Dagegen irgendwelche Einwände – was das Modifizieren betrifft?"

„Was ist deine Abwandlung?"

„Du erfreust dich am Anblick der Kinder und der den Platz umrahmenden sehenswerten Gebäude, und ich ..."

„... suche mir ein Café, willst du sagen?"

„Nein, ich suche dort das Hotel Pavillon de la Reine und mache mich mit seinen Angeboten vertraut."

Allmas Erstaunen über diese Wendung ist nicht zu übersehen, sodass der Allemand glaubt, den Hinweis schuldig zu sein, das Hotel sei in der einschlägigen Paris-Literatur für Touristen mehrfach lobend erwähnt. Der Hinweis auf die Hotel-Bewertung beeindruckt Allma jedoch ganz und gar nicht.

„Deine Unzufriedenheit mit meiner Auswahl wird zunehmend lächerlich. Du willst keinen Kathedralen-Besuch vorweg, du willst dich nicht in die Sainte-Chapelle-Warteschlange einreihen und auch um die Renaissance-Bauten der Place des Vosges scheinst du einen Bogen machen zu wollen – einzig ein mir unbekanntes Hotel erfährt deine Aufmerksamkeit. Was willst du dort?"

„Übernachten. Wenn ich deine Programmplanung richtig deute, folgen nach der Place des Vosges mindestens noch Eiffelturm, Champs-Élysées, Arc de Triomphe und vermutlich noch weitere prominente Anverwandte wie Sacré-Cœur, das Mekka aller deutschen Kirchenbesucher in Paris. Aber alle die werden wir heute nicht mehr sehen, im besten Fall aus der Ferne."

„Wann dann?"

„Morgen, nach der Nacht im Hotel Pavillon de la Reine."

Allma schweigt zu seinen Vorschlägen.

„Erlaubst du mir auch noch, einen Satz zu deiner Unterstellung der zur Schau gestellten Unzufriedenheit zu sagen? Wenn mir Unzufriedenheit anzumerken ist, dann ist es die, die deiner Zuweisung des Feldbettes in unserem ländlichen Schlosshotel gilt. Auf das würde ich gerne verzichten und es eintauschen wollen. Gegen ein Himmelbett – im Hotel Pavillon de la Reine."

„War das das Angebot des Hotels, das du prüfen wolltest?"

„Unter anderem, ja."

„Was hindert uns daran, mit dem Taxi zurückzufahren, heute. Um morgen mit unserem eigenen, reparierten Cabrio in Paris einzufahren?"

„Einiges. Erstens wissen wir nicht, ob das Ersatzteil eingetroffen ist …"

„Dazu gibt es Telekommunikation."

„… und zweitens steht dem meine Aversion gegen Feldbetten entgegen, ich könnte auch sagen Allergie. Und außerdem, so einfach ist die Lösung nicht, weil es zum Beispiel sein könnte, dass die Ersatzteillieferung erst in einigen Tagen erfolgt."

„Willst du meine Meinung dazu hören?"

„Wenn ich muss …"

„Erstens: Alles eine Frage der Risikobereitschaft, die uns, wie du mir zu verstehen gegeben hast, an jedem Tag von Neuem abverlangt wird. Zweitens: Ich verstehe nicht wirklich das Prinzip deiner Entscheidungsbäume und habe keine Management-Qualitäten. Aber ich verstehe, dass ich einen zweiten Baum pflanzen müsste, der mir bei der Abschätzung hilft, wie groß unsere oder deine Chance ist, erstens ein Zimmer, zweitens ein Zimmer mit zwei Betten, drittens davon eines ein Himmelbett und viertens das alles im Hotel Pavillon de la Reine anmieten zu können. Womit ich dir begreiflich machen will: Das sind vier Vorbedingungen, die erfüllt sein müssen."

„Ce n'est pas vrai!"

„Was, bitte, ist nicht wahr?"

„Alles. Nichts. Ist wahr."

„Worauf also können wir uns einigen?"

Der Allemand sieht sich in der Defensive. Bemerkt auch, dass sein Decision-tree-Modell nicht so nützlich ist, wie gedacht.

„Lass uns erst einmal in Paris angekommen sein. Wie wir dann den restlichen Tagesablauf gestalten, können wir, wenn wir dort sind, beschließen. Und da noch mal deinen Aufmarsch-Plan in die Hand nehmen. Zum Beispiel im Café Le Flore en l'Île."

Sie versteht nicht.

„Café Le Flore?"

„… en l'Île. Jenseits der Kathedrale, an der Spitze der Insel Saint-Louis. Mit Blick auf den rückwärtigen Chor von Notre-Dame …"

„Erst das Hotel Pavillon de la Reine, jetzt das Café Le Flore – en l'Île. Woher nimmst du dein Wissen über deren Existenz?"

„Reisebüro."

Mit dieser Auskunft hat Allma offenbar nicht gerechnet, verstummt. Nach geraumer Zeit der Überlegung, die sie braucht, um Zusammenhänge zu verstehen, folgt ihre sprachlich auffallend verkümmerte Frage: „Françoise?"

„Ja."

Es ist Allma anzumerken, dass sie mit jeder Antwort gerechnet hat, nur mit dieser nicht. Anders lässt sich ihre wenig qualifizierte, fast unbedachte Frage nicht erklären: „Aha. Was würde sie dir als nächstes Objekt empfehlen? Sagt sie dir auch, wo und wie es am schönsten ist?"

„Ja. Aber im Französischen würde man so nicht formulieren. Könnte missverstanden werden."

„Werde bitte nicht anzüglich!"

Nach Erwähnung dieser dem Bien-être dienenden Pariser Lokalitäten beschließe ich endgültig, die Lektüre des Textes abzubrechen. Die virtuelle Exkursion zu den Sehenswürdigkeiten von Paris nämlich hat mich zusehends überfordert. Und vor allem war von Françoise nicht mehr die Rede. Nur ein einziges Mal, indirekt. Das bringt mein Verständnis der Geschehnisse um den Schulfreund und Françoise kaum weiter. Ich frage mich, inwieweit das Wissen um den Paris-Ausflug der beiden meine Teilnahme an der Trauerfeier bereichern wird. Mein Beschluss: Ich werde meine Lese-stunden im Bistrot zunächst beenden und mich nun doch, verspätet, auf den Weg zur Kathedrale machen. Um mich in ihrem Inneren vom Farbenspiel der Fenster faszinieren zu lassen, sofern die Lichtverhältnisse das erlauben und die Touristengruppen mir den nötigen Freiraum belassen.

Mein Besuch der Kathedrale endet jedoch rascher als geplant, er ist nur mäßig erfolgreich. Weder die Lichtverhältnisse noch das Verhalten der Touristengruppen entsprachen annähernd meinen Vorstellungen. Der abendliche Rückweg zum Hotel gestaltet sich unspektakulär. Es sind nur wenig mehr Passanten auf den Straßen als bei uns in der Stadt. Die vielen Besucher in Chartres scheinen sich zurückgezogen zu haben. Nicht auszuschließen, dass die einen aufarbeiten, was sie am heutigen Tage gesehen haben, die anderen vorbereiten, was sie morgen sehen wollen. Andererseits: Bistrots und Restau-rants können nicht klagen, sie sind gut besetzt, einige leiden gar unter zu großem Andrang. Selbst wenn ich weiter im Text meines verstorbenen Schulfreundes lesen wollte, hätte ich Schwierigkeiten, einen angemessenen Arbeits- und Lesetisch zu finden. Da habe ich es in der Bar meines Hotels – sie ist unübersehbar gegenüber der Rezeption positioniert – mit ihren einladend freien Hockern schon leichter.

Plots, die Barbesuche zum Inhalt haben, gehören in unserer Zeit zum bevorzugten, wenn nicht unverzichtbaren Bestandteil der TV-Unterhaltung, sobald sie Tagesabläufe von Männern im Blick haben, die noch keine festen Pläne – oder Partner – für den Abend haben. Die Bar meines Hotels wäre als Ort der Handlung eines solchen Plots nicht sonderlich geeignet. Hier dient eine weit ausladende Theke vornehmlich dem Aufmarsch von Weinflaschen, deren Inhalt der Ober, ich würde ihn nicht Barkeeper nennen wollen, in stilgerechten Gläsern anbietet. Ein verführerisches Angebot! Es motiviert mich, nach Loire-Weinen zu verlangen, nach denen von Sancerre und Pouilly. Schließlich lese ich doch weiter im Text des Freundes. Zumal ich an der Bar der einzige Besucher zu sein scheine, vermutlich auch bleiben werde, und ungestört meiner Lektüre nachgehen kann.

Jedermanns Erfahrung ist, dass Lesezeichen ein fast unentbehrliches Utensil beim Lesen umfangreicher Werke sind, sie sind eine sehr praktische Erfindung. Bei Loseblatt-sammlungen, so wie es Manuskripte zumeist sind, ist ihre Anwendung schon weniger hilfreich. Meines zumindest hat sich aus dem Blattstapel verabschiedet. Sodass ich erst einmal damit beschäftigt bin, wieder Anschluss zu finden an die Sätze, die ich am Nachmittag zuletzt gelesen hatte. Gottlob werde ich rasch fündig, überfliege aber sicherheitshalber einige Sätze in der Wiederholung.

„Aha. Was würde sie dir als nächstes Objekt empfehlen? Sagt sie dir auch, wo und wie es am schönsten ist?"
„Ja. Aber im Französischen würde man so nicht formulieren. Könnte missverstanden werden."
„Werde bitte nicht anzüglich!"
Allmas Geduld scheint erschöpft. Sie sucht, ohne weitere Erklärungen abzugeben, nach dem nächsten Ziel. Doch bis

dahin kommt sie nicht, denn der Taxifahrer tritt in Begleitung des Concierge an ihren Tisch. Der Concierge stellt ihn namentlich vor, es ist Georges, und legt der jungen Deutschen und dem Allemand das Auftragsformular vor. Fragt dann die erbetenen Angaben zur Person ab. Seine Rolle erklärt er damit, dass ihm leider nur das Formular für Einheimische in französischer Sprache vorliege, er jedoch in der Lage sei, eine ordnungsgemäße Übersetzung, wie er das nennt, zu garantieren. Schon die Feststellung des Auftraggebers ist zeitraubend, denn Allma und der Allemand sind sich uneinig, wer von ihnen als Auftraggeber zu gelten habe. Fast scheint es, dass beide darum würfeln wollen. Doch siegt die Vernunft, Allma macht Angaben zu ihrer Person.

„Allma, avec double l, Schöne."

„Ihr Alter? Pardon, Madame, darf ich schreiben: volljährig?"

„Charmant. Natürlich."

„Sie wohnen in Chartres, nicht wahr?"

„Dort nur im Hotel."

„Ihre Herkunft?"

„Er meint deinen Wohnort in Deutschland", ergänzt der Allemand.

„Köln."

„C'est Cologne avec sa fameuse cathédrale, n'est-ce pas?"

„Si."

Der Allemand befürchtet einen sich anbahnenden Austausch von Freundlichkeiten, unterbricht: „Sagtest du Köln?"

„Ja. Magst du unsere Stadt nicht? Wäre bei der Vielzahl deiner Vorurteile, Aversionen, Allergien und Antipathien nicht verwunderlich. Der Concierge hat, wie du hörst, mit meiner Herkunft keine Schwierigkeiten. Hast du welche?"

„Möglicherweise schon. Aber wahrscheinlich geht meine Fantasie mit mir durch."

„Verstehe ich nicht. Muss ein Sprachbild sein, das vor meiner Zeit benutzt wurde."

Der Allemand verfolgt einen erstmalig aufkeimenden Verdacht bei Nennung von Köln als Allmas Heimatstadt nicht weiter, bleibt dennoch nachdenklich. Dass daraus keine Denkpause wird, dafür sorgt schon der Concierge: „Madame. Leider sind wir noch nicht am Grund unseres Formulars angelangt. So sagt man doch? Es ist meine Pflicht, auch die Begleitperson aufzunehmen."

Grund genug für den Allemand, sich wieder einzumischen: „Bei Name schreiben Sie Allemand. Das reicht."

Der Concierge zögert zunächst, wendet sich hilfesuchend an Allma.

„Schreiben Sie Alman, avec un seule l."

Das Einzel-l irritiert den Concierge, jetzt wendet er sich wieder an den Allemand.

„Schon recht", ergänzt der, erhebt sich, um anzudeuten, dass ihm die Befragung lästig wird. Gemäß der Abfrage des Formulars ist der Concierge jedoch immer noch bei den persönlichen Daten.

„Herkunft", wendet er sich an den Allemand, „ich setze ein: wie oben."

„Chartres ja, Köln nein."

„Chartres, Hotel."

„Chartres ja, Hotel nein."

„Comment?"

„Das Zimmer, das ich bewohne, ist meines."

Der Concierge ist erneut irritiert. Sarkasmus ist nicht sein Ding. Allerdings beherrscht er die Regeln der Ironie: „Sie wollen nicht, wie vorher, hinzufügen: das reicht?"

Er erhält keine Antwort, also wird die vom Allemand erhaltene Auskunft zum Leerzeichen an entsprechender Stelle auf dem Formular.

„Bleibt uns noch die Fahrtstrecke, mit Ort und Zeit."

Die Angaben zur Abfahrt verstehen sich von selbst, bei der Nachfrage dessen, was der Concierge als Landepunkt bezeichnet, verzögert sich die Prozedur erneut wegen der Uneinigkeit bei den Befragten. Der Concierge hält schon mal Paris fest, wartet dann auf Vorschläge. Der Allemand benennt halbherzig die Orangerie „à côté des Tuileries". Ihr Vorschlag ist Notre-Dame, schon bestimmter vorgetragen. Der Dispute überdrüssig, trifft der Concierge die Entscheidung: „Ich habe mich im Zweifelsfall den Angaben des Auftraggebers anzuschließen."

Kein Widerspruch. Er beendet die zeitraubende Datenerhebung mit der Frage nach der geplanten Dauer des Aufenthaltes, erhält wiederum keine spontane Antwort, was ihn nicht wundert.

„Nur ungefähr. Das Taxi wird auf Sie warten."

Dieser Hinweis bietet ihm Gelegenheit, Georges, den Taxifahrer, mit den Abmachungen vertraut zu machen: „Georges wird Sie sicher hin- und zurückbringen. Dorthin, wohin Sie wollen. Er redet außerdem ein wenig Deutsch."

„Auch das noch!", ist der Kommentar des Allemand.

„Daran ist nichts falsch", ist ihr Kommentar zu seinem Kommentar.

„Ich lege keinen Wert darauf, die Vorzüge der von ihm gewählten Strecke in gebrochenem Deutsch erläutert zu bekommen."

„Unsere Fahrt hat noch nicht begonnen, schon wirst du unqualifiziert. In deinen Äußerungen."

„Warte es ab. Seine Berufsehre als Taxifahrer, sein patriotisches Selbstverständnis, uns sein Land näherbringen zu wollen, und seine nicht alltägliche Fähigkeit, sich in deutscher Sprache verständigen zu können, sind die idealen Voraussetzungen."

Der Langmut des Concierge, was das Hin und Her der Argumente der beiden betrifft, scheint inzwischen überstrapaziert. Er übergibt ihr das Hotel-Informationsblatt, ihm einen Schlüssel der Hotel-Eingangstür. Ersteres, um sie zu bitten, die verzeichnete Telefonnummer zu nutzen, falls erkenntlich würde, dass die Rückkehr sehr viel später als geplant sei, Letzteres, um ihnen den nächtlichen Zugang zum Hotel zu ermöglichen. Der Concierge trägt noch rasch die von ihm geschätzte Rückkehrzeit der beiden in die zuständige Spalte des Formulars ein, reicht dann das ungleiche Paar gewissermaßen an Georges weiter und verabschiedet die Paris-Fahrer, mehr oder weniger förmlich.

Der Allemand und Allma haben im Fond des Taxis Platz genommen. Sie holt den Paris-Führer hervor, fragt ihn, ob er darin lesen wolle. Er verneint: „Lesen während der Autofahrt bekommt mir nicht."

„Dann ist ein unterhaltsamer Fahrer doch genau das Richtige für dich."

„Während einer Taxifahrt vermisse ich weder lesen noch die freie Rede oder das Rezitieren des Fahrers."

„Aha. Und wenn statt seiner ich rezitieren würde?"

Allma scheint eine bestimmte Literaturpassage im Sinn zu haben: „Ô rage! ô désespoir! ô vieillesse ennemie."

„Nicht wirklich originell."

„Aber Corneille. Pierre Corneille. Le Cid."

„Uraufgeführt im Jahr 1636, ganz recht. Das aber zeigt deine Bildung, nicht seine. Außerdem reden wir aneinander vorbei. Meine Geringschätzung betrifft gebrochenes Deutsch."

„Glaubst du, er könnte Goethe rezitieren?"

„Nein. Aber Schiller. Die Axt im Haus, die den Zimmermann ersetzt, kennt jeder."

Damit erstirbt die Diskussion um Lesen und Sprechen während einer Taxifahrt erst einmal. Denn jetzt wird des Allemand Aufmerksamkeit auf die nicht verkehrsgerechte Fahrweise des Taxifahrers gelenkt.

Bislang von beiden unbemerkt, hat die kurvenlose, schnurgerade Streckenführung der Nationalstraße den Taxifahrer dazu verleitet, nicht nur zügig, sondern mit überhöhter Geschwindigkeit zu fahren. Und das auch in den Dörfern. Im dritten Dorf wird seine allzu schnelle Fahrt unsanft gebremst. Denn zwei ältere Bewohner nutzen die verengte Fahrbahn der Hauptstraße, einen gerollten Teppich zu transportieren. Sie tragen die Teppichrolle quer zur Fahrbahn, am unteren und oberen Ende jeweils auf ihren Unterarmen. Das Hupen des Taxifahrers hat zur Folge, dass beide erschreckt gleichzeitig der anderen Straßenseite zustreben, mit dem Effekt, dass sie erneut, nur in umgekehrter Richtung die Straße blockieren. Die junge Deutsche findet die unbeabsichtigte Umkehr der Teppichrolle amüsant, doch zwingt die den Taxifahrer zu abruptem Bremsen. Das wird begleitet vom Kommentar des Allemand: „Wurde auch Zeit!"

„Was?"

„Dass ihn jemand bremste."

„Ich sehe schon: Schnell fahren ist nicht dein Ding, lesen beim Fahren ebenso wenig und Unterhaltung mit dem Fahrer während der Fahrt auch nicht. Da bleibt nur das Fahrrad."

„Du sagst es."

„Dann wundert es mich, dass du die Autofahrt mit mir gestern ausgehalten hast."

„Alles keine Frage des Wie, sondern des Mit-Wem."

„Womit wir wieder auf Anfang sind."

Weitere Kommentare scheinen Allma nicht angebracht.

Im Anschluss an die unfreiwillige Unterbrechung verläuft die Fahrt ohne besondere Vorkommnisse. Und auch dem Taxifahrer bietet sich keine Gelegenheit, die Fahrtstrecke oder was auch immer seinen Fahrgästen zu erklären. Andere Verhältnisse ergeben sich jedoch, als sie den Ort Saint-Cyr-l'École passieren. Die Ankündigung der Abzweigung nach Versailles gibt dem Fahrer einen Anlass nachzufragen, ob sie beide an einem, wie er betont, unbedeutenden Umweg interessiert seien, um am Schloss Versailles vorbeizufahren. Beide scheinen sich uneinig, sie wägen ab, ob das zeitlich machbar ist. Allma ringt sich zu einem peut-être durch. Der Taxifahrer nimmt das als Zustimmung, glaubt, beide in ihrer Entscheidung bestärken zu sollen: „Wenn ich richtig verstanden habe, si j'ai bien compris, haben Sie einen weiten Weg hinter sich. De Cologne à Chartres, de Chartres jusqu'ici. Et après, und dann noch Paris. Sie sollten den Park von Versailles suchen …"

„Besuchen."

„… und in dem Königsgarten die Stimmung von Heiserkeit und Schwerelosigkeit genießen."

„Offensichtlich ist die Rede von Heiterkeit und Unbeschwertheit", korrigiert der Allemand.

„Erlauben Sie mir, dass ich überzeugt bin. Sagt man so in Deutschland?"

Sie bemüht sich, ihn in seinen Deutsch-Versuchen zu bestärken.

„Es kommt darauf an, wovon Sie reden wollen."

„Bien. Je suis convaincu que, comme la pluspart des jeunes couples allemands, vous visitez notre Capital wegen der Liebe. Ich bin überzeugt, dass Sie, wie die meisten jungen Paare aus Deutschland, unsere Stadt wegen der Liebe besuchen."

„Oh nein. Ich habe es gewusst! Jedes Wort aus seinem deutschen Sprachschatz ist ein Wort zu viel. Man sollte Taxifahrern untersagen, während der Fahrt mit ihren Fahrgästen zu sprechen."

„Wir sind hier nicht im Bus! Außerdem: Du hast es nicht wirklich gewusst. Du hast erwartet, er werde uns die Vorzüge seiner Fahrstrecke erläutern, tatsächlich will er uns die Vorzüge der Liebe in Frankreich erklären."

„Ist ja großartig!"

„Hat er nicht recht? Immerhin wurde aus deiner Liebe zu Frankreich die Liebe zu einer Französin."

„Zum Ersten hat Paris in meiner Liaison keine Rolle gespielt, zum Zweiten spricht er von deutschen Paaren, couple allemands, die der Liebe wegen nach Paris kommen."

„Sei es, wie es sei. Du hast ihn unterbrochen. Wir sollten ihn ausreden lassen."

„Wie du meinst."

Des Taxifahrers Kenntnisse der deutschen Sprache sind nicht derart, dass er die kritischen Untertöne in der Unterhaltung seiner Fahrgäste wahrnimmt. Also fährt er fort, den beiden die Attraktivität eines Versailles-Abstechers zu illustrieren: „Sie könnten im Schloss de Versailles den Spiegelsaal besuchen. Vous savez: C'était là où Ihr König, non: le Kaiser, im Jahr achtzehnhundertsechzigelf Ihr Reich begründet hat. C'était tard pour une nation, non? Aber die Führungen brauchen Vorbestellung. Oder Sie finden sich in einer Schlange wieder. Elle est très longue. Und die Führungen dauern lange Zeit."

Des Taxifahrers Schlussfolgerung und Empfehlung: das Schloss aus Zeitgründen nur von außen betrachten. Er fahre sie dann zum Parkeingang, stelle den Wagen auf dem Parkplatz des Trianon Palace Hotels ab und werde dort warten.

„Et vous, vous faites votre promenade dans le jardin royale."

Allma findet Gefallen an dem Vorschlag, der Taxifahrer fühlt sich zu weiteren Ausführungen animiert.

„Wenn Sie im Garten sind, je vous conseille un coup d'œil, empfehle ich Ihnen einen Blick zu werfen – auf das Grand Trianon Schloss. Das wurde gebaut für Louis XIV. Einen Seitenflügel bewohnte er, einen anderen die Maitresse."

Mehr als ein vieldeutiges „Aha!" ist dem Allemand auf diese Belehrung hin nicht zu entlocken. Der Taxifahrer missversteht das jedoch als Aufforderung, seine Fahrgäste mit weiteren Details zu unterhalten: „Natürlich besaß Louis XIV. viele Maitressen. On dit, man sagt, es waren dreizehn. Imaginez vous! Das konnte nicht gutgehen. Et que des charactères différents! Eine war Giftmischerin. Eine andere mehr an Staatslenkung interessiert als an Liebemachen. Eine hat authentique das Geld zum Fenster rausgeworfen. Andere machten seulement Intrigen. Die erste hat ihm die Kunst zu

lieben beigebracht. Und damit, ich spreche von den ange-
lernten Gewohnheiten und Praktiken des Königs in der Liebe,
mussten alle Nachfolgerinnen zufrieden sein …"

Dass der Allemand, mehr noch als Allma, zunehmend miss-
vergnügt die wenig wissenschaftliche Übersicht über das
Maitressendasein zur Zeit Louis XIV. zur Kenntnis nimmt,
muss nicht betont werden.

„Pour l'amour de Dieu: Arrêtez! Um Gottes willen, halten Sie
ein!", fordert der Allemand den Taxifahrer mit der ihm
geboten erscheinenden Strenge auf. Der versteht wieder
einmal falsch, glaubt, er solle die Fahrt unterbrechen, bremst
unvermittelt. Alles sehr zu Allmas Missfallen.

„Musste das sein?"

„Wen fragst du, ihn oder mich?"

„Dich. Etwas weniger dramatisch hätte es auch getan. Wir
sind Gast in diesem Land, wir sollten uns in Zurückhaltung
üben."

„Gast! Ich bin Gast in seinem Taxi."

„Solltest also doppelt zurückhaltend sein."

„Mon Dieu! Mit dir zu diskutieren heißt, mit Maitressen
beginnen und mit doppelter Zurückhaltung enden. Warum
bleiben wir nicht bei seinem Thema?"

„Es interessiert dich nicht."

„Auch richtig. Seine und des Königs Maitressen interessieren
mich nicht. Über das Thema …"

„Welches nun, bitte?"

„… des Maitressenwesens kann Mann – Mann mit großem M
und zwei kleinen nn – Stunden reden. Ich versichere dir:
Hätte ich ihn nicht arretiert, würden wir gerade jetzt die
Maitressen König Ludwigs XVI. charakterlich durchleuchten."

„Unbewiesene Spekulationen."

„Ich spekuliere sogar noch weiter: Wenn ich ihn nach Baustil, Baujahr und Bauherren fragen würde, zum Beispiel des Grand Trianon Schlosses, könnte er das nicht beantworten. Abgesehen davon haben wir selbst auch hinreichend Gesprächsstoff."

„Welchen bitte?"

„Ich warte immer noch auf deine Lebensgeschichte. Wenn man von einer solchen in deinem zarten Alter reden kann."

Allma antwortet nicht.

„Was ist nun?"

„Was?"

„Mit deinem Vorleben."

„Meine Lebensgeschichte hören zu wollen, hier und jetzt, das ist nicht einmal komisch! Das ist befremdend."

„Du wirst mir gestatten, dass deine Kölner Herkunft meine Fantasie beflügelt. Habe ich mich dieses Mal verständlicher ausgedrückt, in der Sprache deines Jahrgangs?"

Allma nimmt sich viel Zeit, ihre Antwort zu formulieren. Schließlich bedeutet sie dem Taxifahrer, die Lautstärke seines Radios zu ändern. Der Fahrer glaubt leiser, sie meint lauter, offensichtlich will sie damit sein Mithören ihrer Diskussion mit dem Allemand erschweren. Der Fahrer begreift nicht, der Allemand greift ein: „Au contraire, s'il vous plaît. Anders rum bitte."

„Ah oui. Je croyais que ça vous dérange."

„Was sagt er?"

„Er glaubte, dass die bisherige Lautstärke uns störte."

„Ganz im Gegenteil."

„Et maintenant …!"

„Ich gehe davon aus, dass dich meine Kindheits- und Jugendsünden nicht wirklich interessieren, sondern nur das, was geschah, nachdem sie mich gebeten haben, dich zu suchen."

„Allerdings! Und wer hat dich gebeten, mich zu suchen? Es ist sicher nicht der Kölner Kunstverein, der mich ruft."

„Wohl kaum. Der Ruf, der an dich ergeht, ist der deines Vaters."

Er schweigt dazu. Aber auch Allma sieht keine Veranlassung, sofortige Erklärungen folgen zu lassen, versucht indessen, ihn zu einem Kommentar zu bewegen.

„Also?"

Der Allemand sieht immer noch keine Notwendigkeit sich zu äußern.

„Dein Vater. Der von sich sagt, dass er seinem Sohn verziehen hat. Und ihn wieder in seinem Haus aufnehmen will", ergänzt Allma nun doch ihre Andeutungen.

„Hat er das gesagt?"

„Ja."

„Und hat dich gebeten, mir das auszurichten?"

„Ja."

„Und du hast der Bitte entsprochen."

„Ja."

„Du hast das übernommen, wissend, wer dich geschickt hat? Sag nicht wieder ja. Du wusstest es nämlich nicht. Wie solltest du auch. Zu der Zeit hattest du nicht einmal das Stadium eines Embryo erreicht."

„Deine Flucht in den Monolog hilft keinem. Mich interessieren deine Thesen nicht, und dein Vater hört sie nicht. Du solltest mir sagen, was du willst. Kein Angebot von deinem Vater? Nimm es an. Es kann dir nur helfen in deiner Lage."

Wie nicht anders zu erwarten, verfehlen Allmas harsche Worte nicht ihre Wirkung. Es ist offensichtlich, dass seine Antwort wohl bedacht sein müsste. Ist sie aber nicht.

„Mein Monolog zum unsäglichen Nachkriegsgeschehen, in das leider auch mein Vater verwickelt ist, ist noch nicht beendet. Auch wenn dich meine Meinung nicht interessiert: In der Natur überleben die, die die Kunst des Anpassens beherrschen. In Deutschland überleben die, die das Handwerk des Betrügens beherrschen. Aus meinem Elternhaus wurde denen Hilfe zuteil."

„Sind das deine letzten Worte in dieser Sache?"

„Fast. Was ich noch zu sagen habe, gehört allerdings nicht mehr zu dem, was du zum Monolog erhöht oder degradiert hast, je nach Sicht der Dinge. Es sind Fragen an dich: Welche Rolle spielst du bei allem? Seit deiner Ankunft in Chartres gab es genug Zeit und genug Gelegenheit, mir das alles zu sagen. Hast du geprüft, ob ich des Angebotes würdig sei? Oder solltest du nur meine Bedürftigkeit prüfen?"

„So zu denken – das kann nicht dein Ernst sein!"

„Das ist keine Antwort auf meine Frage."

Er wird auf die Frage auch keine Antwort bekommen, denn Allma bedeutet dem Taxifahrer, die Lautstärke seines Radios wieder zurückzufahren. Das Gespräch ist beendet.

Nicht überraschend erstirbt die Kommunikation zwischen den drei Autoinsassen völlig. Jeder ist jetzt mit seinem eigenen Problem beschäftigt. Der Taxifahrer ist irritiert, wenn nicht gekränkt, dass seine Vorschläge, den Park von Versailles zu besuchen, keinen Zuspruch mehr finden. Allma sieht ihre Mission auf dem besten Wege zu scheitern. Und der Allemand fühlt sich von allen Seiten bedrängt. Die Betroffenen, deren Muttersprache Deutsch ist, würden unter normalen Umständen von einer verfahrenen Situation sprechen. Sollten sie aber besser nicht, denn der Taxifahrer würde sie mit schlafwandlerischer Sicherheit missverstehen, nämlich dass er sich verfahren habe, und würde protestieren. Und neuerliche Diskussionen würden anheben.

Es scheint angesichts der Kommunikationsprobleme, dass Allma sich eine Lösung durch den Deus ex Machina erhofft, während der Allemand sich des Ernstes der Lage bewusst wird und mit zunehmender Annäherung an Paris zu der Überzeugung gelangt, dass es, wie vor zwei Dutzend Jahren, an ihm ist, das Feld zu räumen. Der Taxifahrer indessen hat unter den gegebenen Umständen nur noch ein Ziel: seine Fahrgäste auftragsgemäß auf die Île de la Cité, zur Kathedrale Notre-Dame zu bringen. Also fahren die drei schweigend in Paris ein. Vorbei an der monotonen Architektur von Meudon und Issy und weiteren Vororten der Großstadt. Schließlich haben sie das südliche Ende des Boulevard Saint Michel erreicht, queren im Schritttempo den Boulevard Montparnasse. Die Seine mit ihren historisch bebauten Inseln ist in greifbarer Nähe. Jedoch wird der Allemand auf dem Randstreifen des Boulevards, der Autofahrer von Fußgängern trennen soll, das unübersehbar platzierte Hinweisschild *Gare Montparnasse* gewahr. Das bedeutet das vorzeitige Ende der Fahrt. Denn der Allemand nimmt den Hinweis zum Anlass, den Taxifahrer anzuweisen zu halten: „Je veux descendre, s'il-vous-plaît. Ici! Ich möchte hier bitte aussteigen!"

Der Angesprochene ist verunsichert, wendet sich hilfesuchend an die junge Deutsche: „Madame, dies ist nicht die Haltestelle, nicht arrêt Notre-Dame. Wir sind noch nicht bei der Erfüllung Ihres Auftrages angelangt."

„Tun Sie, was der Herr wünscht!"

Also hält der Taxifahrer auf dem Seitenstreifen, auf einem Stellplatz für Taxis.

Ohne Abschied zu nehmen, steigt der Allemand aus, schlägt die Wagentür zu. Sein Schal verfängt sich zwischen Tür und Rahmen. Der Taxifahrer, der das nicht bemerkt hat, fährt an, doch wird er von der jungen Deutschen ersucht angesichts der sich abzeichnenden Gefährdung des Allemand, das Taxi zum Stehen zu bringen. Der Taxifahrer sieht im Rückspiegel, dass sie kaum Erschrecken zeigt, eher amüsiert scheint, aussteigt und auf den Allemand zugeht.

„Sollte wohl nicht sein, dein dramatischer Abgang."

Der Allemand gibt sich unbeeindruckt. Als Außenstehender könnte man das für Schockstarre halten. Nicht so Allma.

„Immer noch in der Trotzphase?"

Sie vermisst jegliches Entgegenkommen seinerseits, küsst ihn flüchtig und öffnet die Wagentür auf seiner Seite. Das hat nicht die erwartete Wirkung. Er zieht an seinem Schal, schlingt ihn um Kragen und Schultern und geht. Nach wenigen Schritten wird er von Allma eingeholt.

„Der Schlüssel. Den lässt du uns bitte. Den Nachtschlüssel. Vom Hotel. Den hat der Concierge dir gegeben."

Ohne auch nur ein weiteres Wort zu sagen, reicht er ihr den Schlüssel, macht sich dann endgültig auf den Weg. Inzwischen ist der Taxifahrer ausgestiegen, will ihr beistehen, zieht ein Taschentuch hervor.

„Qu'est-ce qui c'est passé? Was ist denn nur geschehen?"

„Mein Gott, ich weiß es nicht. Ich verstehe ihn nicht, ich verstehe Sie nicht. Weiß nur, dass ich zurück will."

„Retourner à l'hôtel? Zurück zum Hotel?"

„Oui."

Beide nehmen wieder im Taxi Platz. Da keine Tränen geflossen sind, faltet der Fahrer auch sein Taschentuch wieder zusammen. Es ist nicht zu übersehen, dass er der jungen Deutschen gerne geholfen hätte. Hätte er Inhalt und Ende des Streites der beiden verstehen können, was ja wegen der erwünschten Verdopplung der Lautstärke nicht möglich war, er hätte ihr helfen können. Nämlich sie darauf aufmerksam machen, dass sie von ihrem Begleiter keine Antwort auf die Frage bekommen hat, ob er das Angebot des Vaters annehmen wolle. So aber bleibt die Hilfe aus. Ebenso wie die Antwort des Allemand auf das unerwünschte Angebot des Vaters.

Mit einem nicht ganz ungefährlichen, fast verkehrsgefährdenden Manöver macht der Taxifahrer kehrt. Kopfschüttelnd beobachtet der Allemand die Abfahrt aus der Entfernung.

Er verlässt den Schauplatz in Richtung Gare Montparnasse, erreicht ihn nach wenigen Minuten Fußmarsch. Sein Interesse am Pariser Geschehen ist gering. Schließlich befindet er sich auf dem Rückzug.

Im Bahnhof angekommen, studiert er am Fahrkartenautomaten die Anweisungen, wie was wann zu betätigen sei. Als er schließlich die Prozedur in Gang setzen will, bemerkt er, dass er weder auf passende Münzen noch auf Geldscheine zurückgreifen kann, die der Automat akzeptiert. Reiht sich also in die Schlange der Wartenden am Fahrkartenschalter ein. Als er sich am Schalter unschlüssig zeigt zu entscheiden, welche Fahrkartenkategorie für seine Reise geeignet sein könnte, versucht der Schalterbeamte nachzuhelfen, in Anbetracht der länger werdenden Reihe der Wartenden und der sich abzeichnenden Ungeduld am Ende der Reihe.

„Wohin? Es gibt nur eine Richtung: Chartres."

Schließlich verlangt der Allemand eine Fahrkarte nach Chartres. Dritte Kategorie. Die Reihe der mit ihm unzufriedenen Anstehenden abschreitend, begibt er sich in das Restaurant des Bahnhofs, beschließt, dort auf den erst in einigen Stunden abfahrenden Zug zu warten. Die Fahrkarte der dritten Kategorie lässt die Benutzung eines früheren Zuges nicht zu.

Das Restaurant ist mäßig besucht. Die Zeit des déjeuner, der Mittagsmahlzeit, ist beendet. Auf die Züge wartende Gäste bleiben nicht lange. Es ist ein Kommen und Gehen, nicht anders als in der Bahnhofshalle. Einzige Konstanten scheinen der Allemand und eine Gruppe von drei Eisenbahnern zu sein, die hier ihre verspätete Mittagspause verbringen. Mit Biertrinken. Angesichts ungesäuberter Tische, nicht abgeräumter leerer Gläser und von Zigarettenstummeln überquellender Aschenbecher zieht es der Allemand vor, an der Theke, die von schlichten Hockern umstanden ist, sein Bier zu trinken. Seine Bestellung von deux grandes bières muss er beim Wirt selbst vornehmen. Der Allemand trinkt, noch sichtlich unter dem Eindruck der Auseinandersetzung mit Allma stehend, abwechselnd aus einem der beiden Gläser. Das erweckt bereits das Interesse der Eisenbahner. Auch, dass der Allemand Selbstgespräche führt, wenn auch sehr undeutlich, erregt ihre Aufmerksamkeit. Als der Fremde dann noch geistesabwesend – weil er mit seinen Gedanken bei den zurückliegenden Ereignissen ist – die Eisenbahner anstarrt, fühlt sich einer von ihnen gleichsam angesprochen, bietet ihm seine Zeitung an. Der Allemand bedankt sich, ist aber ansonsten sehr wortkarg bis abweisend, lehnt auch die von dem Eisenbahner angebotene Zigarette dankend ab. Stattdessen greift er in seine Jackentasche, holt die Zigarre hervor, die er am Vorabend im Schlosshotel an sich genommen hatte, zündet sie jetzt an. Was die Verwunderung der Eisenbahner nur noch steigert. Der Allemand hat zwar die Zeitung vor sich auf die Theke gelegt, wo sie wie Löschpapier zusehends mehr Feuchtigkeit aufsaugt, ist aber eigentlich mit der Bewältigung der Geschehnisse der letzten Stunden beschäftigt und führt weiter Selbstgespräche: „Falscher Engel. Sie hätten ihn vergolden, dann ausstellen, dann versilbern sollen. Und den Verkaufserlös dem Wiedergutmachungs-Fond spenden." Durch dieses Verhalten wird das Vermögen der Eisenbahner, sich Zurückhaltung aufzuerlegen, überfordert. Einer von ihnen versucht, ein Gespräch zu beginnen.

„Deutsch?"

Da der Allemand nicht sofort hört, wiederholt er: „Deutsch?"

„Moi? Oui."

„Ah oui."

Eine Pause tritt ein, dann versucht derselbe Eisenbahner sich erneut im Deutschen: „Unser Deutsch ist nicht mehr gut. On l'avait appris pendant le Besatzungzeit."

„Auch das noch!"

„Wir haben davon profité. Profitiert. Deutsch gelernt. Und überleben gelernt. On le dit comme ça en Allemand, n'est-ce pas?"

„Oui."

„A votre santé!"

Der Eisenbahner will ihm zuprosten. Das schlägt fehl, da des Allemand Gläser leer sind. Der Eisenbahner bestellt für alle nach, für den Allemand zwei Gläser. Diese Geste macht den Allemand nicht gesprächiger. Er bedankt sich zwar, stößt mit den dreien an, trinkt auf ihr Wohl, versucht dann jedoch wieder, die Vorgänge bis zu seinem missglückten Abgang zu überdenken. Es bleibt mehr beim Versuch, denn die Wirkung des Alkohols wird sichtbar. Während der Allemand in der Folge in sich gekehrt ist und verzweifelt gegen den Schlaf ankämpft, werden die Eisenbahner fortschreitend munterer und lauter, ihre Unterhaltung kreist um das Thema Frankreich während der Zeit der Besatzung durch das deutsche Militär und die Nationalsozialisten.

Als die Abfahrtszeit des Zuges nach Chartres angekündigt wird, beginnen die Eisenbahner zu diskutieren, ob der Allemand wohl auf diesen oder einen anderen Zug warte. Sie sind sich nicht einig, ob sie den Allemand im Hinblick auf die Abfahrt des Zuges in seinem Halbschlaf-Zustand belassen sollen. Als die zweite Ansage ertönt, holt ihn einer der drei Eisenbahner kurz entschlossen in die Wirklichkeit zurück, fragt ihn, ob der angekündigte Zug der sei, den er benutzen wolle. Der Allemand bejaht schlaftrunken. Sie bedeuten ihm, dass er ihnen folgen solle, machen sich auf den Weg zum Zug. Der Allemand leert noch rasch sein Bierglas, hinterlegt im Gehen einen Geldschein.

Da des Allemand Rechnung bereits von den Eisenbahnern bezahlt worden ist, folgt der Wirt den vier Männern, erreicht den Allemand im Zug, überreicht ihm seinen Geldschein, ganz im Sinne der von den drei Eisenbahnern beschworenen französisch-deutschen Freundschaft. Die Transaktion findet statt, während der Zug anfährt. Der Wirt will abspringen, während der dritte der Eisenbahner, der allen die Tür offen gehalten hatte, zusehen muss, dass er noch mitkommt. Dadurch haben er und der Wirt bei der Abfahrt des Zuges entgegengesetzte Ziele und sind sich gegenseitig im Weg.

Der Allemand bemerkt von all dem nichts, er versucht, sich in einem Abteil Schlafbedingungen zu schaffen. Er beginnt mit

Vorhangzuziehen. Das zeigt nur geringen Effekt. Die richtige Maßnahme, das Licht auszuschalten, kommt ihm nicht in den Sinn. Stattdessen zieht er sich seinen seitlich aufgehängten Mantel vor das Gesicht. Die im Gang vorbeikommenden Eisenbahner, deren Bekanntschaft er im Wartesaal gemacht hatte, übersehen ihn. Der Schaffner, der kommt, um die Fahrkarten zu kontrollieren, bekommt ihn durch Räuspern und auch durch Ansprechen nicht wach, greift schließlich in die Manteltasche, findet dort die Fahrkarte, zeichnet sie ab, steckt sie zurück. Er verabschiedet sich zunächst mit einem undeutlichen „Au revoir!", korrigiert sich sodann, wünscht dem Passagier laut und deutlich „Bonne nuit!" und geht.

Mit diesem für den Zugschaffner fast routinierten Abgang endet die *Szenenfolge VI*. Dennoch ist mir, als säße ich im Theater und es hätte sich der Bühnenvorhang des vorletzten Aktes gesenkt. Und der Vorhang entließe uns, die Zuschauer, spannungsfördernd in die Ungewissheit, im letzten Akt zu erfahren, wie sich alle Verknotungen und Verirrungen lösen werden. Oder auch nicht.
Für meine augenblicklichen Zwecke muss ich die erwarteten Lösungen nicht kennen, bin schon jetzt nicht unzufrieden, dass ich erfahren habe, wie der Paris-Ausflug des Allemand endete. Werde also in keinem Fall die *Szenenfolge VII*, es ist die letzte, in den wenigen mir noch verbleibenden Stunden bis zu den Trauerfeierlichkeiten zur Lektüre erheben.
Natürlich wird der Beschluss, das Lesen einzustellen, auch von dem Umstand getragen, dass wir uns in fortgeschrittener Stunde kaum noch wachhalten können. Wir, das sind der Ober und ich. Was mich betrifft, hatte schon die vorangegangene Nacht im Bahnhof Montparnasse mir den

Schlaf geraubt. Und was den seinen Bardienst versehenden Ober betrifft, schulde ich ihm das sofortige Ende meiner Lektüre. Infolge der Überlänge meines Textes hatte ich mehrfach Pausen eingelegt. Hatte die dann natürlich auch genutzt, um mir vom Ober Wein einschenken zu lassen, bevorzugt Pouilly Fumé. Schon das verdient das Trinkgeld. Ich beschließe es fürstlich zu geben, weil ich dem Ober obendrein dankbar bin, dass er nicht bemüht war, mich nach Barkeeper Art zu unterhalten, sondern mich lesen ließ. Und auch, dass er mir nicht durch Stühle- und Hockerhochstellen – ich war während des gesamten Abends sein einziger Gast – signalisiert hat, ich würde es bei Weitem übertreiben.

Fast fürsorglich verabschiedet mich der Ober mit dem Hinweis, für mich noch den frühmorgendlichen Weckruf sicherstellen zu wollen. Und damit stellt er natürlich auch sicher, dass ich mich auf den Weg zu meinem Hotelzimmer mache.

Kapitel 4

Dies ist nun der Vormittag, dessentwegen ich angereist bin. Für diesen Vormittag ist die Trauerfeier für den Verstorbenen anberaumt.

Im Hotel hatte ich mir vom Concierge erläutern lassen, wo und wie ich das Gotteshaus finden kann, in dem die Trauergemeinde sich versammeln soll. Die Beschreibung des Weges durch die Gassen von Chartres hatte mich verunsichert: erst links, dann rechts, dann zweimal links, rechts, links, und dann noch einmal links, dann geradeaus, an der Gabelung wieder links. Die Vielzahl der Linksabbiegungen ließ mich vermuten, dass ich eventuell im Kreise laufen würde. Also hatte ich mich frühzeitig auf den Weg gemacht. Die Befürchtung, in die Irre oder im Kreis geleitet zu werden, erwies sich als unbegründet. Meine Ankunft vor der Kirche war verfrüht. Zwar war die Kirchentür bereits geöffnet, und der Weg in das Kircheninnere war frei. Jedoch war der für die Dekoration zuständige Gehilfe noch damit beschäftigt, um den Sarg herum Kränze zu legen, Blumengestecke zu drapieren und Schleifen so zurechtzulegen, dass ihre Beschriftung lesbar wurde. Zudem hatte er zwei Staffelei-Holzböcke aufgestellt, von denen ich nur vermuten konnte, dass sie mit den Gepflogenheiten des hiesigen Totengedenkens zu tun haben. Mein Verweilen vor dem Sarg – er ist auffällig schlicht gehalten, ohne künstlerisch gestaltete Verzierungen – ist nur von kurzer Dauer. Denn der Gehilfe schafft mithilfe eines Staubwedels letzte Verbesserungen an seinem Erscheinungsbild. Möglicherweise soll der Sarg von

Blütenstaub befreit werden. Ich scheine zu stören. Auch weil in der Zwischenzeit ein hinzugekommener Gehilfe sich bemüht, zwei übergroße Ölgemälde auf den Staffeleiböcken zu verankern. Eines ist offensichtlich das Selbstporträt des verstorbenen Freundes aus der Frühzeit seines Schaffens. Das andere die Ansicht stilisierter Blumen, vermutlich ein Spätwerk und möglicherweise Lilien darstellend. Ich beschließe, mich der Gruppe derjenigen zuzuwenden, die sich vor dem Kirchenportal in nicht geringer Zahl bereits eingefunden haben. Um dem Verstorbenen die letzte Ehre zu erweisen, wie wir es im Deutschen zu diesem Anlass wohl formulieren würden. Außerhalb des Kirchraumes und in der Menge der Wartenden und der sich freundlich Begrüßenden gewinnt man eher den Eindruck, Teilnehmer einer Freiluftvernissage zu sein, nicht so sehr einer baldigen Bestattung beiwohnen zu müssen. Bedauerlich, dass mir niemand der Teilnehmer bekannt ist, ich mit ihnen nur gemein habe, den Künstler und sein Werk zu kennen.

Die beeindruckende Zahl von Trauernden ruft mir in Erinnerung, dass der Verstorbene selbst zu denen gehörte, die zu keiner Beerdigung gehen. Seine von ihm wiederholt vorgebrachte Entschuldigung lautete: Es reiche ihm, zu seiner eigenen Beerdigung gehen zu müssen beziehungsweise getragen zu werden.

Mit Einsetzen des Kirchengeläuts begeben wir uns in das Kircheninnere. Ich suche mir einen Platz in den hinteren Reihen des Gestühls, stelle mich meinen unmittelbaren Stuhlnachbarn vor. Ein Gespräch entwickelt sich daraus nicht. Andächtige Stille scheint vielmehr angesagt. Doch lastet das Schweigen schwer auf den Gemütern der Trauernden. Einkehr ist gut, aber sie kann auch zur Belastung werden.

Husten, Räuspern, Schnäuzen, Schnupfen, Letzteres bis hin zum Prusten, vermischt möglicherweise mit Tränentrocknen, sind die dafür untrüglichen Anzeichen. Sicherlich der angemessene Augenblick für den Pfarrer, hier einzugreifen mit einführenden Worten oder mit seiner Aufforderung an uns, das Eingangs-Kirchenlied anzustimmen, dessen Text und Noten dem Programm zur Trauerfeierlichkeit zu entnehmen sind. Aber es tut sich nichts. Weil wir nämlich, wie mir bald klar wird, auf die Betroffene des Ereignisses warten, auf Françoise. Man scheint ihre Gewohnheit, nicht pünktlich zu sein, zu kennen und, besonders in dieser schweren Stunde, zu tolerieren. Ihre Verspätung bleibt im Rahmen, und noch hat keiner der Trauergäste Zeichen von Ungeduld an den Tag gelegt, als Françoise den Kirchraum betritt. Mich berührt ihr Auftritt. Meine Erinnerung an einige Manuskriptpassagen und eigene Erfahrungen im Ausland sagen mir, dass ihre Beziehungen zu ihrem Umfeld sicher nicht immer ungetrübt waren. Dokumentiert schon durch den Umstand, dass der Totenmesse die Räumlichkeiten dieser Allerweltskirche zugewiesen worden waren. Der Kulturverein von Chartres hatte wohl, so war mir mitgeteilt worden, alle Anstrengungen unternommen, das Totengedenken in der Kathedrale stattfinden zu lassen, im Sinne eines Ehre-wem-Ehre-gebührt. Zum guten Schluss war den Anstrengungen kein Erfolg beschieden. Die Begründungen: Eine Totenmesse in der Kathedrale für einen Gläubigen aus einem anderen Kirchensprengel ist gegen ihre Regeln. Der Tote war nicht Persönlichkeit genug, als dass man eine Ausnahme hätte machen können. Und dergleichen Ausflüchte mehr. Also sind wir hier, im Gotteshaus der für den Verstorbenen zuständigen Gemeinde.

Françoise begibt sich würdevoll und gemessenen Schrittes zur Apsis, so als wäre dies nicht der beengte Innenraum der Stadtteilkirche, sondern das Mittelschiff der Kathedrale. Sie verharrt kurz vor dem Sarg, nimmt dann Platz in der ersten Reihe. Nachdem Françoise ihren Stuhl zurechtgerückt und nach rechts und links gegrüßt hat, kehrt die nötige Stille für das Abschiedszeremoniell ein. Entweder wird der Geistliche seine Eingangsworte sprechen oder die Trauergemeinde wird einen ersten Psalm anstimmen oder der Organist wird die Register seiner Orgel ziehen. All das geschieht jedoch nicht. Stattdessen meldet sich der Lautsprecher, der in der Sakristei aufgestellt wurde, erst mit Geräuschen, dann mit Tönen, die sich zunächst nur zaghaft und widerwillig von dem Lautsprecher zu lösen scheinen, schließlich mit Jacques Brels „Ne me quitte pas". Irritiert suche ich flüsternd nach einer Erklärung bei beiden Nachbarn. Es sei sein Lieblingslied gewesen, wird mir erläutert. Die Mitteilung von ihnen, die es wissen müssten, überrascht mich. Schwer vorstellbar, dass die von Jaques Brel in seinem Chanson geäußerte Bitte an eine Frau, ihren Geliebten nicht zu verlassen, persönlich zu nehmen ist. Françoise hatte ihm meines Wissens zu keiner Zeit angedeutet, ihn verlassen zu wollen. Und sitzt ja auch, angemessen Trauer bekundend, in der ersten Reihe der Trauergemeinde, gewissermaßen als Vertreterin der Hinter-bliebenen. Es kann nur der Chansontext selbst sein, der alles erklärt. Tatsächlich ist auch bald vom Tod die Rede. Er werde die Erde durchpflügen, beschwört Jacques Brel die Frau, die ihn zu verlassen droht, bis zu seinem Tod, um ihren Körper mit Gold und Licht bedecken zu können. Er werde ein Reich schaffen, in dem die Liebe König sein wird, in dem die Liebe Gesetz und sie Herrscherin sein wird. Ja, das muss es sein. Ich glaube, mit dieser Erklärung kann ich mich zufriedengeben. Was Jacques Brel weiterhin noch verspricht, scheint unerheblich, ich lasse den Text an mir vorüberziehen.

Das Chanson hat sein Ende gefunden, der Lautsprecher ist verstummt, Stille ist wieder eingetreten. Es scheint, als würden die Mittrauernden ähnliche Überlegungen anstellen, wie ich es tat, doch möglicherweise eher in Richtung letzte Worte oder Abgesang. Das schließe ich aus der langanhaltenden, fast andächtigen Stille und dem regungslosen Verharren der Trauernden nach den letzten Tönen von „Ne me quitte pas". Nach einem stummen Gebet ergreift schließlich der Pfarrer das Wort. Ich erwarte, dass er in seiner Trauerrede die Worte von Jacques Brel aufnimmt. Wird er aber nicht. Er wolle, so sagt er, sich zunächst an die Trauernden wenden, die das Leben des Verstorbenen in Chartres begleitet haben, insbesondere an Françoise. Dann auch an des Verstorbenen frühere Weggefährten, die, so erläutert er den Anwesenden, in Deutschland beheimatet und aus Deutschland angereist seien. Hier blickt er zweifelnd in die Runde, bemerkt, dass meine Landsleute nicht eben zahlreich der Einladung zur Teilnahme an der Trauerfeier gefolgt sind.

Das Bibelthema, welches der Würdigung des Verstorbenen angemessen sei, fährt er fort, sei nachzulesen bei Matthäus Kapitel 6, Verse 19 bis 34. Diese erschienen ihm geeignet, die Botschaft zu illustrieren, die der heutige Tag an die Anwesenden richte.

Die Unterweisung handelt vom Schätzesammeln und Sorgen. Die Worte Jesu, so wie der Evangelist sie uns überliefert, ermahnen uns, dass wir nicht Schätze sammeln sollen auf Erden und nicht zwei Herren dienen, denn wir können nur einen lieben und werden den anderen hassen. Also können wir nicht Gott dienen und dem Mammon. Zunächst völlig verunsichert von seiner Einführung, weil ich nicht erkennen kann, was all das mit dem Leben und Sterben meines Schul- und Studienfreundes zu tun hat, sehe ich in der Verdammung des Mammon erstmals einen möglichen Brückenschlag. Wenn denn der Pfarrer abheben will auf den anspruchslosen Lebensstil des Verstorbenen. Das aber scheint nicht die primäre Botschaft. Der Pfarrer fährt fort im Verlesen der Verse: „Sehet die Vögel unter dem Himmel: Sie säen nicht, sie ernten nicht, sie sammeln nicht in die Scheunen, und der himmlische Vater ernährt sie doch." Hier legt er eine Pause ein, fragt uns dann, wieder auf die Bibelverse verweisend, laut und eindringlich: „Seid ihr denn nicht viel mehr als sie?" Doch was sollen wir, die Anwesenden, auf diese Frage antworten, die uns eigentlich nicht der Pfarrer, auch nicht der Evangelist Matthäus, sondern der Sohn Gottes stellt? Wir sind versammelt in Trauer um den Verstorbenen, nicht um christlichen Werten zu huldigen. Der Geistliche fährt unbeirrt fort, aus der Heiligen Schrift vorzutragen, ist nun möglicher- weise im Begriff, von der Botschaft zu sprechen. Auf diese werden wir mit der Frage vorbereitet, warum wir uns um unsere Kleidung sorgen. Um sodann vom Sohn Gottes ermahnt zu werden: „Sehet die Lilien auf dem Felde, wie sie wachsen: Sie arbeiten nicht, auch spinnen sie nicht. Ich sage euch, dass auch Salomo in all seiner Herrlichkeit nicht gekleidet ist wie eine von ihnen." Mit nicht zu übersehender Geste lenkt er unsere Aufmerksamkeit auf das Bild zu seiner Rechten. Hier nun erschließt sich uns – zumindest denen, die die Lilien des Ölgemäldes als solche erkennen – der vom Geistlichen weitgespannte Bogen vom Leben des Verstor- benen über das Liliengemälde bis zu den Versen des

Matthäus-Evangeliums. Der vom Geistlichen gewählte Text aus der Bergpredigt Jesu gewinnt gleichsam an Kontur. Ich zumindest vermag in der einfühlsamen, poetischen Litanei die Aussteigergefühle wiederzuerkennen, die uns ehemals bewegten. Fast möchte ich glauben, wenn ich der Wiedergabe des Gesagten durch den Evangelisten Matthäus vertraue, dass Jesus Christus der Leichtigkeit des Seins das Wort redet. Er lässt Zweifel nicht gelten, nennt diejenigen Heiden, die nach allem Weltlichen trachten und übersehen, dass der himmlische Vater weiß: Wir bedürfen all dessen. Und er anempfiehlt uns: „Trachtet zuerst nach dem Reich Gottes, und nach seiner Gerechtigkeit, dann wird euch alles zufallen." Offenbar auch in Vorahnung der sich auftürmenden Fragezeichen, werden wir, oder besser die Gemeinde, die seiner Bergpredigt beiwohnte, vom Sohn Gottes Kleingläubige geheißen. Und von ihm, der den Bibeltext auslegt, Kleinmütige, Zweifler und Skeptiker.

Der Geistliche hält in der Lesung inne, gibt uns gewissermaßen Zeit zum Nachdenken. Während er sich der positiven Resonanz einiger sicher sein kann, scheint sich bei anderen, gar nicht so wenigen Mittrauernden Skepsis einzustellen – vermutlich wegen der optimistischen Aussage, es werde uns schon alles zufallen, sofern wir nach dem Reich Gottes streben. Ob nun die Aufforderung und anschließende Verheißung Jesu Christi, zitiert aus der Überlieferung des Evangelisten Matthäus „Darum sorgt nicht für morgen, denn der morgige Tag wird für das Seine sorgen." die Zweifel beseitigt, steht ebenso in den Sternen. Dennoch. Wir sind bei der in die Worte des Geistlichen gekleideten Botschaft angelangt: „Das ist die Botschaft des Verstorbenen, die sich uns aufdrängt, wenn wir das Leben betrachten, das er gelebt hat. Und es ist die Botschaft des heutigen Tages, an dem wir von ihm Abschied nehmen: Dass wir uns nicht um den nächsten Tag sorgen im Vertrauen auf Gott. L'Allemand, wie seine Freunde ihn nannten, nachdem er in unserer Stadt vor fast 20 Jahren eingetroffen war, hat uns dieses Vertrauen in die Worte unseres Herrn Jesus Christus vorgelebt. Er lebte unter uns, ohne Rückversicherung, ohne Rücklagen. Françoise, so wie wir sie kennen, war an seiner Seite, war ihm Hilfe, Stütze und treue Partnerin."

In einer Sequenz von Details und Aufzählungen werden wir dann vom Geistlichen mit Höhepunkten aus dem Leben des Verstorbenen und derer, die seinen Lebensweg teilten, bekannt gemacht. Details, so vermute ich, die er durch Nachfragen bei Françoise im Vorgespräch in Erfahrung gebracht hat. Sie sind sehr persönlich gefärbt. Für diejenigen, die den Freund in Chartres begleitet haben, mögen sie Wiedererkennungswert haben, nicht so für mich. Es fällt mir schwer, ihnen meine Aufmerksamkeit zu widmen. Überhaupt, was die Vollständigkeit der Widergabe der Trauerrede betrifft, ist anzumerken, dass ich nicht Wort für Wort verstanden habe. Auch weil mir das französische und christliche Vokabular nicht uneingeschränkt gegenwärtig ist. Was auch heißt, dass ich gegen Ende der Rede meinen eigenen Gedanken nachgegangen bin.

Es ist insbesondere die Botschaft, die der Geistliche aus dem Lebenswandel des Verstorbenen ableitet und sie uns zu vermitteln sich bemüht, die mich bewegt und überrascht. Zum einen, weil, wie mir scheint, entgegen früherer Prediger-Gewohnheit darin nicht vom Jenseits, vielmehr vom Diesseits die Rede ist. Zum anderen, weil, wenngleich nicht explizit ausgesprochen, der Geistliche das Leben und Wirken eines

Aussteigers und Selbstverwirklichers gepriesen hat. Meine darauf bezogene kritische Anmerkung wäre: Ich möchte bezweifeln, dass der Freund aus Schulzeiten die Worte Jesu, überliefert vom Evangelisten, im Sinne hatte, als er so lebte, wie er lebte. Dennoch, es zeugt von Mut und Größe, Aussteigern und Selbstverwirklichern biblische Rechtfertigung zuteilwerden zu lassen. Ich nehme mir vor, den angekündigten Totenschmaus zum Anlass zu nehmen, Hochwürden, oder wie immer man hier den Geistlichen im persönlichen Gespräch anredet, mein fundamentales Interesse an seinen Überlegungen zu bekunden.

Von mir fast unbemerkt hat inzwischen der Geistliche die Trauerfeier ihrem Ende zugeführt. Er verharrt in stillem Gebet und Angedenken an den Verstorbenen. Schließlich wird ein vielstrophiges Kirchenlied angestimmt. Dann segnet der Geistliche den Sarg des Verstorbenen, kondoliert Françoise und entlässt die trauernde Gemeinde mit Worten, die ich nicht verstehe. Wir warten, bis diejenigen, die sich angeboten hatten, den Sarg zu tragen, schweigend und abschiedslos den Sarg geschultert haben, etwas unsicher dem Ausgang zustreben und sich unseren Blicken entzogen haben. Da ich glaube, dass man mir meine mangelnden Kenntnisse der einheimischen Rituale verzeiht, frage ich meinen Stuhlnachbarn, was nun geschieht. Der Sarg werde in das zuständige Krematorium überführt, dort erfolge die Einäscherung. Wer möge, könne daran teilnehmen. Indem er den Vorgang in angemessenem Abstand hinter feuerfestem Glas beobachte, so ergänzt der Nachbar seine Mitteilung. Ob ich auch zugegen sein wolle. Ich verzichte. Erkläre, meine weitere Teilnahme an den Trauerfeierlichkeiten auf den Totenschmaus beschränken zu wollen.

„C'est regrettable. Bedauerlich."

Höflich merke ich an, dass doch sicherlich die Anwesenheit bei der Einäscherung auf den engsten Familienkreis beschränkt sei. Ganz und gar nicht, werde ich beschieden. Er und seine Freunde, es sind offensichtlich die Kathedralenführerkollegen, würden dem Allemand dorthin das letzte Geleit geben. Ich bedanke mich für seine Auskunft, und da ich fürchte, er werde unangemessen gesprächig, gebe ich vor, noch andere Verpflichtungen zu haben. Was mir Gelegenheit gibt, den Kirchenraum zu verlassen.

Auf dem Platz vor dem Portal empfängt mich gähnende, unwirklich anmutende Leere. Zunächst irritiert, begreife ich doch rasch, was ich vermisse: den Auszug der Trauergemeinde aus der Kirche, dem Sarg folgend und in Demut zum Grabe schreitend. Angeführt vom Pfarrer. Das offensichtlich lässt der geschäftsmäßig ablaufende Abtransport des Sarges zum Krematorium nicht zu.

Verantwortliche von Veranstaltungen, an denen ich berufsbedingt teilnehme, würden im Falle einer Unterbrechung Kaffeepausen einplanen, auch mit Vorschlägen für die Zeitüberbrückung behilflich sein, etwa Zeit für Diskussionen oder aber networking. Hier indessen erfordern die Umstände, dass ich die tatenlose freie Zeit selbst gestalte. Im Redaktionsjargon hieße das: sachgerecht Zeit totschlagen. Als eine dem Thema gerechte Beschäftigung bis zum Beginn des Totenschmauses bietet sich ein Besuch des vorbereiteten Grabes an. Eingebettet in einen Rundgang über den Friedhof. Ich mache mich also auf den Weg.

Der Gang über den Friedhof hat etwas Beruhigendes. Zumindest bleibe ich im Thema. Und all das, was auf den Grabmalen zu lesen ist, relativiert den eigenen Schmerz. Da

sind, zum Beispiel, Männer und Frauen schon in jugend-
lichem Alter verstorben oder Ehepaare kurz hintereinander
oder die Todestage deuten auf Kriegseinwirkung. Ganz zu
schweigen von den in Stein gemeißelten Nachrufen. Nachdem ich mich also gewollt-ungewollt in den Zustand abge-
klärter Kontemplation versetzt habe, begebe ich mich auf die
Suche nach des Freundes Grab beziehungsweise dem Ort, der
zu seinem Grab werden soll.

Die Grabstätte ist unschwer zu finden. Der Friedhof ist nicht
allzu groß. Ein in Beton gegossener, kellerartiger Hohlraum,
in dem sicher mehr als eine Urne Platz finden würde. Ein
provisorischer Deckel, der alsbald von einer Natursteinplatte
abgelöst werden wird. Wie die endgültige Grabgestaltung
sein wird, kann man von den Nachbargräbern schließen. Auf
deren Grabplatten sind schon hier und da kleine Gedenk-
tafeln aufgestellt, verziert mit Metallrosen oder Kreuzen.
Oder beidem.

Angesichts der unfertigen letzten Ruhestätte des ehemaligen
Weggefährten kämpfe ich mit verschiedensten Überlegungen.
Zuallererst drängt sich mir die Frage auf, warum der Freund
nicht geplant hatte, im Falle seines Ablebens die Überführung
seines Körpers in das Familiengrab nach Deutschland zu
veranlassen. Möglicherweise eine an Françoise zu richtende
Frage. Möglicherweise aber auch nicht. Andere Fragen, wie
zum Beispiel die, wer die aufwendige Grablegungsprozedur
gezahlt hat, verbiete ich mir umgehend, bemühe mich stattdessen um ein der Würde des Ortes angemessenes Verharren
im Gedenken an den Freund. Schließlich greife ich – in Er-
mangelung einer späteren Gelegenheit – in den Blumenstrauß
eines der Nachbargräber, zupfe daraus eine Rose, werfe die in
das noch leere Grab, bekreuzige mich, obwohl ich nicht weiß,

ob diese Geste der Situation gerecht wird, und mache mich auf den Weg zur abschließenden Feierlichkeit zu Ehren des Verstorbenen, folge der Einladung zum Totenschmaus.

Kapitel 5

Zum Totenschmaus treffe ich leicht verspätet ein. Ich hatte es versäumt, mich nach dem Weg zum Restaurant Zur letzten Herberge zu erkundigen. Dorthin war eingeladen worden. Der Gemeinde-Saal war vorher schon anderweitig vergeben, wie mein Nachbar aus der Trauerhalle mir erläutert hatte. Gottlob hat es Françoise nicht als ihre Aufgabe angesehen, die Trauergäste an der Tür zu empfangen, ich hätte sicher Schwierigkeiten gehabt, unvermittelt und plötzlich ihr gegenüberstehend, angemessene Worte des Trostes – und das auch noch in französischer Sprache – zu finden. So also geselle ich mich im Innern des Restaurants, im sogenannten Gesellschaftsraum, zur Versammlung der Trauernden. Ohne förmliche Einführung. Wie selbstverständlich haben sich bereits Gruppen formiert. In irgendeiner Weise haben die jeweiligen Gruppenbildner stets etwas gemeinsam. Es verlangt nicht allzu viel Fantasie, die Gemeinsamkeiten zu erkennen. Natürlich ist da die Gruppe derer, die sich um Françoise scharen. Und die Gruppe, in deren Mitte sich der Geistliche bewegt. Dann natürlich – das schließe ich aus Gesprächsfetzen – haben sich die Kollegen des Freundes zusammengefunden, die Kathedralenführungen anbieten beziehungsweise angeboten haben. Andere Ansammlungen könnten die Angler-Freunde, Boulespiel-Gefährten und Caféhaus-Copains oder lediglich Nachbarn sein. Für mich schwer zu erkennen, obwohl ich sicher bin, dass unter den Trauernden auch der Cafébesitzer ist, der im Text des Freundes eine nicht unwesentliche Rolle spielt. Bei erster Durchsicht vermisse ich

eine deutsche Ecke mit deutschstämmigen Chartres-Ein-
wohnern, und auch einen Künstler-Zirkel, gleichgültig ob das
nun eine Vereinigung von Hobbymalern oder von Künstlern
mit Anspruch wäre.

Die Frage, die sich mir stellt, ist, welcher Gruppe ich mich
anschließen soll. Die Antwort darauf zu finden, wird mir
abgenommen, denn ein mir unbekannter älterer Herr zieht
mich zu einer kleinen, fast abseits stehenden Gruppe. Es ist,
wie sich herausstellt, die Gruppe derer, die sich der Pflege der
deutschen Sprache in Chartres angenommen haben. Derjenige, der mich hinzugezogen hat, ist der für Chartres zuständige deutsche Konsul. Aus mir nicht bekannten Gründen
weiß er, dass ich aus Deutschland angereist bin.

Der Empfang der Umstehenden ist freundlich, sie unterbrechen nicht wirklich ihr Gespräch, bitten allerdings den
Konsul, für mich den Anfang seiner Ausführungen zu wiederholen. Seine Ausführungen: die Geschichte der Namensgebung für den Verstorbenen, so wie er sie kennt. Ich bestätige höflicherweise mein Interesse an dem Thema, obwohl
dies nun das dritte Mal ist, dass ich die histoire de son nom
zur Kenntnis nehme.

Der Darstellung des Vertreters des deutschen Staates in Chartres folgend, ist der Verstorbene nicht-französischer Herkunft,
obwohl er zu Lebzeiten in Chartres immer als Einheimischer
gelten wollte. Dass er Deutscher war, sei unschwer zu erraten
gewesen. Sowohl sein Vorname als auch sein Nachname seien
für das französische Sprachempfinden Zungenbrecher gewesen, wie er schon anlässlich seiner Ankunft im Ort und
anlässlich seiner ersten Begegnung mit der lokalen Polizei
habe feststellen müssen. „Mit fortschreitender Dauer seines
Aufenthaltes in der Stadt ist er einfach mit ‚Ça va Allemand?'

angesprochen worden. Daraus wurde dann l'Allemand, wenn von ihm in der dritten Person gesprochen wurde. Und dabei blieb es lange Zeit. Es war gewissermaßen seine Probezeit, weil man ja nicht wusste, ob man nicht noch den Zuzug eines zweiten Deutschen zu gewärtigen hatte. Da das nicht eintrat, blieb es beim l'Allemand." Für die direkte Anrede sei das unpraktisch gewesen, ergänzt der Konsul, aber man habe sich nicht entscheiden können, l'Allemand als Vornamen oder Nachnamen gelten zu lassen. Schließlich habe der Allemand selbst den Lösungsvorschlag gemacht. Er habe sich dabei die phonetische Unart seiner Mitbürger zunutze gemacht, von Allemand zu Alman überzugehen und vorgeschlagen – das war wichtig –, Alman als Vornamen zu akzeptieren. Mit dem Nachnamen benannt zu werden ebenso wie das Siezen habe er sowieso gehasst. Das sei ihm zu typisch deutsch erschienen. Irgendwann später habe er sich sogar angewöhnt, mit Alman zu unterschreiben. Übrigens auch seine Gemälde, wie angemerkt wird. Da er selten in die Verlegenheit gekommen sei, amtliche Dokumente unterzeichnen zu müssen, störte das auch nicht weiter. Bank- und Finanzgeschäfte wurden eh persönlich abgewickelt. „Oder gar nicht", ergänzt einer der Zuhörer. Eine Bemerkung, die von freundlichem Schmunzeln aller Umstehenden begleitet wird.

Weitere launig vorgetragene Anekdoten oder Episoden aus dem Leben des Verstorbenen möchte ich mir ersparen, ich verabschiede mich sozusagen aus dem Kreis der Freunde der deutschen Sprache und mache mich auf den für mich schwierigen Weg zu Françoise. Sie in der Trauergemeinde zu finden, ist nicht schwer. Sie überragt die meisten ihrer einheimischen Mitbürger um Haupteslänge, so wie früher auch der Allemand. Ich dränge mich vor, versuche, deutsch wie ich bin, ihr die Hand zu reichen.

„Madame."

„Warum sagst du nicht Françoise zu mir?"

„Françoise …"

Ich will mich ihr vorstellen. Doch das ist nicht nötig. Ebenso wie der Konsul weiß sie, dass ich der aus Deutschland angereiste Jugendfreund ihres Lebensgefährten bin. „Allemand deux." sagt jemand. Was soll ich dazu sagen? Ich wende mich wieder an Françoise, versuche der Situation gerecht zu werden, der Lebensgefährtin meines Schulfreundes angemessen mein Beileid auszusprechen. Ich suche sehr angestrengt nach den richtigen Worten, um mein Mitgefühl zum Ausdruck zu bringen. Fast möchte ich sagen, dass ich damit überfordert bin, zumindest sprachlich.

Diejenigen Bürokollegen in Deutschland, die mich schon vor meiner Abreise darauf hingewiesen hatten, es werde von meiner Teilnahme an den Trauerfeierlichkeiten sicher mehr erwartet als Händedrücken und Traurigdreinschauen, hatten gut reden: Ich solle mich mit den neueren Gepflogenheiten des Landes vertraut machen, in einschlägigen Abhandlungen. Diese allgemeinen Unterweisungen, wie wir Ausländer uns in Frankreich verhalten sollten, sehen meinen Fall nicht vor. Die Autoren solcher Anweisungen haben eine andere Klientel im Sinn: Entrepreneure und Technokraten, die grenzüberschreitende Projekte auf den Weg bringen wollen. Denen wird erklärt, was sie in persönlichen Begegnungen tun und – vor allem – unterlassen müssen, um ihre Geschäfte erfolgreich abzuschließen. Zum Beispiel, so erinnere ich mich, wird dringend empfohlen, man solle nicht sofort zur Sache kommen, nicht mit der Tür ins Haus fallen, sondern mit allgemeinen Themen beginnen. Damit sei nicht das Wetter gemeint, sondern es würden intellektuell anspruchsvollere Themen erwartet. Eher aus dem persönlich-geschäftlichen Bereich. Aber natürlich nicht allzu persönlich. Fragen nach den letzten Geschäften – sofern man wisse, dass sie gut gelaufen seien – böten sich an. Oder, wenn der Fall nicht zutreffe, empfehle sich die Mitteilung, man habe schon viel Gutes von den laufenden Projekten des Gegenübers gehört. Im Sinne dieser Empfehlungen vorgehend, natürlich der eigenen Situation angepasst, könne das Einstiegsgespräch mit einem Franzosen gar nicht falsch verlaufen.

So wurde ich belehrt, habe hingegen jetzt meine Zweifel. Da ich aber Françoise nicht fortgesetzt stumm gegenüberstehen kann, fasse ich mir ein Herz, beginne: „Ich habe schon viel von dir gelesen."

„Aha?" Françoise zieht kaum merklich ihre Augenbrauen hoch: „Und?"

„Alles sehr freundlich und liebevoll."

„Davon gehe ich aus. So kann man doch auf Deutsch sagen?"

„Ich meine, was er von dir geschrieben hat."

„Natürlich."

Françoise ist sehr liebenswürdig, aber sie macht es mir schwer, Worte des Trostes zu finden. Ich hatte erwartet, dass sie erwidert: „Ja, er war mir ein sehr liebevoller Partner." Oder so ähnlich. Und ich hätte gesagt: „Es tut mir so unendlich leid, dass du deinen Allemand verloren hast." Nichts dergleichen. So stammele ich mehr, als dass ich es sage: „Mein herzliches Beileid. Mein allerherzlichstes Beileid." Ich vermeine, mich nicht zu täuschen, als ich ein Lächeln über ihre Gesichtszüge huschen sehe. Zugleich fasst sie mich an den Schultern, erlaubt sich zwei Wangenküsse und übernimmt es gewissermaßen, mich zu trösten: „Es ist für uns alle ein sehr großer Verlust."

Françoise scheint sehr gefasst. Also scheue ich mich nicht, sie zu fragen, was die Todesumstände waren.

„Er ist friedlich eingeschlafen."

Tatsächlich hätte ich gerne und vor allem gewusst warum, nicht wie der Freund verstorben ist. Aber das Missverständnis, was wohl auch durch meine wenig präzise Frage bedingt war, mag ich nicht klären. Eventuell würde das Wunden aufreißen. Dennoch, Françoise bemerkt meine Verunsicherung.

„Dies ist nicht die richtige Umgebung, über den Tod deines Freundes zu sprechen. Warum treffen wir uns nicht morgen Vormittag in seinem Appartement und reden? Da solltest du auch seine Bilder, les plus récentes, sehen."

„Natürlich."

„D'accord? Enfin, à demain, à dix heures. Jacques, le Prêtre, va t'expliquer où trouver son appartement. Also dann, bis morgen, um zehn Uhr. Der Priester wird dir den Weg zu seinem Appartement beschreiben."

Mit diesen Worten fasst sie mich und schiebt mich, nach zwei weiteren Wangenküssen, gewissermaßen weiter zum Geistlichen, erklärt ihm, wer ich bin, und überlässt uns beide dann uns selbst, ihre Überzeugung nicht verhehlend, dass wir uns sicher einiges zu sagen hätten.

Im Davongehen hatte Françoise mir noch anempfohlen, darauf zu verzichten, den Geistlichen mit Sie oder Hochwürden anzusprechen, er sei schließlich ein Freund des Hauses.

Also Jacques. Der nimmt umgehend die Gelegenheit wahr, mich darauf hinzuweisen, dass er Anteilnahme von mehr als nur einem Freund aus Deutschland erwartet habe. Was soll ich dazu sagen? Mich entschuldigen? Warum sagt er nicht, er freue sich, dass wenigstens ein Freund aus dem Heimatland des Allemand gekommen ist? Am sprachlichen Unvermögen kann es nicht liegen. Denn schon der Einschub des Konjunktivs verdeutlicht, dass seine Kenntnisse der deutschen Sprache mehr als hinreichend sind. Für mich Grund genug, mich in unserer Unterhaltung des Deutschen zu bedienen. Also ergänze ich zunächst die Einführung von Françoise, soweit sie mich selbst betrifft. Erläutere ihm, dass wir als Schüler die französische Lebensart bewunderten, der Allemand jedoch der Einzige war, der nach Frankreich ging, und ich unsere Beziehung über die Jahre versucht hatte zu pflegen.

„Mit anderen Worten: Du bist sein Freund", fasst der Geistliche zusammen.

„Ja. Aus der Ferne. Und Sie – und du? Ich vermute, du hast den Verstorbenen gut oder auch sehr gut gekannt."

„Gut sicherlich. Sehr gut eher nicht. Vieles von ihm und über ihn wusste ich von Françoise."

„Ah so."

„Du solltest mich nicht falsch verstehen. Françoise hatte bei mir angeklopft, um Deutschunterricht zu nehmen. Sie hat so lange mit mir gelernt, bis sie glaubte, alles zu beherrschen. Ich meine sprachlich. Natürlich haben wir über dieses und jenes geredet."

„Auf Deutsch?"

Jacques scheint auf diese Frage vorbereitet: „Wenn sie gut gelaunt war, und gut über ihn sprach, auf Deutsch. Wenn sie schlechter Dinge war und sich beklagte, auch mal über ihn schimpfte, auf Französisch."

Jacques meint offensichtlich, weitere Erklärungen schuldig zu sein: „Cher ami, das Letztere gab es auch. Wie in allen Beziehungen. Und ich verrate kein Beichtgeheimnis, wenn ich von Françoises Unwillen darüber spreche, dass ihr Freund – ich weiß nicht mehr wann – keine Fremdenführungen …"

„… in der Kathedrale …"

„… anbieten wollte und sie befürchtete, er wolle nur noch untätig sein."

„Außer zeichnen."

„Vermutlich. Aber das ernährt nicht seinen Mann. Zumindest nicht in Chartres."

„Ist also nicht das gelobte Land."

„Es kommt darauf an, was man dafür hält. Das führt uns weit weg von dem, was uns heute bewegt. Hat eher alttestamentarische Dimensionen."

Mir erscheint das wie eine milde Zurechtweisung, ich verstumme erst einmal.

Im Gespräch mit dem Pfarrer ist unter den gegebenen Umständen jegliches Verweilen im Schweigen unklug. Denn von ungeduldigen Umstehenden wird das als Gesprächsbeendigung gewertet und als Möglichkeit gesehen, selbst in ein Gespräch mit dem Vertreter der Kirche einzutreten. Also beeile ich mich, unseren Gedankenaustausch wieder in Gang zu bringen. Frage den Pfarrer zunächst einmal, ob ihm gegenüber der Freund begründet habe, warum er Chartres zu seiner Heimat gemacht hat. Ich stelle sie in der Erwartung, selbst anschließend das Loblied auf Chartres anstimmen zu können. Jedoch, meine Frage scheint ihm eher sinnlos. Ich versuche es erneut: „Ich meine, wissen wir, warum er nicht in die Provence ging, wie fast alle anderen Aussteiger?"

„Taten sie das?"

„Von Deutschland aus ja, machten sich direkt unter Umgehung aller berühmten französischen Landstriche dorthin auf den Weg."

„Und suchten dort das Gelobte Land? Ähnlich den Nachfahren Abrahams, die auf der Suche waren nach dem Gelobten Land, das ihnen verheißen war?"

Meine ungenügenden Kenntnisse des Alten Testaments erlauben mir keine kluge Antwort, ich versuche es anders: „Würde Chartres, wenn es …"

Der Geistliche vermeint zu wissen, was mich beschäftigt, unterbricht mich: „Deine Frage, warum Chartres, kann ich nicht beantworten. Wohl aber die Frage, warum nicht die Provence."

„Aha. Und?"

„Françoise."

„Hat er Françoise nicht erst später kennengelernt?"

„Von genau der Zeit reden wir. Der Grund, nicht in die Provence oder nach anderswo weiterzuziehen, war sie. Er hat allerdings gerne seine Entscheidung ironisiert, allen erklärt, er habe eine Aversion gegen Stromausfälle, Wasserrationierung und Prahlhänse – er meinte insbesondere die nahe der Côte d'Azur Beheimateten. Dass er zu irgendeiner Zeit, ich weiß nicht wann, doch einmal Provence-Pläne hatte, widerspricht dem nicht. Es hieß, er wolle ein besonderes Lavendel-Parfüm für Françoise kreieren und produzieren. Und damit zurückkommen."

„Und, hat er mit ihr über seine Pläne gesprochen?"

„Soweit ich weiß, nicht."

Hier legt Pfarrer Jacques bedeutungsvoll eine Gesprächspause ein. Was mich unruhig werden lässt, denn die uns Umstehenden könnten das missverstehen. Doch gottlob fährt der Geistliche fort, wird allerdings sehr grundsätzlich: „Für mich war das eines der Beispiele, wie Alman sein Leben lebte. Handelte, ohne nach dem Nutzen zu fragen. Man könnte auch sagen: Er fragte nicht nach dem Morgen."

„Wir sind damit auf dem Wege zu den Lilien bei Matthäus."

„Ja."

Seine Zustimmung scheint mir die ideale Gelegenheit, ihm zu sagen, dass seine Verknüpfung des Lebensstils meines Freundes mit diesem zentralen Bibeltext mich sehr beschäftigt hat und immer noch beschäftigt. Es habe mich sehr überrascht, dass es ihm gelungen sei, der Gedankenwelt der Aussteiger biblische Dimensionen zu verleihen. Allerdings hätte ich Zweifel, dass der Verstorbene das Matthäus-Evangelium je gelesen habe.

„Natürlich nicht. Aber Françoise."

Dass mit seinem Hinweis auf die Bibelfestigkeit von Françoise meine Zweifel nicht ausgeräumt sind, ist offensichtlich. Wie konnte es passieren, denke ich, dass wie vom Himmel gefallen Françoises Bibelverständnis zum Thema geworden ist? Ich hätte gern noch eine Anmerkung zum vermeintlich beispielhaften Leben der Lilien gemacht. Etwas verzweifelt suche ich also wieder Anschluss an mein Thema. Mit dem Hinweis, dass es sicherlich im täglichen Leben schwierig sei, die Botschaft umzusetzen, gleichgültig, wie die uns gestellte Aufgabe laute, nicht für morgen sorgen zu sollen – in unserer heutigen Zeit. Mit der Begründung, der morgige Tag werde für das Seine sorgen.

„Wir reden, wie du weißt, viel in Bildern"

„Mich überfordert das Bild."

„Was ist daran so unklar?"

„Sollen wir es den Lilien gleichtun? Wir sind alle Gottes Geschöpfe. Aber keine Lilien."

„Wir sprechen vom Allemand als einem Aussteiger, nicht wahr?"

„Ja."

„Aussteiger zeichnen sich durch das aus, was sie nicht tun, Betonung auf nicht. Nicht durch das, was sie tun."

Sehr spaßig, denke ich. Würde ihm eigentlich erwidern wollen, dass ich das nur als Aperçu gelten lassen könne. Vermag aber angesichts des mir erinnerlichen Bedeutungswandels des Wortes von seiner zu meiner Sprache nicht einzuschätzen, ob er mich verstünde. Frage ihn lieber schlicht, ob es ihm mit seiner Bemerkung ernst sei.

„Natürlich. Erinnere dich an die Grundfesten unseres Glaubens, die Zehn Gebote. Überprüfe selbst, wie viele von ihnen uns ermahnen, dass wir etwas nicht tun sollen."

Ich fürchte, meine Reaktion war ungläubiges Staunen, denn Jacques ergänzt: „Halten wir uns an die Zehn Gebote, so werden wir allen dienen. Uns selbst, der Schöpfung und unserem Gott."

„Und du bist davon überzeugt, dass Unterlassen die Leitschnur des Handelns der Aussteiger ist."

„Bin ich."

Der Pfarrer sieht mir meine Zweifel an und fügt hinzu: „Wir reden immer noch vom verstorbenen gemeinsamen Freund, nicht wahr? Aus unseren Gesprächen habe ich die Überzeugung gewonnen, dass er es so sah."

„Was so sah?"

„Dass Unterlassungen für unser Leben entscheidend seien. Vor seinem Tod, vor nicht allzu langer Zeit, hat er alle die getadelt oder besser verurteilt, die – er sprach ganz allgemein

– es nicht unterließen, über Kranke, wohl bevorzugt Schwerkranke, Daten zu sammeln, mit deren Hilfe über deren Leben oder den baldigen Tod entschieden werden könnte."

„Das ist mir zu kryptisch."

„Er hat auch einige Zeit darauf verwandt, das zu verstehen. Du solltest dir ebenfalls die Zeit zum Verstehen nehmen."

Dass es dem Geistlichen mit seiner freundlichen Empfehlung ernst ist, verrät schon der Umstand, dass er mit eben diesen Worten unser Gespräch zu beenden gedenkt, mich mit Wangenkuss verabschiedet.

Das Gespräch mit dem Geistlichen geriet – ungewollt – zum Part mit Überlänge. Ich hätte das schon daran ersehen können, dass sich gegen Ende unserer Diskussion andere Trauergäste um uns scharten, gewissermaßen Schlange standen. Wohl mit der Absicht, dem Geistlichen ihnen wichtige Fragen, Anregungen oder Hinweise zu unterbreiten. So muss ich ihm natürlich dankbar sein, dass er unbeirrt mit mir, dem Fremden, das diskutierte, was mir wichtig war.

Nun also, nachdem ich mich vom Geistlichen verabschiedet habe und umgehend andere Trauergäste seine Aufmerksamkeit in Anspruch nehmen, stehe ich alleingelassen und vereinsamt inmitten des Raumes. Niemand gibt sich zu erkennen, für den ich als Gesprächspartner interessant sein könnte. Wenn ich das ändern wollte, müsste ich mir selbst Gesprächspartner aus dem Kreise der Trauernden suchen. Denen eventuell anzusehen wäre, dass ich von ihnen Wissenswertes aus dem Leben des verstorbenen Freundes erfahren könnte. Die Gruppe derer, die sich seit geraumer Zeit bestens auf dieser Trauerfeier unterhält, ist in dem Sinne keine Zielgruppe für mich. Vor allem, weil mir ihre Gesprächsthemen, wenn auch nur bruchstückhaft wahrgenommen, das zu bestätigen scheinen, was ich schon immer zu wissen glaubte: Dass Gäste eines Leichenschmauses über alles und jedes debattieren und reden, nur nicht über den Verstorbenen. Eine mögliche Erklärung des Phänomens ist, dass das positive Bild des Verstorbenen schon von offizieller Seite hinreichend gewürdigt wurde, und es den Hinterbliebenen nicht zusteht, darauf negative Tupfer aufzutragen, sei es aus Takt, sei es aus Höflichkeit gegenüber dem Partner des Dahingeschiedenen. Ausgenommen davon scheinen nur amüsante oder auch als amüsant empfundene Ereignisse, in die der Verstorbene verwickelt war. Was also haben die anderen Trauergäste und ich gemein? Nichts wirklich. Wenn ich vorzeitig diese Gesellschaft verließe, wäre das weder Verlust noch Schaden.

Mein Abschiednehmen gerät kurz. Während andere bereits nächste Treffen mit ihrem Gegenüber verabreden, geht niemand hier davon aus, mich je wiederzusehen. Also keine emotionale Verabschiedung, bestenfalls ein „Grüßen Sie Deutschland." Schlussendlich erneut zwei Wangenküsse von Françoise, und ein „À demain. Bis Morgen."

Auf dem Weg zurück zum Hotel bleibt mir hinreichend Zeit, darüber nachzudenken, was ich von meiner Teilnahme am Leichenschmaus erwartet hatte und was aus meinen Erwartungen wurde. Zu meiner eigenen Überraschung muss ich mir eingestehen, dass meine Erwartungen kaum bis gar nicht erfüllt wurden: keine Begegnung mit François, keine mit der Zimmerwirtin oder mit den Kollegen der Kathedralenführer-Gruppe und auch keine Begrüßung von Akteuren aus der Vielzahl derer, die der Schulfreund im Manuskript erwähnt, gelegentlich auch beschrieben hat. Stattdessen die Verabredung eines Treffens mit Françoise, das aber erst am Folgetag stattfinden wird, und eine ausgedehntere Diskussion mit dem Geistlichen, also mit jemandem, der im Manuskript keine Erwähnung gefunden hat. Wenn ich also noch etwas Substanzielles – wie meine Kollegen in der Redaktion wohl sagen würden – aus der Chartres-Zeit meines Schulfreundes erfahren möchte, bleibt nur noch das Treffen mit Françoise. Das würde mir auch zusätzlich Gelegenheit geben, das, was ich dem Manuskript habe entnehmen können, auf seinen Wahrheitsgehalt hin zu überprüfen. Gesetzt den Fall, ich werde den Mut aufbringen, kritische Fragen zu stellen.

Ich habe mir den kürzesten Weg zum Hotel gesucht und die schwach beleuchteten und verwinkelten Gassen der Altstadt gemieden. Mein Ziel ist jetzt die Hotelbar. Sie ist seit dem gestrigen Abend mein ganz persönlicher Lesesaal, übertrifft fast noch meine Vorliebe für den Lesesaal des Madrider Ateneo, in dem ich als Student ganze Tage verbracht habe.

Ich muss leider feststellen, dass der Tresen in der Bar bereits von einigen Englisch sprechenden Männern mittleren Alters bevölkert ist und der Ober und sein Gehilfe gleichsam belagert werden. Angeblich Erdölarbeiter. Mir ist kein Erdöl-Vorkommen bei Chartres bekannt. Während ich mich gedanklich noch mit dem Szenario einer von Bohrtürmen umstellten Kathedrale beschäftige, erfasst die vermeintlichen Erdölarbeiter Aufbruchsstimmung. Sie verlassen Bar und Hotel. Die Erklärung des Obers: Sie sind auf der Durchreise, suchen nach adäquater Unterkunft. Chartres ist ihnen zu provinziell, Paris zu teuer. Gottlob, denke ich, gehe auf mein Zimmer, um das Manuskript zu holen, suche mir einen bequemen Barhocker und beginne mit der Lektüre der

Szenenfolge VII. Deren Inhalt zu kennen, scheint mir absolut geboten, bevor ich mich am Folgetag mit Françoise treffen werde.

Des Obers Frage „Alles wie gestern?" bestätige ich mit einem Nicken und vertiefe mich in den Text.

Szenenfolge VII – Die Kathedralenführer von Chartres gehen gegen das geplante Ende hergebrachter Führungen vor – Für den Allemand ist die Aussöhnung mit Françoise wichtiger

Der Zug, mit dem der Allemand zurückkehrt, ist in Chartres eingetroffen. Es ist früher Morgen. Die Fahrgäste steigen aus, es sind nicht allzu viele. Der Allemand ist nicht unter ihnen. Die schwer verständliche Lautsprecheransage scheint mitzuteilen, dass für den Zug die Endstation erreicht ist und bitte alle aussteigen mögen, der Zug werde bis zu seinem nächsten Einsatz auf Gleis A 7 abgestellt. Der Zugschaffner, nach Dienstplan für den ordnungsgemäßen Ablauf des temporären Stilllegens des Zuges zuständig, schließt sich den drei Eisenbahner-Kollegen aus Paris an, sie scheinen Wichtiges zu besprechen zu haben. Er gibt die Weiterfahrt frei, nachdem einer der drei ihn darauf aufmerksam gemacht hat, dass der Zugführer auf ein Zeichen wartet. Erstaunlicherweise wird der Allemand selbst durch das durchdringende Abfahrtssignal nicht geweckt, und mit dem Zug auf das Abstellgleis geschoben.

Bald jedoch erwacht der Allemand. Natürlich braucht er einige Zeit, um sich zurechtzufinden. Dann springt er aus dem Zug, nimmt den Weg längs der Gleis-A-7-Schienen zum Bahnhofsgebäude, mehr stolpernd als gehend, und sucht sich eine schrankenlose Möglichkeit um am Bahnhof vorbei zum Bahnhofsvorplatz zu gelangen. Dieser ist fast menschenleer. Zwei Straßenfegerkolonnen sind, ohne Abfalltonen mit sich zu führen, damit beschäftigt, den Bahnhofsvorplatz zu säubern. Sie arbeiten auf derselben Rinnsteinseite aufeinander zu und fegen, wenn sie sich begegnen, den Unrat aneinander vorbei. Dann kehrt die eine Kolonne den Unrat im bereits von der anderen gesäuberten Rinnstein vor sich her. Ein Taxifahrer beobachtet das kopfschüttelnd, hat jedoch keine Zeit zu einem Kommentar, da der Allemand zusteigt, ihn anweist, zu dem Hotel zu fahren, in dem die junge Deutsche gewohnt hat.

Als sie dort vorfahren und der Taxifahrer vor dem Eingang halten will, bittet der Allemand ihn, wenige Meter weiterzufahren bis zu der Säule, an der er vor seiner Fahrt nach Paris sein Fahrrad angekettet hat. Er zahlt. Der Taxifahrer wartet neugierig noch einige Augenblicke darauf, was weiter geschehen wird. Inzwischen ist der Hotelboy gekommen, hat die Tür des Taxis geöffnet. Der Allemand steigt aus, sucht nach seinem Fahrrad. Das ist in der Zwischenzeit abmontiert worden. Nur das Vorderrad ist noch an die Säule gekettet. Nachdem der Allemand seine Überraschung überwunden hat, schließt er das Schloss auf, nimmt das Vorderrad an sich und geht Richtung Kathedrale.

Wieder sind frühmorgens die zwei jungen Männer unterwegs, die bereits zu Saisonbeginn Plakate geklebt haben. Dieses Mal haben sie die alten Aushänge überklebt. Die neuen Plakate zeigen die Kathedrale und sind wieder in drei Sprachen gedruckt: *Son et Lumière. Bientôt à Chartres. We have the pleasure to announce Son et Lumière. Jetzt auch bald in Chartres: Son et Lumière.* Wie zuvor sind sie großformatig, und die Aufsteller aus Pappe etwas kleiner. Die englische Version wird unter anderem im Fleischerladen zwischen ausgestellten Schweinsköpfen platziert. Wie zu Saisonbeginn legt der Plakatkleber, der die großformatigen Plakate anbringt, bei dem ihm befreundeten Geschäftsinhaber eine Pause ein. Er erläutert ihm, was es mit den Plakaten auf sich hat: „War schon länger geplant. Die wollen mehr Touristen herlocken. Mit *Son et Lumière* unterhalten und automatisiert führen. Professionell. Anders als jetzt. Nimm die Deutschführungen: Einer der Führer ist heiser, einer ist so schlecht, dass die Touristen mehr wissen als er, und einer ist total verschollen. Und zu langsam sind sie alle." Weitere Erläuterungen kann er nicht geben, da der zweite Plakatkleber bemerkt hat, dass sein Kollege die Zeit untätig verbringt, und ihn mit durchdringendem Pfeifen zur Arbeit zurückholt. Beide fahren davon.

Des Allemand Weg führt an den Plakaten vorbei. Er bemerkt sie zunächst nicht, bis er an der Mauer entlanggeht, an der sie in großer Zahl aufgeklebt sind. Zunächst kehrt der Allemand zu seiner Einzimmerwohnung zurück. Die Haustür öffnend, stellt er fest, dass seine Wirtin das Plakat *Son et Lumière* in französischer Sprache dort ausgehängt hat, wo bisher das Schild *Mann spricht Deutsch* Besucher einlud. Der Allemand nimmt im Vorbeigehen und aus Gewohnheit den Croissantbeutel der Wirtin an sich. In seinem Zimmer öffnet er die Vorhänge und gibt damit den Blick auf die Kathedrale frei. Er kocht Kaffee. Als er seine Tasse hervorholt, dringt Motorengeräusch zu ihm, das typisch für das Motorrad von François ist. Er nimmt eine zweite Tasse auf. Tatsächlich tritt wenig später, ohne jegliche Vorankündigung, François ein. Eine Begrüßung zwischen den beiden findet nicht statt. François setzt sich auf einen der Stühle, langt wortlos bei Kaffee,

Croissants und angebotenen Zigaretten zu. Mit der Bemerkung „Für die Führung von Touristen ist es ja wohl noch zu früh." versucht der Allemand das Schweigen zu brechen.

„Zu spät."

Der Allemand schweigt dazu, da er vermutet, dass François damit auf seine Nichtverfügbarkeit während der zurückliegenden Woche anspielen will.

„Son et Lumière, das ist nicht nur ... wie sagt man auf Deutsch? Ton und Leuchte? Das ist der Einmarsch der Elektronik in die Kathedrale. Insbesondere ist das eure Ablösung."

„Quoi? Qu'est-ce que ça veut dire? Vielleicht erklärst du mir das besser in deiner Muttersprache."

„Mit der Sprache ist alles in Ordnung. Sieh es dir selbst an! Dann verstehst du's."

Der Allemand schweigt zunächst, versucht dann jedoch weitere Informationen zu erhalten.

„Quand tu disais zu spät, qu'est-ce que tu voulais dire? Was meinst du mit zu spät? Zu spät für mich oder für uns alle? Hat mit *Son et Lumière* doch nichts zu tun, oder? C'est trop tard pour moi ou pour tous les guides? Cela a rien à faire avec *Son et Lumière,* non?"

„Sieh es dir selbst an, dann verstehst du es!"

„Ich meine, betrifft das alle?"

„Ja. Und sie wollen etwas dagegen tun."

„Was?"

„Frag sie selbst!"

François raucht seine Zigarette bis hart an den Filter, wirft sie dann in die halbgefüllte Tasse. Er nimmt noch ein weiteres Croissant.

„Die anderen triffst du im Café. Das war's, was ich dir sagen wollte."

Er geht. Bei seiner Abfahrt fühlt er sich von der Wirtin beobachtet, fährt rasch davon. Er tut gut daran, denn der Wirtin ist nicht entgangen, dass einerseits erneut der Croissantbeutel verschwunden ist, andererseits François die Reste eines Croissants in den Händen hielt.

Nachdem der Morgen so weit fortgeschritten ist, dass der Allemand damit rechnen kann, dass Kathedrale und Cafés geöffnet sind, sucht er die Kathedrale auf. Innen neben dem Südportal bemerkt er bereits erste Veränderungen. In den Boden eingelassene Säulen, den Notrufsäulen der Autobahn nicht unähnlich, dienen dazu, Touristen, die interessiert und bereit sind, dafür entsprechend Geld auszugeben, mittels Lautsprecher und Bildschirm über die Sehenswürdigkeiten in der Kathedrale zu informieren. Das alles wird in verschiedenen Sprachen angeboten. Weiterhin fallen ihm Scheinwerfer auf, die an zahlreichen Pfeilern der Kathedrale angebracht sind. Im Seitenschiff endlich findet er einen Verleih für batteriebetriebene Kassettenrekorder mit Kopfhörern. Einige Touristen nutzen diese Möglichkeit bereits, sie entrichten eine Gebühr, hinterlegen ein Pfand, lassen sich dann auf diese Art durch die Kathedrale führen. Der Allemand beobachtet Letzteres interessiert, sucht sich eine Bank im Mittelschiff, befindet sich gewissermaßen im Zentrum des Geschehens.

Diejenigen, die mittels Kassettenrekorder geführt werden, wählen am Anfang alle dieselbe Richtung, offensichtlich werden die ersten Erläuterungen und Aufforderungen noch von allen gleich verstanden. An immer demselben Punkt blicken die so Geführten hoch, in Richtung Obergadenfenster. Danach aber beginnen bereits die Missverständnisse. Obwohl die meisten in Richtung Mittelschiff gehen, wenden sich drei Touristen anderen Richtungen zu. Einer von ihnen, völlig desorientiert, verlässt durch das Nordportal den Kirchenraum, kehrt jedoch bald gehetzt durch das Südportal wieder zurück. Ein anderer, der bemerkt, dass er die falsche Richtung gewählt hat, spult zurück, geht auch rückwärts, rempelt natürlich jemanden an, spult dann wieder vor, zu früh allerdings, sodass er erneut zurückspulen muss, bis er endlich die Passage wiedergefunden hat, bei der er die Anleitung falsch verstanden hatte. Der Dritte schüttelt ratlos seinen Rekorder, hört offensichtlich nichts mehr. Er wechselt schließlich die Kassette gegen eine eigene, lauscht zufrieden Joseph Haydns Trompeten-Konzert Es-Dur. Seine Art und Weise zu besichtigen unterscheidet sich auch späterhin von der der anderen Besucher, er ist daran zu erkennen, dass er im Gegensatz zu den angestrengt horchenden Besuchern entspannt und fast tänzelnd den Raum der Kathedrale durchmisst. Außerdem kann der Allemand beobachten, wie Familien durch unterschiedliche Auslegung der Anweisungen getrennt werden, wobei die Kinder anschließend durch die Kathedrale irren wie durch einen Zauberwald.

Ein Einzeltourist hat Schwierigkeiten, das, was er sieht, mit dem, was er hört, in Einklang zu bringen. Dicht neben dem Allemand im Mittelschiff stehend, sucht er auf den Steinfliesen vergeblich nach dem beschriebenen Labyrinth und seinem einzigartigen Muster. Offensichtlich haben die Autoren der ihm angebotenen Erläuterung es versäumt, darauf hinzuweisen, dass übers Jahr fast immer Kirchengestühl das Labyrinth bedeckt. Verständlich, dass für ihn unverständlich bleibt, was ihm erläutert wird, nämlich dass das Labyrinth vor ihm im Boden des Mittelschiffs sich durch den Wechsel heller und dunkler Steinplatten auszeichne. Dass die Kathedrale von Chartres ein fast vollständiges Labyrinth besitze. Dessen Windungen in dem vorgegebenen Kreismuster Segmente von 90 und 180 Grad übergreifen. Wobei besonders die rechts- und gegensinnigen Richtungen und ihr ständiger Wechsel es seien, die das Verwirrspiel bewirken.

Mehrere Touristen, die schon halbwegs die Führung hinter sich gebracht haben, ohne fehlgeleitet worden zu sein, finden sich dadurch zusammen, dass sie durch mehr oder minder auffälliges Schrittezählen an dem Punkt ankommen, der es ihnen ermöglichen soll, die Fensterrosen zu betrachten. Beim Schrittezählen behindern sie sich gegenseitig. Im Weg sind sich auch zwei Touristen, die in dieser Phase der Führung offensichtlich die Orientierung verloren haben und sich nicht auf eine Richtung einigen können. Der eine sucht rechts, der andere links eines Vierungspfeilers die Fortsetzung der Führung. Nach Passieren des Pfeilers stehen sie sich dann doch wieder gegenüber, Auge in Auge.

Als die ersten Touristen nach Abschluss der Führung die Kassettenrekorder abgeben, und gegen die Pfänder austauschen, entsteht einige Konfusion darüber, was wem gehört. Diejenigen, die die Beschwerden entgegennehmen, erklären das mit entschuldbaren Anfangsschwierigkeiten.

Der Allemand glaubt, genug gesehen zu haben. Während die Touristen mit ausgeliehenen Kassettenrekordern weiterhin durch den Kirchraum schreiten, irren oder eilen, entschließt er sich zu gehen. Er findet sich in der Begleitung eines Kollegen wieder, der ebenfalls seinen eigenen Lokaltermin in der Kathedrale gestaltet hatte. Dessen Kommentar: „Das war sie dann wohl. Die Blütezeit der Führungen."

Beide streben dem Westportal zu. Seine ehrwürdigen Türen öffnen sich zur Verwunderung des Allemand automatisch. Mit einem lakonischen „Ça y est." verabschiedet sich der Kollege.

Im Café nahe dem Kathedralenvorplatz findet der Allemand fast alle Touristenführer versammelt. Sie haben sich unter die Gäste gemischt, besetzen hier und da Stühle an Tischrunden mit Touristen. Die meisten von ihnen sind leicht daran zu erkennen, dass sie ihre Geldsammelmützen und Hüte neben sich auf Tische und Stühle gelegt haben, was unter anderem dazu führt, dass ein rauchender Tourist die Mütze seines Nachbarn mit einem Aschenbecher verwechselt. Da sie über den ganzen Raum verteilt sind, diskutieren die Touristenführer sehr laut und für alle Nichtbeteiligten störend. Der Allemand wird, offensichtlich weil niemand mit seiner Teilnahme gerechnet hat, kaum beachtet. Er setzt sich an den Tisch, an dem der heisere Führer Platz neben einem Touristenehepaar gefunden hat. Nachdem er eine Tasse Kaffee bestellt hat, wird er vom heiseren Führer angesprochen: „Tu l'as vu? Hast du's gesehen?"

„Oui."

„Enfin, qu'est-ce que tu penses des mesures prises? Und was hältst du von den Maßnahmen?"

Der Allemand antwortet nicht sofort, rührt in seinen Kaffee langanhaltend Milch ein, der heisere Führer wird ungeduldig. „Die brauchen uns nicht mehr. Verstehst du? Wir müssen was dagegen tun."

„Moi, je ne le vois pas comme ça. Ich sehe das anders", mischt sich der am Nachbartisch sitzende Führer für Deutsche ein, der bei früheren Gelegenheiten zum Teil fehlerhafte Angaben zur Baugeschichte der Kathedrale gemacht hat.

„Was ist falsch daran? Wenn die uns nicht mehr brauchen, brauchen die uns nicht mehr. Wir sind schließlich keine Maschinen. Was willst du dagegen tun? Tu stattdessen was dafür. Dafür, dass sie eine anständige Abfindung zahlen. Ich bin für Abfindung."

Der heisere Führer ist empört, indessen präzisiert der andere ungerührt seine Argumente: „Et les languages qu'ils offrent. Est-ce que toi en tant que Français tu sais parler Japonais comme leurs machines? Vergiss nicht, wie viele Sprachen sie anbieten. Können wir zum Beispiel in Japanisch führen wie ihre Audioguides?"

„Non, mais avant les Japonais savaient entendre le Français. Natürlich nicht, bislang aber konnten japanische Besucher Französisch."

Der Allemand, erstaunt über die Heftigkeit des Disputs, versucht einen gemeinsamen Feind auszumachen: „Qui est responsable pour tout ça? Wer hat all das veranlasst?"

„Moi, je ne le sais pas. Weiß nicht."

„Et toi, est-ce que tu sais qui c'était? Und du?", fragt der Allemand den anderen Führer.

„Comment? Comment est-ce qu'il pourrait le savoir? Personne ne sait qui c'etait. Compris? Wieso sollte er das wissen? Niemand weiß das. Zu deiner Information."

„Das verstehe ich nicht. Wir wollen was dagegen tun, und wissen nicht einmal, wer es veranlasst hat. Das passt schlecht zusammen. Und zu spät dazu ist es ja wohl auch. Ist schließlich schon alles installiert und im Gebrauch."

„Es kommt ganz darauf an, was man macht."

Der heisere Führer hat dabei die Betonung auf was gelegt. Der Allemand versteht nicht, wird auch nicht weiter aufgeklärt, da beide Führer sich an der allgemeinen Diskussion beteiligen. Diese wird rasch hitzig. Selbst der heisere Führer versucht, sich bei allen Gehör zu verschaffen. Kaffee schwappt über, weil einer der Führer zu impulsiv auf die Tischplatte schlägt. Der am gleichen Tisch sitzende Tourist zahlt und geht. Da sich auch der Allemand mehr gestört als angesprochen fühlt, beschließt er ebenfalls zu gehen. Er glaubt, beim Wirt anschreiben zu können, sieht sich darin jedoch getäuscht: „Jetzt nicht mehr. Woher nimmst du das Geld, wenn nichts mehr von den Touristen kommt?"

Der Allemand zahlt wortlos, geht. Anschließend versucht er, Françoise zu finden. Ihre Wohnung hat sie offensichtlich schon verlassen, zumindest öffnet niemand auf sein Klingeln. So entschließt er sich, sie im Reisebüro, ihrer Arbeitsstelle, aufzusuchen, ganz gegen seine Gewohnheit. Das Reisebüro wirbt vor allem für Reisen nach Martinique und Guadeloupe, Réunion und Tahiti, hat aber auch das Chartres-Plakat *Son et Lumière* ausgehängt. Außerdem macht es auf die Mehrsprachigkeit seiner Mitarbeiter aufmerksam, unter anderem durch den Hinweis *Wir sprechen Deutsch*. Der Allemand wird im Reisebüro zunächst von einer jungen Mitarbeiterin angesprochen. Françoise ist beschäftigt, der Allemand kann sich der Beratung durch die junge Mitarbeiterin dadurch entziehen, dass er fragt, ob sie Deutsch spreche. Sie verneint, verweist auf Françoise. Er muss sich einige Zeit gedulden, denn Françoise berät zunächst noch eine ältere Kundin in Sachen Karibik. Und auch danach lässt sie sich viel Zeit, bevor sie sich dem Allemand zuwendet, ihm Gelegenheit gibt, sie anzusprechen. Dabei missrät ihm sein Wiedereinstieg in ihre Beziehungen völlig: „Können Sie mir Französisch-Guyana, Cayenne, empfehlen? Wo der Pfeffer wächst, vous savez."

„Ich glaube kaum, dass das Ihren finanziellen Möglichkeiten entspricht."

„Womit wir wieder bei unserem Thema wären."

„Bei einem der Themen."

„Hast du ein zweites?"

„Allerdings. Seit du es für richtig befunden hast, aufs Geldverdienen total zu verzichten, um dich, je ne sais pas où, ich weiß nicht wo, zu vergnügen."

Weiter können beide ihren Wortstreit nicht austragen, da der Geschäftsführer auf sie aufmerksam geworden ist, sich auffällig unauffällig zu ihnen gesellt hat. Der Allemand lenkt das Gespräch erneut auf Cayenne und seine touristischen Möglichkeiten. Das gibt Françoise die Gelegenheit, einen entsprechenden Katalog zu suchen, sodass dem Geschäftsführer kein Anlass gegeben wird einzugreifen. Er sekundiert also hilfreich: „Cayenne. Ça va être difficile. Il n'y a que des prisonniers. Das wird nicht einfach sein. Da trifft man eigentlich nur Strafgefangene. Des touristes? Moi, je ne suis pas sûr. Mademoiselle va chercher. Aber Mademoiselle wird nach touristischen Möglichkeiten suchen."

Damit gibt er die Gesprächsführung zurück an Françoise, wendet sich einem anderen Kunden zu. Nachdem Françoise dem Allemand einen Katalog für karibische Schiffsreisen sehr förmlich überreicht und ihm unauffällig bedeutet hat, dass das Büro der ungeeignete Ort ist, Streitigkeiten auszutragen, verlässt er das Reisebüro. Dass der Geschäftsführer anschließend Françoise befragt, warum der Kunde ohne weiteres Interesse an Beratung gegangen sei, nimmt er nicht mehr wahr.

Nach einem ausgedehnten Gang durch die Altstadtgassen von Chartres – mehr oder minder ziellos – beschließt der

Allemand, sich endgültig auf den Weg zu seinem Zimmer zu machen. Natürlich würde es sich anbieten, dort Ordnung zu schaffen, da er sich zuvor diesem Tun kaum gewidmet hat, insbesondere nicht in den Tagen, die er gemeinsam mit der jungen Deutschen verbracht hat. Doch tut er sich schwer damit. Möglicherweise auch, weil er übermüdet ist infolge der Ereignisse der letzten vierundzwanzig Stunden. Allerdings bleibt ihm auch weder zum Aufräumen noch zum Erholen Zeit, denn Françoise steht – unvermittelt und ohne höfliches Anklopfen – in der Tür. Ihr überraschender Besuch trifft den Allemand mental unvorbereitet. Seine Begrüßung ist mehr als unbeholfen.

„François. Dein Bruder …"

Hier legt der Allemand eine Pause ein, zögert, bevor er fortfährt: „… der hat mich informiert, dass die Mehrheit der Kathedralenführer unzufrieden ist."

„Womit unzufrieden?"

„Mit den Installationen."

„Die sind nicht über Nacht gewachsen"

„Wohl eher nicht."

„Und du hast davon auch nichts bemerkt?"

„Nein."

„Dazu hätte man ja in der Kathedrale zugegen sein müssen."

Der Allemand glaubt, dass jetzt der Augenblick für Erklärungen gekommen ist, aber Françoise lässt sie nicht zu.

„Chéri, versuche dich nicht in Rechtfertigungen. Bitte mich besser um Verzeihung."

„Wir reden nicht mehr von der Kathedrale, non?"

„Wir reden von deiner affaire."

„Eine Affäre sieht anders aus."

Françoise scheint seinen Einwand nicht für kommentarwürdig zu erachten. So bemüht sich der Allemand um die Fortsetzung des Gesprächs: „Reden wir beide von derselben Affäre?"

„Hattest du mehrere?"

„Mon Dieu, warum machst du es mir so schwer?"

„Also: Ich rede von deinem Paris-Ausflug. In Begleitung einer Deutschen."

„Diese Benennung ist schon freundlicher und angemessener."

„Welche, bitte?"

„Paris-Ausflug."

„Wir streiten nicht um Wörter, sondern um Taten. Jeder Mann, der mit einer fremdem Frau auf Kurzurlaub nach Paris fährt, fährt nicht ohne Absichten dahin."

„Das ist Schablone."

„Was ist Schablone?"

„Zu glauben, dass Mann und Frau in Paris immer nur das Eine täten"

„Ich wollte wissen, was Schablone ist, en français."

„Peut-être: cliché. Auf jeden Fall so, wie du jetzt denkst."

„Ich habe nicht gesagt, wie ich denke."

„Aber ich ahne es. Ich bin mit dir zusammen, und du sprichst nur von ihr."

„Ist das verwunderlich? Selbst ihr Parfüm hängt noch in deiner Wohnung."

„Tu exagères. Du übertreibst."

„Also gut, nicht in deiner Wohnung. In deinem Zimmer. Du solltest einmal lüften."

„Werde ich. Und dich auch um Verzeihung bitten. Wofür auch immer du glaubst, dass ich es falsch gemacht habe. Was mehr?"

Er öffnet tatsächlich das Fenster.

„Höchst uncharmant-deutsch, deine Form der Entschuldigung. Immerhin aber ein erster Schritt. Doch solltest du das Lüften auf später verschieben."

Sie schließt das Fenster wieder.

„Das verstehe ich nicht."

„Ich erwarte, dass du mit mir schläfst. Da ist Frischluft – so sagt man doch – nicht gewünscht."

In der Annahme, dass Françoises Begehr keine Antwort erfordert, sich eher verbietet, fasst der Allemand ihre Hände, berührt mit seinen Lippen ihre Handrücken.

„Ist das Verzeihen oder Vertrauen?"

„Werde jetzt bitte nicht deutscher als deutsch. Ich habe dich lange nicht gehabt. Noch nicht einmal gesehen. C'est tout. Mehr will ich damit nicht sagen. Also, was ist nun? Hast du schon alles verlernt? Oder hat sie es dir anders gezeigt?"

„Mais non! Endgültig: Wir sollten nicht mehr von ihr reden. Ich liebe dich. Nur dich!"

„Du hast lange gebraucht – ou est-ce qu'il me faut dire benötigt –, um mir das zu sagen. Beweis es mir!"

Der Allemand nimmt das als Aufforderung, Françoise zu sich zu ziehen. So, als wollte er ihr Gelegenheit geben, alle Liebkosungen nachzuholen, die sie in Tagen und Wochen vermisst hat. Soweit seine Umarmung das zulässt, fasst Françoise seinen linken Unterarm. Umfasst ihn zärtlich. Zunächst sein Handgelenk umspannend, dann auch die Mulde seiner Armbeuge ertastend. Das Aufwärtsgleiten ihrer Handfläche erregt den Allemand, bewegt ihn dazu, ihre Hand festzuhalten. Frühere Erfahrungen sagen ihm, dass Françoise es nun mit der linken Hand versuchen wird, vorsorglich umklammert er ihren linken Arm.

„Du sollst mich nicht festnehmen."

„Festhalten."

„Dies ist nicht der Moment für Deutschlektionen!"

Françoise zerrt und zupft, wo sie kann, so als wäre sie in den Schraubstock eines Handwerkers geraten.

„Du gibst dich wie beim ersten Mal."

„So ist mir auch."

„Cette fois, c'est toi qui exagère, chéri. Du übertreibst."

„Wenn es mich erregt, was ist daran übertrieben? Es erregt mich immer noch, wenn du mich berührst."

Der Allemand berührt mit seinen Lippen ihre Lippen, ihren Halsansatz, dann ihre Schulter. Schiebt behutsam den linken Träger ihres Kleides auf ihren Arm.

„Sag jetzt bitte nichts!"

„Hatte ich nicht vor. Warum sollte ich auch?"

„Ganz allgemein wollte ich damit sagen: Ihr Französinnen neigt dazu, zu viel zu reden."

Er schiebt den zweiten Träger von ihrer Schulter. Sie lässt es geschehen, trotz der wenig charmanten Bemerkung über Französinnen.

„Das ist schon möglich. Aber nicht im Bett. C'est la différence. Wenn wir Liebe machen, au lit, vergessen wir alles um uns herum, geben uns ganz dem Augenblick hin."

„Und vergessen alles, was vorher war. Ganz recht."

„Wen oder was sollen wir vergessen? Ist sie es wieder, die damit ...?"

Der Allemand lässt sie den Satz nicht zu Ende bringen, legt seinen Finger auf ihre Lippen.

„Wir wollten nicht mehr darüber reden."

„Ce n'est pas normal, non? Darüber reden, vorher oder nachher, das werden wir schon müssen."

Sie beginnt, den Allemand von Hemd und Unterhemd zu befreien.

„Etwas verschweigen, ich glaube, ihr nennt es totschweigen, chéri, das ist nicht gesund."

Der Allemand kann augenscheinlich nicht einschätzen, ob es Françoise noch ernst ist oder ob sie bereits ins Spielerische abgleitet. Auf Letzteres hoffend, legt er nach: „Was brauchen wir Gesundheit, wenn wir Sex haben?"

„Haben wir den?"

„Dachte ich."

„Lass das Denken – mach es!"

„Was?"

Françoise gibt sich alle Mühe, ein Lachen zu unterdrücken, es gelingt ihr nicht.

„Irgendwie bist du desorientiert."

„Ist das verwunderlich, nach einer im Bahnhof Montparnasse durchwachten Nacht?"

„C'est étonnant. Hat sie dir den Laufpass gegeben?"

Ihr begleitendes Lachen ist nun mitfühlend.

Der Allemand nimmt die Anzeichen von Mitgefühl zum Anlass, Françoise anzuheben und sie so sanft wie möglich auf seinem Bett zu platzieren. Was nicht ganz einfach ist, weil darauf Papiere aller Arten liegen, Manuskriptblätter, annotierte Darstellungen von Kathedralen-Säulenheiligen und Skizzenblätter. Unvermeidlich, dass Françoise einige von ihnen unter sich begräbt.

„Wir werden die Blätter beschädigen."

„Sei's drum. Aber gleichzeitig repariere ich meine Liebe."

„Was immer ‚sei's drum' bedeutet: Ich schlage vor, dass du die Tür abschließt. Dein Türschild *Bitte nicht stören!* wird, fürchte ich, nicht reichen."

„Je ne comprends rien. Versteh ich nicht."

„Ich kenne niemanden, der so viele Besucher anzieht wie du."
Der Allemand hat immer noch Schwierigkeiten, dem Gedankengang zu folgen.

„Ich meine vor allem die Schar deiner Gläubiger. Wollen wir die gemeinsam in deinem Bett empfangen?"
Der Hinweis verfehlt seine Wirkung nicht. Der Allemand erhebt sich tatsächlich, um die Tür zu schließen. Das wiederum nutzt Françoise, um ebenfalls das Bett zu verlassen.

„Was bedeutet das? Gerade noch hast du Sex angemahnt. Und jetzt?"
Françoise bleibt ungerührt, ist dabei, die Blätter thematisch zu ordnen. Sichtet die Skizzen, sucht offenbar nach etwas, das sie nicht findet.

„Bisher hast du die von dir Verehrten und Begehrten immer nachgezeichnet. Sagt man so?" „Du meinst porträtiert. Dazu blieb keine Zeit."

„Also doch Laufpass."

„Das war das letzte Mal, dass du von ihr redest! Schwöre es! Jure le!"

„Erst schwörst du mir deine Liebe. Dann überlege ich, was ich dir schwöre."
Françoise wartet vergeblich auf seine Antwort.

„Attends. Du hast einen Fehler begangen, oder Fehltritt. Jetzt solltest du mir deine unerschütterliche Liebe beweisen. Ist das zu viel verlangt? Ich glaube, so kann man sagen."

„Kann man. Ist aber antiquiert. Fast so antiquiert wie die Beschwörung unverbrüchlicher Treue."

„Tu n'y penses pas! Das kann nicht wahr sein! Est-ce que tu joues avec les mots? Willst du mit Worten spielen? Oder mit mir?"

Schon um Schlimmeres zu verhindern, fasst der Allemand Françoise, hält sie fest in seinen Armen. Sie versucht, sich aus seiner Umarmung zu lösen, aber schafft es nicht. Wortlos in Umarmung zu verharren, schafft Françoise ebenso wenig, beschließt, das Gespräch wieder in Gang zu bringen.

„Ich habe dich simplement um den Beweis deiner Liebe zu mir gebeten."

„Du redest von unserer Liebe, ich rede von unserer Beziehung. Ich werde dir unser Verhältnis aus meiner Sicht erläutern."

„Wie du möchtest. Wir haben noch die ganze Nacht."

Der von Françoise eher sarkastisch als freundlich gemeinte Hinweis auf die Nacht, die gerade erst begonnen hat, lässt keinen Zweifel, dass sie nunmehr für die Fortsetzung des Wortstreits kein Verständnis mehr aufbringt. Es würde kritisch, wenn der Allemand das nicht bemerken würde. Doch er bemerkt es, versucht Françoise auf seine Art zu besänftigen: „Schließ deine Augen!"

„Das ist mir zu wenig."

„Und erinnere dich an das Labyrinth unserer Kathedrale, ich meine an seine Wegführung." „Pourquoi? Warum? Bereiten wir uns auf eine Pilgerschaft auf dem Jakobsweg vor?"

Ihre Frage bleibt unbeantwortet. Er schiebt Kleid, Unterkleid und was sonst noch stört sorgfältig und behutsam beiseite. Um ihre nackte Haut zu ertasten und Linien des Labyrinths auf ihrer Haut nachzuziehen. Françoise ist wenig amüsiert. Denn ihr sind die geschwungenen Formen, die er mit seinem Finger auf ihrer Haut markiert unverständlich.

„Mein Gott! Einmal Künstler, immer Künstler. Selbst im Bett."

„Sagtest du Bett? Da müssen wir erst hin."

Damit fasst der Allemand Françoise, legt sie ein zweites Mal sanft auf seine Liegestätte. Nutzt die Gelegenheit, weiterhin und großflächiger auf ihrem Körper mit einem Finger Kreise zu ziehen.

„Wenn du den Irrweg deiner Beziehung zu mir nachzeichnen willst, geht das auch einfacher."

Für nur wenige Augenblicke unterbricht der Allemand seine Fingermalereien, küsst ihre entblößten Schultern.

„Unser Labyrinth besteht nicht aus Irrwegen, es ist nämlich kein Irrgarten, sondern es führt auf einem einzigen, langgestreckten, verschlungenen Weg von der Eingangspforte zum Ziel. So verläuft auch unsere Beziehung."

Er unterstreicht seine Belehrung mit entsprechender Linienführung auf ihrer Haut.

„Das sagt mir nichts. Wenn es dir ernst ist mit deiner Erklärung, nimm Papier zur Hand und zeichne das Labyrinth, so wie du es interpretierst."

Damit kniet sie sich auf, zieht ein Stück Papier aus dem Stapel, auf dem sie liegt, drückt es dem Allemand in die Hand.

Er beschließt, für seine Zeichenblätter den entblößten Rücken von Françoise als Unterlage zu nutzen.

„So sehe ich nichts."

„Ich werde es dir erklären. Außerdem könnte es ja sein, dass du den Abdruck auf deiner Haut spürst."

„Chéri, wenn ich auch sonst noch etwas spüren sollte oder soll, so sag es bitte direkt."

Ihr Ansinnen bleibt unbeantwortet. Doch berührt er noch einmal zärtlich mit seinen Lippen ihre Schultern, beginnt dann damit, die Struktur des Labyrinths sanft, aber spürbar auf dem Papier auf ihrem Rücken abzubilden.

„Also. Hier beginnt der Weg. Zielt ganz natürlich in Richtung Zentrum. Dann, auf halber Strecke zwischen Eingang und Zentrum, biegt er nach links ab, folgt dem ersten Quadranten des Kreisbogens. Macht am ersten Wendepunkt kehrt …"

Der Allemand legt an dieser Stelle, aus Gründen der Orientierung, eine Pause ein. Ahnend, dass die Darstellung von dreihundert Metern Labyrinth ein zeitraubender Prozess werden wird, beschließt Françoise bereits nach den geschätzten ersten fünfzehn Metern die Kreise des Allemand zu stören. Sie versucht, rückwärts greifend seinen Arm festzuhalten, was nicht einfach ist. Aber es gelingt ihr.

„Chéri, erlaube mir festzustellen, dass das ein sehr holpriger Beginn ist. Von dem ich nicht einmal weiß, was der mir sagen soll. An deinem Bild interessiert mich lediglich, was die ständig wiederkehrenden, plötzlichen Kehrtwendungen bedeuten. Für unsere Beziehungen. Aber auch für die Gläubigen. Tragen die Kehren möglicherweise Namen? Hieß die erste vielleicht Nicole, die zweite eventuell Yvonne?"

Der Allemand bleibt die Antwort schuldig. Françoise sieht ihre Vermutung bestätigt.

„Aha. Und was ist der Sinn der Kehrtwendungen für die, die ehrfurchtsvoll und gläubig den Zielpunkt des Labyrinths suchen?"

„Wenn es dich wirklich, nochmal: wirklich, interessiert, wird das eine längere Erklärung." „Wir haben immer noch die ganze Nacht."

„Wie du willst. Was den Sinn der Labyrinth-Bewältigung betrifft, dazu gibt es verschiedenste Meinungen. Einige Experten meinen, unser Labyrinth stelle den Weg nach Jerusalem dar, den Gläubige vor Antritt ihrer Pilgerschaft oder nach Ankunft in Chartres vor ihrer Weiterreise begehen sollen. Ich schließe mich der Meinung derer an, die vermuten, dass das Labyrinth Frommen und Büßern als Ersatz gedient haben könnte für einen Pilgerweg, den sie sonst nicht hätten finanzieren können."

„Wie praktisch. Wenn es wahr ist. Und großzügig. Von der Kirche"

„Die Gläubigen werden das ganz anders gesehen haben. Sie mussten die Wegstrecke kniend zurücklegen."

„Ah so? Quelle torture!"

Bei Françoise machen sich Anzeichen von Unruhe bemerkbar. Schließlich ist ihre Frage nicht beantwortet. Der Allemand hält das fälschlicherweise für Mitgefühl.

„So beschreiben es uns die Historiker der Kirche. Die Buße Tuenden sollen begreifen, so meint man, dass Umkehr nottut, und dass ihr Bußgang noch lange nicht beendet ist."

„Und all das bewirken die Wendepunkte."

„Ja. Die sind es, die uns zurückwerfen."

„Aber doch bitte nicht auf Anfang!" Sie hält seine Hände fest.

„Chéri, deine Erklärungen werfen uns auch weit zurück. Mir sind sie zu langwierig. Denk daran, dass mein Wunsch, Liebe zu machen, auch wieder abflauen könnte."

Dass es für den Allemand nicht einfach ist, angesichts des an Drohung grenzenden Hinweises Ruhe zu bewahren, wird nicht überraschen. Zumal er auch nicht sicher sein kann, ob bei Françoise die Botschaft von seiner windungsreichen, doch beständigen Beziehung zu ihr angekommen ist. Und ob sie die Struktur des Labyrinths tatsächlich vor Augen hat, ist auch nicht sicher, schließlich wird das Labyrinth bis auf wenige Tage im Jahr von Stuhlreihen überdeckt.

„Schließe du deine Augen, chérie! Ich tue das meine, und du wirst spüren, wie sehr ich dich liebe."

„Knien und die Augen schließen, ce n'est pas très confortable. Sehr unbequem."

„Ich werde dich festhalten."

Sie hat keine weiteren Einwände. Protestiert auch nicht, als sie feststellen muss, dass sein Verständnis von Festhalten nicht das ihre ist.

„Lieben wir uns jetzt?"

Der Allemand schweigt, nimmt, allerdings verzögert, Françoise in ihrer Aufforderung beim Wort, sie zu lieben. Kehrt mit seinen Händen zu ihren Brüsten zurück. Bemüht sich, sie sanft, aber nachdrücklich dazu zu bewegen, die Nacht mit ihm nicht kniend, sondern liegend zu verbringen. Versucht, Françoise aus dem Gleichgewicht zu bringen. Ohne Erfolg. Schon weil er versucht, Françoise wie ein Möbelstück zu verschieben. Er versucht es anders, umfasst ihre Fußknöchel, zieht vorsichtig, aber wirkungsvoll ihre Beine nach hinten, sodass sie ihren Halt verliert, vornüber auf sein Bett sinkt.

„Deine Zeichnungen!"

Der Allemand greift zu einer der zerknitterten Zeichnungen, betrachtet sie kritisch.

„Kein Verlust. Zur Erinnerung: Wir wollen uns lieben, nicht debattieren."

„Natürlich."

„Also lässt du mich?"

„Was, bitte, soll ich dich lassen?"

„Ce qu'on fait normalement quand on s'embrasse au lit. Das, was man normalerweise macht, wenn man sich im Bett küsst."

„Déjà?"

„Qu'est-ce que tu proposes? Hast du einen anderen Vorschlag?"

„Ich vermisse deine Geste der Versöhnung. Si tu comprends ce que ça veut dire. Wenn du verstehst, was ich meine."

Des Allemand Zustimmung bleibt aus, denn er kämpft mit der Schwierigkeit, die Geste der Versöhnung oder das, was er unter den Umständen dafür hält, in die Tat umzusetzen. Bedingt durch ihre von ihm selbst zuvor herbeigeführte Bauchlage. Sein Bemühen, das zu ändern, misslingt.

„Es scheint, chéri, es haben dich in der letzten Nacht alle verlassen. Auch deine Kräfte." Françoise wendet sich ihm zu. Jede ihrer Bewegungen ist geeignet, den Allemand zu erregen. Bedächtig hilft er nach, bewegt ihre Beine unmerklich auseinander, bedeckt dann die Innenseiten ihrer Oberschenkel mit Küssen. Scheint aber unschlüssig, wie fortzufahren ist, schwankt zwischen hinsehen und berühren.

„Chéri, du musst mich nicht bestaunen – si ça se dit –, als hätten wir uns Monate nicht gesehen. Es waren erst ein paar Tage."

Ihre kritische Anmerkung bleibt unerwidert, seine Aufmerksamkeit gilt nicht ihren Argumenten, sondern ihrem Körper.

„Können wir uns jetzt ganz dem Augenblick hingeben?"

„Pas tout à fait. Immer noch nicht."

Françoise zerrt an seiner Hand, mit der er bereits von allem, was ihre Schamlippen umrahmt, Besitz ergriffen hatte.

„Pourquoi pas? Warum nicht?"

„Denk nach, was noch fehlt."

Selbst wenn er wollte, würde der Allemand nicht die Zeit zum Nachdenken finden. Denn ihn und Françoise schrecken überlaute Motorengeräusche auf, die von der Straße heraufdringen. Zweifelsfrei ist das Motorrad von François der Verursacher des nächtlichen Motorenlärms, der noch dadurch verstärkt wird, dass François den Motor gleichsam aufheulen lässt. Zudem wird der Lärm begleitet von François' schwer verständlichen Rufen: „Allemand! Allemand! La cathédrale! Ça commence! La cathédrale!"

Dann Stille. Vermutlich weil François darauf wartet, dass der Allemand sich am Fenster zeigt. Das aber geschieht nicht. Denn der Allemand ist sichtlich erbost. Was er auch die Schwester wissen lässt: „Ton frère! Il est fou!"

„Beschimpfungen, zumal er sie nicht hört, führen nicht weiter. Willst du François antworten oder nicht?"

„Was für eine Frage. Soll ich dem Bruder folgen oder soll ich bei seiner Schwester bleiben?"

Françoise ist offensichtlich von der Logik derart überrascht, dass es ihr die Sprache verschlägt. Zumindest für den Augenblick. Für den Allemand scheint sich die Episode erledigt zu haben. Françoise sieht das zunächst anders: „Je te dis: Mit der Kathedrale stimmt etwas nicht. Es ist mitten in der Nacht."

Beide verfolgen den Gedanken nicht weiter. Denn sie vermerken schwächer werdenden Motorenlärm, was darauf schließen lässt, dass François keine Hoffnung mehr hatte, den Allemand aus dem Schlaf holen zu können, und davongefahren ist.

Der Allemand und Françoise wenden sich erneut dem Thema zu, das ihnen am nächsten ist: endgültig die Versöhnung zu besiegeln. Der Allemand zögert nicht, von ihrem Körper Besitz zu ergreifen. So als fürchtete er weitere Störungen, denen er zuvorkommen möchte. Dennoch: Sie finden nur langsam zurück. Möglicherweise beschäftigt und lähmt beide die mitternächtliche Störaktion von François mehr, als sie sich eingestehen wollen. Der Allemand, um Harmonie bemüht und in der Überzeugung, dass nunmehr und in jeder Beziehung die alten Zustände wiederhergestellt sind, sucht ihre Körpernähe und Körperwärme. Die Zeit, die er seiner Überlegung widmet, wie er für Françoise glaubwürdig seine Gefühle wiedererwachter Zuneigung sichtbar machen könnte, gewinnt allerdings den Charakter einer Pause. Was Françoise zunächst entgegenkommt, denn es gibt ihr Gelegenheit, ihre Brille abzulegen. Das geschieht sehr sorgfältig, ist als Aufforderung zu werten. Für den Allemand müsste das genug Hinweis sein, dass Sich-Lieben angesagt ist. Sein Zögern ist Françoise unverständlich.

„Chéri, jedes Ritual hat seine Bedeutung."

Der Allemand nimmt Françoises Anmerkung zum Anlass, mit seinen Lippen zärtlich ihre Lippen zu suchen. Er tastet sich mit seiner rechten Hand – mit der Absicht, nicht zum wiederholten Male den Unmut von Françoise zu erregen – unaufdringlich und langsam vor, umfährt zärtlich ihre Brüste. Françoise fasst seine rechte Hand, dann auch seine linke. Ihre Hände verschränken sich, des Allemand Vorfühlen endet im Stillstand.

„Chéri, immer noch habe ich nicht gehört, was ich erwarte. Etwas, das man liebevoll sagt."

„Was mir dazu in den Sinn kommt, ist, dass ich dich auch ohne jegliches Schuldgefühl schon mehrmals um Verzeihung gebeten habe. Um Verzeihung für etwas, von dem du glaubst, dass ich es getan habe, was ich aber nicht habe. Das beweist meine Liebe. Mehr geht nicht."

Weitere Rechtfertigungen in der Sache sind dem Allemand nicht möglich, denn unvermittelt und unangekündigt stört unerklärlicher Lärm, angesiedelt zwischen Donnergrollen und theatralischem Paukenschlag, die nächtliche Idylle. Françoise identifiziert sofort die Herkunft des Lärms, weist sie dem Inneren der Kathedrale zu und erkennt, im Gegensatz zum Allemand, auch Zusammenhänge.

„Ich habe es dir gesagt, mit der Kathedrale stimmt etwas nicht. Du solltest das prüfen."

„Soll ich rüberlaufen? Nackt?"

„Ein Blick durchs Fenster tut es auch."

Es ist offensichtlich, dass der Allemand dazu wenig Neigung verspürt.

„Es reicht, dass wir hören, woher das Geräusch kommt."

Dennoch begibt er sich zum Fenster. Kann offensichtlich keine Auffälligkeiten feststellen, nur Personenumrisse auf der Straße erkennen, denen er keine Bedeutung beimisst.

„Rien. Presque rien. Nichts. Fast nichts."

Er öffnet das Fenster. Kaltluft breitet sich im Zimmer aus.

„Mais non! Qu'est-ce que tu fais?"

Er schließt das Fenster.

„Si ça continue comme ça, j'aurai besoin d'un édredon. Wenn das so weitergeht, brauche ich eine Bettdecke."

Der Allemand sieht keinen Grund mehr, am Fenster zu verweilen, zumal seine Beobachtungen nichts Ungewöhnliches haben erkennen lassen. Er kehrt zu Françoise zurück. Jetzt scheinen sie es fast eilig zu haben, wollen keine weitere Störung oder Verzögerung zulassen.

„Chéri, tu viens? Sag, was zu sagen ist, und du darfst mich verführen. Also, was ist?"

Auf diese Frage erhält Françoise keine Antwort, denn aus dem Kathedralen-Innern ertönt erneut Lärm. Jedoch in anderer Tonlage als zuvor. Ihre Irritation lässt sich damit allein allerdings nicht erklären, denn sie haben sich bereits an die Störungen durch Lärm gewöhnt. Vielmehr hört Françoise anderes Ungemach – sie liebt diese so poetisch klingende

Vokabel – auf sich und den Allemand zukommen. Sie hat nämlich weitere Geräusche ausgemacht: Schritte vor der Zimmertür, die nur der Wirtin zugeordnet werden können. Zwar gelingt es ihr, dem Allemand Stillschweigen aufzuerlegen, sie legt ganz einfach ihre Hand auf seinen Mund, aber den dreisten Auftritt der Wirtin kann sie natürlich nicht verhindern.

„Monsieur! Monsieur l'Allemand! Allemand! C'est moi. Ouvrez s'il vous plaît! Öffnen Sie bitte!"

Der Allemand reagiert nicht. Der Versuch von Françoise, ihm mit gedämpfter Stimme kaum hörbar Verhaltensmaßregeln zuzuflüstern, misslingt zunächst, weil der Allemand das als Zärtlichkeit missversteht. Françoise bleibt unbeirrt.

„Elle est affreuse, comme toujours. Wie immer. Sie ist schrecklich."

Der Allemand legt seine Finger auf ihre Lippen, in der Hoffnung, sie werde sich in ihrer Verärgerung mäßigen.

„Pour l'amour de Dieu: ne bouge pas. Rühr dich nicht!"

„Aber atmen darf ich noch?"

„Ja. Aber nicht protestieren."

„Warum sollte ich das wollen?"

„Weil ich in dich eindringen will. Je veux te pénétrer."

„Jetzt?"

„Jetzt."

Françoise wird deutlich und fast laut: „Und sie steht vor der Tür. Non!"

Die Wirtin scheint indessen des Wartens überdrüssig, klopft mit Nachdruck an die Tür, scheint entschlossen, sie unaufgefordert zu öffnen. Zumindest deutet darauf die Bewegung des Türgriffs.

„Allemand! Votre cathédrale. Sie brennt! La cathédrale! Monsieur! Vous êtes là? Seul? Sind Sie allein?"

Françoise stellt sicher, dass der Allemand nicht unüberlegt antwortet. Hält ihn entschlossen fest, küsst ihn auch.

„Wenn es brennt, tatsächlich brennt, chéri, dann sag ihr, sie soll löschen gehen, nicht uns stören."

Die Wirtin meldet sich erneut: „Monsieur, vous devez faire quelque chose! Sie müssen etwas tun! C'est votre cathédrale! Es ist Ihre Kathedrale!"

Das lässt den Allemand alle Zurückhaltung vergessen: „Madame, ich bin beschäftigt. Je suis occupé."

An Françoise gewandt: „Wenn die jetzt nicht aufhört, geh ich raus. Und trete nackt vor sie hin."

„Feuer ist Feuer. Deine Nacktheit wird sie kaum interessieren."

Dass das Gespräch durch die verschlossene Tür nicht zur Zufriedenheit der Wirtin ablief, davon können sie ausgehen. Auch dass es ihre Fantasie beschäftigen wird. Dennoch, sie macht sich auf den Rückweg. Der wird begleitet von einem kaum verständlichen Selbstgespräch.

„Was sagt sie?"

„Ich glaube, sie sagt, sie habe es nur gut gemeint."

„Ich auch."

Den letzten Hinweis auf ihren vergeblichen nächtlichen Ausflug liefert lautes Türenschlagen. Sie scheint zurück in ihrer Wohnung zu sein.

„Quel bruit! Tu penses que c'est fini? Du glaubst, dass es vorbei ist?"

„Ihr Poltern sicherlich, aber nicht das Lärmspektakel in der Kathedrale."

Aus der Kathedrale dringt nun langanhaltend ohrenbetäubender Lärm. Er wird begleitet von Lichtblitzen und unruhig den Nachthimmel absuchenden verschiedenfarbigen Lichtstrahlbündeln. Das Gewirr von Ton und Licht kulminiert in einem infernalischen Schauspiel. Françoise und der Allemand werden Zeugen eines Spektakels, das ihnen durch die vorangegangenen Störungen angekündigt worden war. Beide hatten aber den Ankündigungen nicht die erforderliche Aufmerksamkeit geschenkt oder nicht deren Bedeutung erkannt. Allerdings: Niemand, auch nicht der unbekannte Verursacher, wird wohl die Ausmaße der nächtlichen Ruhestörung erahnt haben. Denn es haben sich der allgemeinen Lärmkulisse noch beängstigendes stürmisches Glockengeläut und Orgelbrausen zugesellt. Nicht zu überhören sind auch Wortmeldungen, die wie aus hundert Lautsprechern das Kirchspiel überfluten. Es ist ein im Stakkato wiedergegebener Text, der von den Ereignissen des Kathedralenbrandes von 1194 berichtet.

„… hat das Gewand … Mariens eine Herberge … in unserer Kathedrale … gefunden. Es hat … diese Stadt vor … Schaden bewahrt, wie … auch die Stadt das … Gewand Mariens vor … Schaden bewahrt hat."

Der überlagernde englische Text liefert keine Übersetzung, sondern bescheinigt der Kathedrale, dass sie schon immer Gläubige, Touristen, Kunsthistoriker und Romantiker angezogen hat. Im Gleichklang mit den Texten lassen sich überraschend Harfenklänge ausmachen, über die Maßen verstärkt. Sie fügen dem Tonspektakel Sphärenklänge und himmlische Akkorde hinzu, gehen alsbald aber im Sturm des Glockengeläuts und der Orgelklänge unter.

Schon das Einsetzen schriller Töne hat Françoise zutiefst erschreckt, fast geängstigt. Sie schmiegt sich nun an den Allemand, als müsste er sie beschützen. Immerhin gelingt es ihm, Françoise zu beruhigen. Und bald auch erwacht ihre Neugierde wieder, sie zeigt Interesse am Geschehen in der Kathedrale. Bei nachlassender Beschallung bewundert sie jetzt die farbigen Lichtspiele. Die verwandeln die Fensteröffnung des Zimmers gleichsam in ein Kaleidoskop, allerdings sind die Farbbewegungen wenig symmetrisch, eher chaotisch.

Das Ende des Schauspiels ist absehbar – mit dem Eintreffen von Polizei und Feuerwehr. Die Sirenen ihrer Einsatzwagen gehen zunächst fast unter im Höllenlärm, der aus der Kathedrale dringt. Dann aber scheint jemand einen Schalter umgelegt zu haben: sämtliche Töne, die aus der Kathedrale drangen, ersterben. Auch die Glocken schwingen rasch aus. Nicht so die Lichtspiele. Deren stumme Fortsetzung irritiert den Allemand. Er ermuntert Françoise nachzusehen, was es damit auf sich hat: „Geh du! Vielleicht siehst du etwas."

Françoise geht zum Fenster, lässt sich Zeit mit ihrer Beobachtung. Der Allemand wird unruhig: „Was soll das darstellen?"

„Appele ça Feuerwerk ou Fegefeuer. Mit der Kategorie Wörter bin ich nicht im Du, ich meine vertraut. En tout cas, il me semble qu'il s'agit d'une répétition générale ratée – de *Son et Lumière*, peut-être. Die misslungene Generalprobe von *Son et Lumière*. Könnte sein."

Françoises Überlegungen werden vom Allemand allerdings nicht zur Kenntnis genommen. Ihn fasziniert der Anblick ihres nackten Körpers, der von dem Lichtspiel in alle Regenbogenfarben getaucht wird. Er versucht, seine Faszination in Worte zu fassen. Sie versteht nur ein Wort: „… erregend."

„Aha. Ist das die Ankündigung einer langen Nacht mit dir?"

Sie löst sich vom Fenster, will zurück. Der Allemand fordert sie auf, am Fenster zu bleiben, um als sein Nacktmodell zu posieren.

„Tu vois: les couleurs, der Wechsel der Farben auf deinem Körper. Die wandernden Schatten auf deiner Haut, deine erregenden Bewegungen …"

„Wenn das dein Verlangen nach mir fördert, habe ich kein Problem damit."

Aus gutem Grund bemüht er sich um Themenwechsel.

„Chérie, eigentlich wollte ich nur Worte finden, die meine Bewunderung für dich bekräftigen."

„Du solltest besser von Zuneigung sprechen."

An sprachlichen Feinheiten ist dem Allemand im Augenblick nicht gelegen. Er verlässt das Bett, ist bei Françoise, um zu verhindern, dass sie ihren Fensterplatz verlässt.

„Ich werde dich zeichnen. Oder vielmehr malen. In Farbe. So, wie du bist. Nackt. Nur bedeckt von den Farben der Lichtspiele. Es könnte ein Meisterwerk werden. Auf jeden Fall ein Versöhnungsgeschenk an dich."

„Also doch Schuldgefühle."

„Oh nein! Glaube nicht, dass ich das beantworten werde. Lass uns zur Sache kommen."

„Was nur heißen kann: Erst der Satz, den du immer noch nicht über die Lippen gebracht hast, dann die Verführung, dann das Porträt."

Der Allemand widerspricht nicht.

„In der Reihenfolge!"

„In der Reihenfolge."

„Dann wirst du mir sagen, was du von mir hören möchtest."

„Sprich mir nach."

„Jetzt und hier?"

„Jetzt und hier."

„Ist dir nicht kalt?"

„Du wirst mich wärmen."

Françoise verleiht ihren Worten Nachdruck, zieht ihn zu sich.

„Was, bitte, soll ich dir nachsprechen?"

„Ich liebe dich."

„Wenn das dein Satz ist, nichts einfacher als das: Ich liebe dich."

„Bis an das Ende …"

„Welches Ende?"

„Wiederhole: bis an das Ende …"

„Also: bis an das Ende …"

„… unseres Lebens."

„Aha. Erst bis zu meinem Tod, dann bis zu deinem Tod. Auch umgekehrt?"

„Du sprichst mir nur nach: unseres Lebens."

„Si tu veux: unseres Lebens."

„Tu vois: c'est tout."

„Fehlt noch, dass ich keine andere Geliebte haben soll neben dir."

„Das versteht sich von selbst."

„Und jetzt das Ganze noch auf Französisch."

„Das ist nicht nötig."

„Nicht?"

„Bei einem Vertrag zwischen Partnern mit unterschiedlichen Sprachen gilt sowieso immer nur eine sprachliche Version des Vertrages."

„Vertrag. Das war ein Vertrag?"

„Ja. Zwischen zwei Liebenden."

„Nicht sehr erotisch."

Nicht unbedingt überraschend erlahmt die Erregung des Allemand. Françoise nimmt das amüsiert wahr.

„Mein Gott, ich wusste gar nicht, dass Verträge auf die Potenz schlagen. Wenn die deutsche Sprache das zu sagen hergibt. Wo bleibt deine Leidenschaft?"

„Chérie, das alles ist deutscher als deutsch!"

„Ich nehme das als Lob."

„Ist aber nicht so gemeint."

„Dann nicht."

„Sind wir schon im Teil zwei deiner Agenda?"

„Ich schon."

Der Allemand nimmt Françoise beim Wort, trägt sie zurück in sein Bett.

Da die Agenda für die zweite Nachthälfte von Françoise bereits vorgegeben ist, sieht der Allemand keine Notwendigkeit, sein Tun zu rechtfertigen. Angesagt ist der Austausch gegenseitiger Zärtlichkeiten und Aufmerksamkeiten. In die mischt sich einseitige Bewunderung, die sich erneut dem Allemand aufdrängt: Françoises Körper erscheint ihm in völlig neuem Licht. Auch ein unvoreingenommener Betrachter würde die verführerische Wirkung erkennen, die von Françoise ausgeht. Von ihrem Körper, der immer noch die wechselnden Farben auf sich vereint, die die Lichtstrahlen von außen liefern. Sein Verlangen, ihren Körper zu berühren, wird übermächtig. Wenn auch damit das Bild der faszinierenden Farbbedeckung auf ihrer Haut gestört werden würde. Das Farbenspektrum fände sich dann auf seinem Körper wieder. Doch im Tausch würde er ihre Körperwärme spüren. Seine Inbesitznahme ihres Körpers ist erdrückend, erlaubt

Françoise kaum, sich zu bewegen. Das ändert sich, als er ihre Hüften erst hebt, dann senkt, und sie sich lieben. Sein begleitender Liebesschwur „Je t'aime!" ergeht sich in Wiederholungen. Gefühlsüberwältigt überhört er Françoises liebevolle Zurechtweisung, er möge nicht französischer sein wollen als ein Franzose. Denn entweder sie glaube ihm seinen Schwur schon mit der ersten Beteuerung oder gar nicht. So häufig er ihn auch wiederhole. Und sowieso zähle für sie nur sein soeben erst abgelegtes Bekenntnis, dass er sie bis an sein Lebensende liebe.

Mit der liebevoll gemeinten Belehrung gibt Françoise zu verstehen, dass es irgendwann mit dem Wortwechsel ein Ende haben müsse. So geht der denn über in eine unverständliche Aneinanderreihung deutscher und französischer Wörter, die sie sich zuflüstern, während sie sich bis zur Erschöpfung lieben. Sich lieben, so als hätten sie auch die deutschfranzösischen Beziehungen im Sinn, nicht nur ihre eigenen.

Ihre Liebesstunden enden nicht mit seinem In-Schlaf-Fallen und ihrem Verbleiben im nachdenklichen Wachzustand. Vielmehr träumt Françoise dem Morgen entgegen, während den Allemand das Verlangen wachhält, Françoise zu porträtieren. Nackt. Seine Enttäuschung ist groß, als ihm bewusst wird, dass die Farblichtspiele in der Zwischenzeit erloschen sind. So begnügt er sich damit, eine Zeichnung anzufertigen. Er versucht, das Beste daraus zu machen, ist bemüht, Picasso nachzueifern. Doch bleibt ihm nur, den selten ausgestellten Altersstil des Meisters zu kopieren. Der Allemand beschränkt sich maltechnisch auf den Kohlestift, um skizzenhaft Françoises Scheide, ihre Schamlippen, ihre Schamhaare, ihren

Venushügel und die begleitende Muskulatur von Unterbauch und Oberschenkel abzubilden.

Schon vor dem letzten Skizzenstrich ist der Allemand im Zweifel, dass es sich um ein Meisterwerk handeln wird. Er beschließt, es Françoise zu überlassen, ob sie seine Skizze als gelungen wertet oder vernichtet. Der Allemand legt das Blatt beiseite, wird nun doch vom Schlaf übermannt. Die Folge von vierundzwanzig wahrhaft ereignisreichen Stunden, die er mehr oder minder im wachen Zustand verbracht hat und die ihn alle Höhen und Tiefen seines Aussteigerlebens und seines Liebenslebens haben durchschreiten lassen.

Der Morgen danach beginnt für den Allemand mit einer Schrecksekunde. Denn Françoise hat das Bett, das sie zuvor mit ihm teilte, verlassen. Allerdings kündigt sich in der Zeit, die er braucht, um sich zu orientieren und seine Erinnerungen zu ordnen, Françoises Rückkehr an: durch umständliches und lärmendes Öffnen der Zimmertür. Françoise hält dabei das Schild *Bitte nicht stören* in den Händen. Sie kommt aus dem Kathedralenviertel, vom Ort des nächtlichen Geschehens.

„Chéri, ich weiß nicht, warum du so ruhig bleiben kannst."

Eine sinnvolle Antwort fällt dem Allemand dazu nicht ein.

„Max aus dem Café weiß schon, was der Bischof zu den Ereignissen gesagt hat."

„Amen."

„Der Bischof soll so entsetzt gewesen sein, hat schon an Feuer, Brand und an das Ende – der Kathedrale – geglaubt, dass er noch in der Nacht zu Ehren der Jungfrau Maria angeordnet hat, alles, er meint *Son et Lumière*, solle wieder abgebaut werden."

„Ja und? Glaubt er, so etwas wiederholt sich?"

„Woher soll ich wissen, was er glaubt und was er nicht glaubt? Was ist los mit dir? Denk du, welche Möglichkeiten wir dann wieder haben."

„Wir? Möglichkeiten? Welche? Wann: dann?"

„Weitere Führungen zu machen. Was sonst?"

„Und ich war der Meinung, das sei das Ende gewesen. Auch der Führungen. Dann fängt alles wieder von vorne an?"

„Allerdings. Und wir auch."

Eine kritische Erwiderung ist dem Allemand nicht möglich, seine Worte werden von Françoise mit liebevollen Küssen erstickt.

Überraschend und abrupt endet hier die *Szenenfolge VII* und damit das Manuskript. Dass ich es als abrupt empfinde, ist nicht als Kritik zu verstehen. Was der Allemand möglicherweise noch hätte sagen wollen – zum Beispiel: Den Bischof soll der Teufel holen! –, müssen wir Leser nicht unbedingt erfahren.

Im Hinblick darauf, dass mir die beiden am Geschehen Beteiligten bekannt sind und mir ihre Beziehung nicht gleichgültig ist, lege ich das Buch erleichtert beiseite. Die Harmonie scheint fürs Erste wiederhergestellt. Allerdings schließe ich nicht aus, dass die ungleichen Zukunftserwartungen den beiden Protagonisten ein weiterhin spannungsreiches Zusammenleben bescheren. Auch darüber erfahren wir Leser nichts. Mir selbst hingegen könnte sich die einmalige Gelegenheit eröffnen, durch mein für den morgigen Tag verabredetes Treffen mit Françoise zu erfahren, wie alles weiterging. Zumindest könnte ich meine diesbezügliche Neugierde in eine Frage kleiden. Ob ich das tatsächlich in die Tat umsetzen werde? Ich weiß es noch nicht.

Kapitel 6

Meine Abend- und Nachtlektüre der letzten Szenenfolge im Manuskript des verstorbenen Freundes hat mich mitgenommen, sodass ich an diesem Tag, meinem letzten in Chartres, fast vom Morgen danach schreiben möchte. Als hätte ich das Gelesene selbst gelebt. Alles Wesentliche und auch Unwesentliche über den Akt der Versöhnung der Protagonisten erfahren zu haben, war amüsant zu lesen, der glückliche Ausgang für mich gleichermaßen beruhigend. So erscheint mir der schwach besuchte, zur Kontemplation einladende Frühstücksraum wie geschaffen, um mich allmählich wieder im wirklichen Leben zurechtzufinden. Und mich bei Croissant, Pain au chocolat und Café au lait auf mein Treffen mit Françoise vorzubereiten. Ich rufe mir stichwortartig in Erinnerung, was ich vor meiner Rückkehr über meinen verstorbenen Freund noch hatte in Erfahrung bringen wollen.

Der Weg zu Françoise führt mich durch die Altstadtgassen zunächst vorbei an der Kathedrale. Dort gilt mein Interesse insbesondere den Anlagen, die die Kathedrale einfrieden. Wenn es die Lichtspiele so gegeben hat, wie vom Verstorbenen geschildert, so müssten sie hier ihren Ausgang genommen haben. Mit Scheinwerfern, fokussiert, aber auch beweglich, deren Lichtstrahlen nicht nur die Kathedrale beleuchteten, sondern – irregeleitet – auch in die Stadt hineingereicht haben müssen. Natürlich stehen hier Lichtmasten, ich erkenne auch Scheinwerfer auf einigen Hausdächern in der

Seitenstraße. Ob es sich um diejenigen handelt, die an der beschriebenen Lichternacht beteiligt waren, ist fraglich, zumal der Bischof angeblich alles wieder hatte abreißen lassen wollen.

Das Haus, in dem der Allemand sein Zimmer angemietet hatte, ist unschwer zu finden. Im Erdgeschoss deutet ein leerstehender Verkaufsladen auf frühere Tätigkeiten, dort hat wohl die Wirtin Miederwaren, Hüte und mehr angeboten. Ich betätige die einzige Schelle ohne Namensschild. Überraschend öffnet sich nicht die Haustür, sondern Françoise öffnet über mir ein Fenster.

„C'est ouvert."

Ich trete ein in einen wenig anheimelnden Hausflur, stehe dann, im obersten Stockwerk vor der geöffneten Zimmertür – und vor Françoise.

Unsere Begrüßung ist kurz, dennoch herzlich. Françoise geleitet mich in des Verstorbenen Zimmer. Rückt hier zwei Stühle zurecht und klärt mich auf, dass sie erst einmal prüfen müsse, ob noch Kaffee im Hause sei, um uns den dann, allerdings vermutlich ohne Milch, bereiten zu können. Françoises Suchen gibt mir Gelegenheit, sie unauffällig zu betrachten. Ihre Kleidung lässt erkennen, dass sie auf Äußerlichkeiten und auf ihr äußeres Erscheinungsbild, anders als früher ihr Allemand, Wert legt. Das gilt zumindest für ihre Trauerkleidung. Schlichte, ausgesuchte Eleganz, sich ihrem schlanken Körper anschmiegend. Die Kostümjacke betont tailliert, auf ihren schmalen Hüften liegend. Die Rocksaumhöhe dem Anlass angemessen auf Kniehöhe. Paris ist nicht fern, denke ich, hüte mich aber, es laut zu sagen. Mein Lob könnte missverstanden werden, vor allem wenn ich es sprachlich nicht richtig treffe. Pariser Schick zeichnet auch ihre Accessoires aus. Kein auffälliger Schmuck. Lediglich eine schmale, doppelt umgelegte Halskette von fein geschliffenem, dunkelblutrotem Granat. Sie würde vermutlich den Vorstellungen des Verstorbenen, was passend ist und was nicht, perfekt entsprechen. Denn der hatte in früheren Jahren alles gehasst, was nach mehr Schein als Sein roch, wie er es des Öfteren, auch ungefragt, hatte verlauten lassen.

Inzwischen ist Françoise fündig geworden, Instantkaffee gibt es, aber keine Milch. Wir setzen uns, sitzen uns gegenüber. Zwischen uns ein niedriger Tisch, darauf mehrere Tassen, ein Löffel, zwei Aschenbecher, eine fast leere Zigarettenschachtel, drei Feuerzeuge, auch eine halboffene Streichholzschachtel, eine Zuckerdose – der Deckel fehlt –, eine Vielzahl leerer Kaffeesahnedöschen aus Plastik. Alles Versatzstücke, die zu jeder Tages- und Nachtzeit nützlich sein können. Françoise scheint unschlüssig, ob sie das Stillleben unberührt lassen oder abräumen soll, zugunsten unserer Kaffeetassen. Zunächst allerdings arrangiert sie nur die Einzelteile des Ensembles neu. Das erlaubt mir, meine Betrachtung der Partnerin meines verstorbenen Freundes fortzusetzen. Ich sehe, da Françoise sich leicht vorbeugt, auf volles kastanienbraunes Haar, nicht allzu lang, locker in alle Richtungen fallend. Nur die Stirn bleibt frei. Verantwortet von einem angedeuteten Mittelscheitel. Ihre Augenfarbe, dazu passend, scheint eine Variation von dunkelbraun zu sein. Ich vermeine Andeutungen von Lidschatten zu erkennen. Völlig unauffällig ihre randlose Brille, die der Ausdruckskraft ihrer Augen nichts anhaben kann. Ihre Blicke schweifen zwischendurch prüfend umher, den gesamten Raum abtastend, so als wollte sie sich selbst bestätigen, dass sie hier längere Zeit nicht hatte für Ordnung sorgen können. Das wiederum gibt mir Gelegenheit, ihre schmalen Gesichtszüge zu betrachten. Von der Redaktion beauftragt, einen Reisebericht über Land und Leute zu verfassen, würde ich von meinem Gegenüber mit ebenmäßigem Profil schreiben. Wenig auffällige Wangenknochen, eine klassisch proportionierte Nase und leicht geschwungene, aufregende Lippen. Zusammengefasst: Die Frau ist schön. Wenn ich mir keine Beschränkungen auferlegen müsste, würde mein Text sagen, dass ihre Attraktivität nicht zu übersehen ist, dass sich weitere, genauere Betrachtungen ihrer speziell fraulichen Attribute jedoch verbieten. Wir sind schließlich in Trauer, Betrachtungen des Sex-Appeals unangemessen.

Wenn ich es nicht besser wüsste, würde ich vermuten, dass im Fall der beiden ein Maler sein Modell zu seiner Geliebten gemacht hat. Aber das ist, wie ich zu wissen glaube, nicht der Fall. Und Klischee. Doch frage ich mich, warum der verstorbene Freund, nachdem er Françoise als Lebenspartnerin gefunden hatte, sie nicht häufiger gezeichnet oder gemalt hat. Vielleicht weil sie nie stillhielt? Ihm während der Stunden des Modellsitzens ihre Meinung zu seiner Lebensführung gesagt hat? Schon möglich.

Wie auch immer, Françoises Liebreiz hat auch die Phase des ersten Schmerzes nach dem Tode ihres Lebenspartners überdauert. Sie ist schön. In meinem Bericht würde ich formulieren: schön, ohne jegliche Altersspuren.

Weitere Überlegungen, wie die Schönheit einer Frau zu beschreiben ist, und wie die von Françoise im Besonderen, muss ich hintanstellen. Denn Françoise hat offenbar ihre eigenen Überlegungen abgeschlossen und fragt mich, ob es Fragen gebe. Von denen ich glaube, sie könne die beantworten. Diese Frage kommt für mich derart unvermittelt, dass ich Schwierigkeiten mit der Antwort habe. Obwohl ich doch im Laufe meines Aufenthaltes in Chartres ein Paket mit etlichen Fragen geschnürt hatte. Ich sortiere gedanklich meinen Fragenkatalog, in der Absicht, solche von allgemeiner Art voranzustellen, bevor ich glaube, mich denen zuwenden zu können, die die persönliche Sphäre tangieren. Es bietet sich an, nach Reisen zu fragen, die der Verstorbene allein oder mit Françoise oder mit anderen Malerkollegen unternommen hat. Françoise gibt zu erkennen, dass sie die Frage beziehungsweise deren Motivation nicht recht versteht. Ob er nie andere, neue Eindrücke habe sammeln wollen?

„Wollte er. Allerdings sicherlich nicht in der Form, die du meinst. Es war eine seiner Phasen, die er hatte in seinem Leben."

Der Hinweis sagt mir wenig, ich gehe davon aus, dass Françoise das näher erklären wird. Tatsächlich scheint ihr an einer Erklärung gelegen.

„Jeden Mann drängt es mindestens einmal in seinem Leben, etwas für alle Sichtbares zu produzieren. Wenn es zu mehr nicht reicht, dann sind es Kinder."

Françoise stockt, fährt dann aber fort: „Hast du Kinder? Bitte versteh mich nicht falsch! Ich sage das nur kritisch, weil selbst da der Mann Hilfe braucht. Die seiner oder einer Frau. Alman allerdings wollte eine Destillerie. Erst reaktivieren, dann betreiben. In der Provence. Ich glaube, ihr nennt es Raffinerie. Zur Produktion von Lavendelparfüm und Duftstoffen. Eine Destillerie nahe dem Ort Sault, im Schatten des Mont Ventoux. Er sagte, die Technik sei auch von Nicht-Ingenieuren beherrschbar. Die Technik, von der er sprach, beginnt mit einer Separationsanlage und endet im Auffangbehälter. Er ist nicht bis zu der Betreibung – wenn man so sagt – gekommen.

Die Verhandlungen mit dem Besitzer scheiterten. An der angestrebten Duftnote. So sagten sie, glaube ich. Was immer sie darunter verstanden. Das Scheitern an der Duftnote hat dann auch alle weiteren Provence-Pläne zunichtegemacht."

Françoise legt eine Pause ein, so als wollte sie für weitere Ausführungen ihren Wortschatz ordnen. Meine Vermutung hat mich nicht getäuscht.

„Würde dich die Technik auch interessieren?"

Ich sehe keinen Grund, mich nicht interessiert zu zeigen, stimme zu.

„Er war fasziniert davon. Hat mir alles wiederholt erläutert, mit all den Feinheiten, bis ich die Abläufe auch verstanden hatte. Ich erkläre sie dir. Un résumé. Non?"

Selbst, wenn es eine längere Abhandlung werden sollte, ich würde sie hören wollen, und bejahe Françoises Rückfrage. Sicherlich, weil mich ihr Charme einnimmt, und auch, weil es mich immer noch interessiert, womit der verstorbene Freund seine Zeit verbracht hat.

„Tu avais dit oui. Non? Bien. Die Lavendelblüten werden in einer Anlage separiert und getrennt vom Rest der récolte, der Ernte, dann in einem Kessel gesammelt. Wasser wird erhitzt, der Wasserdampf strömt durch die Blüten, nimmt die ätherischen Öle mit. Sie werden von einem Alambic aufgefangen. Tu sais ce que c'est? Alman m'avait dit qu'on parle aussi d'un Destillierhelm. En Allemand. Der neue Dampf – ich nenne ihn so, weil sich in ihm Wasserdampf und verdampftes Öl vereinigt haben – wandert in einen Schwanenhals aus und wird in eine Kühlschlange geführt. Die Dämpfe kondensieren. Und verwandeln sich mit ihren ätherischen Bestandteilen in Flüssigkeit. Das Öl ist wieder zurück. Dann endet alles in einem Auffangbehälter. Da sehen wir die ölige Oberschicht finalement auf Wasser schwimmen. Du kannst sie dann trennen: Entweder du hast eine Florentiner Flasche mit einem Abführrohr hoch oben angeschlossen, oder du besitzt einen Dekanter. Beide beliefern dich mit dem Öl. Ce n'est pas trop compliqué, non?"

Meine Antwort braucht Zeit, denn ich hinke mit meiner Imagination hinterher, muss erst einmal den Weg der ätherischen Anteile gedanklich nachvollziehen. Für Françoise kein Problem, sie erläutert mir währenddessen, wo Alman und der Besitzer unterschiedliche Auffassungen vertraten.

„Du musst wissen, die Qualität der Öle und die Intensität des Duftes werden davon bestimmt, wie separiert wird. Zu welcher Jahreszeit und da wiederum auch, zu welcher Tageszeit geerntet wird. Wie viel Zeit du der Lagerung zugestehst, bevor du die Verarbeitung einleitest. Und über welchen Zeitraum du die Pflanzen, aber auch das Öl dem Licht aussetzt, und natürlich wie viel Wasser, welche Temperaturen und welche Mengen – Alman sprach immer von Mengen je Verarbeitung … non, Verarbeitungs … non, attends … je verarbeiteter Einheit – eingesetzt werden. Das zuletzt habe ich nicht gut verstanden. Mais le reste: ce n'est pas difficile à comprendre, n'est-ce pas? Alles andere ist nicht unverständlich, nicht wahr?"

Was soll ich dazu sagen? Ich lächle, sage einfach: „Non", auch wenn das das Eintreten einer Pause zur Folge hat. Die gibt mir Gelegenheit, wie unbeabsichtigt und beiläufig einige der Zeichnungen, die auf dem Boden liegen, aufzunehmen, sie näher zu betrachten.

Erfreulicherweise nimmt Françoise an meinem Interessenwechsel keinen Anstoß. Warum der Wechsel? Erläuterungen der Destillierprozesse sind interessant, keine Frage, und es liegt mir fern, die gewonnene Expertise des verstorbenen Freundes und von Françoise nicht würdigen zu wollen. Doch konnte ich gegen Ende der Erläuterungen ihnen nicht mehr meine ungeteilte Aufmerksamkeit widmen. Ich war bereits gedanklich bei den über den ganzen Raum verteilten Gemälden und Zeichnungen.

Wenn mich etwas fasziniert, dann ist es ihre Art vorzutragen. Insbesondere, wie deutsche Wörter über ihre Lippen kommen und sie sich in der fremden Sprache verständlich macht. Bei jedem für sie schwierigen Wort formen sich ihre Lippen, als würde sich ein zärtlicher Kuss ankündigen. Zudem ihre Art und Weise der Zustandsbeschreibungen. Häufig begleitet von anmutigen Gesten ihrer rechten, gelegentlich auch der linken Hand, mit denen das Gesagte dem Zuhörer zusätzlich visualisiert wird, falls ihm ihre Wortschöpfungen und auch Satzstrukturen nicht unmittelbar verständlich waren. Es würde mich nicht überraschen, wenn die reisewilligen Kunden, denen sie in ihrem Reisebüro ihre Vorschläge unterbreitet, vermeinen, das Rauschen der Palmen zu hören, wenn sie von den palmenbestandenen Stränden der Karibik spricht.

Um den Gesprächsfaden nicht abreißen zu lassen und nicht in unhöfliches Schweigen zu verfallen, frage ich Françoise nach dem Verbleib der Staffeleien.

„Die haben den Weg von der Trauerhalle zurück noch nicht gefunden. Brauchen wir die?" Natürlich nicht. Aber ich brauchte eine Frage. Françoise scheint meine Themensuche zu ahnen.

„Das waren doch sicher nicht die einzigen Fragen, non?"

Mit der nun doch fast spöttisch gestellten Frage deutet Françoise auf die Zeichnungen, die ich noch in den Händen halte. Für sie gibt es kaum Zweifel: Die sind der wahre Grund meines Besuches.

„Die Bilder", bestätige ich ihre Annahme. Warum sollte ich das leugnen. Die waren schließlich auch Bestandteil meiner Liste.

„Natürlich. Deswegen sind wir hier. Oder sagt man derentwegen?"

„Les deux", versuche ich mich im Französischen.

„Sieh dich um. Alle von ihm. Auch die Zeichnungen neben dir."

Sie verweist auf den Stoß Blätter, der unter dem Bett liegt. Mit der Rückseite mal nach oben, mal nach unten. Keine Mappe, keine Ordnung. Es sind überwiegend Skizzen. Ich blättere die Sammlung durch, gelegentlich rasch, zumeist verzögert, aber immer anteilnehmend am Sujet. Françoise betrachtet meine Durchsicht der Skizzensammlung zunehmend amüsiert.

„Du suchst etwas. Etwas Bestimmtes."

„Ja. Keine Gemälde. Vielmehr Zeichnungen. Eigentlich nur eine. Aus der Zeit, als die Kathedralenführungen abgelöst werden sollten."

„De quoi tu parles? Wovon sprichst du? Kathedralenbilder hat Alman sehr selten gemalt."

„Ich suche keine Kathedralenzeichnung. Es geht um die Zeit der Entstehung, eine Zeichnung von dir."

„Je comprends de moins en moins ce que tu veux dire. Ich verstehe dich immer weniger. Ich habe nicht gezeichnet."

„Ich habe eine Zeichnung im Sinn, die er von dir angefertigt hat."

„Ein Porträt?"

Ich zögere mit der Antwort: „Könnte … man so sagen."

Ich fühle mich bereits wie in einem Ratespiel. Unwohl. Françoise indessen erfragt weitere Details: „Von mir? Vor der Kathedrale?"

Ich frage mich, ob ich das Frage-Antwort-Spiel weiter verfolgen soll. Françoise scheint mich zu einer eindeutigen Aussage zwingen zu wollen, mit dem ihr eigenen Charme. Meine Antwort ist: „Nein." Ich erkläre Françoise erneut, mit anderen Worten, dass der Hinweis auf die Kathedralenführung mir lediglich dazu dient, ihr eine Erinnerungsstütze an die Hand zu geben.

„C'est drôle. Du suchst weder etwas von mir Gezeichnetes noch wirklich ein Porträt von mir. Also. Was dann?"

In diesem Moment begreife ich, dass Françoise, wenn sie will, es jedem Bitt- und Fragesteller schwer machen kann, mit seinem Anliegen bei ihr zu landen. So, wie ich es vor wenigen Stunden noch im Text des verstorbenen Freundes gelesen habe. Warum gibt sie vor, nicht zu verstehen, dass ich über den Verbleib der Zeichnung reden möchte, deren Darstellung in doppeltem Sinn eindeutig ist.

So, muss ich feststellen, komme ich nicht weiter, bewegen Françoise und ich uns nicht einmal um Millimeter aufeinander zu. Ich beschließe, die Beantwortung meiner Frage auf anderem Weg zu suchen: „Du weißt, dass dein Alman ein Manuskript verfasst hat, das das Leben eines Deutschen in Chartres schildert, ohne Zweifel sein eigenes. Er hat das Manuskript auch verschickt. Hat er es dich je wissen lassen?"

„Das muss sehr weit zurückliegen. Mein Interesse daran war gering. Ich habe ihn nicht gedrängt, es mir zum Lesen zu geben."

„Möglicherweise hat er dir Ausschnitte vorgelesen. Vor allem aus dem letzten Teil."

„Du sprichst vom dernier chapitre, dem letzten Kapitel."

„Von der letzten Szenenfolge, genau, der siebten."

„Nenn, wie du willst, was ich gelesen habe. Auf jeden Fall, ich habe es gelesen und auch das Kapitel davor. Er hatte beide, wie er sagte, überarbeitet. Und, ich glaube, dir zugesandt."

„Exactement."

„Die Teile hatte er mich gebeten zu lesen, nach ihrer Überarbeitung."

„Mit einer Begründung?"

„Wenn ja: Würde dir die Begründung dann in irgendeiner Weise helfen? Lass mich raten, warum du indirecte, ich meine in Klauseln, fragst."

Im Zweifel, ob sie sich verständlich gemacht hat mit der ihr wenig geläufigen Vokabel, bricht Françoise ihren Satz ab: „Sagt man so?"

Höflich sage ich Françoise, dass das unverständliches Deutsch sei. Ich könne mir allerdings vorstellen, dass sie von verklausuliert sprechen wolle.

„Exactement! Du wärest ein guter Sprachlehrer für mich gewesen." Sie küsst mich flüchtig. „Mais – er war es auch."

Françoise schweigt zunächst, so als wollte sie eine Gedenkminute für ihren Alman einlegen, sucht dann wieder Anschluss an unser Thema: „Also, ich sage dir, warum du ver...verklausuliert nach einem Porträt von mir fragst, bei dem du gar nicht sicher zu sein scheinst, ob es ein Porträt ist. Und errate, warum du zugleich von mir wissen willst, ob ich chapitre ou Szenenfolge sept gelesen habe."

„Und?"

Françoise scheint eher belustigt: „Cher ami, Alman wäre sicher amüsiert, könnte er deine Versuche verfolgen, seine vermeintliche Zeichnung zu vérifier, ich glaube, ihr sagt verifizieren."

„Sagen wir. Aber sprechen nicht von vermeintlichen Zeichnungen."

„Das soll sagen: Die Zeichnung, die du suchst, gibt es nicht."

„Wir meinen beide dieselbe?"

„Natürlich. Die, von der Alman geschrieben hat, dass er sie, nachdem wir zusammen geschlafen haben – es war übrigens sehr schön mit ihm –, angefertigt hat. Anfertigen würde man wohl sagen, wenn es tatsächlich geschehen wäre. Aber ich versichere dir, er hat meine Scheide und alles, was dazu gehört, nie gezeichnet."

„Und hat warum das dann geschrieben?"

„Du solltest es wissen. Oder ahnen. Das sage ich, weil ich von ihm weiß, dass er von dir erfahren hat, deutsche Kritik-Leser seines Textes hätten erklärt, in seiner Darstellung Frankreichs habe sich die Zeit durchgepaust, in der Jacques Tati lebte und die Tati bereits abgebildet habe. Das sei nicht mehr zeitgemäß. Also habe er seinen Text nicht wirklich geändert, aber ergänzt. Um un passage – je crois que ça se dit aussi en Allemand, ich glaube, dass man das Wort auch im Deutschen kennt –, der alle Voraussetzungen erfüllte, der Kritik das Wasser abzugraben. Tu sais: Avant je ne savais pas ce que ça voulait dire: Wasser abgraben, mais il me l'a expliqué. Alors, er hat gesagt, er habe etwas hinzugefügt, was bei Jacques Tati – in keinem seiner Filme – Thema war, aber zeitgemäß war im Sinne der Achtundsechziger-Generation, des soixantehuitard, und was nach deutschem Vorurteil für uns, die modernen Franzosen, typisch sei."

Françoise scheint auf einen Kommentar meinerseits zu warten, ich nehme davon Abstand. „Tu sais, das Vorurteil – là, je pense il avait utilisé le mot cliché, dass unsere Maler seit dem späten neunzehnten Jahrhundert nicht nur mit ihren Modellen geschlafen, sondern sie anschließend auch sehr intim dargestellt haben. Si on peut le dire comme ça."

„Lass uns von Unterstellung sprechen. Nicht Vorurteil."

„Si tu veux: pas de Vorurteil, mais Unterstellung."

Françoise nimmt meine Änderung gelassen zur Kenntnis, also fahre ich fort: „Der Tati-Vergleich war seine Begründung, wenn ich dich richtig verstehe."

„Je ne me souviens pas exactement de ce qu'il avait dit sur ça. Il me semble cependant qu'il avait dit oui à cette époque. Natürlich kann ich mich nicht genau an seine Worte erinnern. Ich meine aber, dass er das zu der Zeit so gesagt hat."

Ich will nicht sagen, dass mich die Aussage von Françoise schockiert. Dramatisieren ist nicht meine Sache, aber in gewisser Weise hat sie mich sprachlos gemacht. Die Vorstellung, dass der Verstorbene aus Verärgerung über sicherlich unbedachte Kritiken ein Nicht-Ereignis eingefügt hat, irritiert mich. Dass ich in der Konsequenz Françoise wenig rücksichtsvoll, fast inquisitorisch frage, ob denn die Beschreibung der anderen Begebenheiten der Wirklichkeit entspreche, sollte nicht verwundern, obwohl das im Sinne französischer Lebensart sicherlich ein faux pas zu nennen ist.

„Pauvre Allemand! Soeben habe ich dir erklärt, was Alman bewogen hat, eine Ergänzung vorzunehmen, schon ziehst du den Rest in Zweifel. Ce n'est pas normal, non? Das ist nicht richtig, oder?"

Françoises abschließender Satz lässt mich aufhorchen. Hatte es nicht eine gleichlautende Anmerkung von der Protagonistin im Text gegeben? Möglicherweise ist „der Rest", wie Françoise sagt, eher doch glaubwürdig und authentisch. Ausgenommen sicherlich kleinere Details. Aber muss er das eigentlich sein? Ich weiß es nicht. Wähne mich gedanklich bereits in einem Irrgarten, mit einer Vielzahl nicht miteinander verbundener Pfade. Françoise ist offenbar daran interessiert, mich in das, was ihr als Normalität erscheint, zurückzuholen.

„Er hat dazu noch ergänzt, sowieso hätten seiner Meinung nach seine Landsleute ein gestörtes Verhältnis zum Sex, oder so ähnlich, aber das haben wir nicht vertieft. Kann man so sagen?"

Da nicht klar ist, ob Françoise die Ansichten des Verstorbenen zur Diskussion stellt oder ob die korrekte Benutzung des Wortes vertiefen infrage steht, enthalte ich mich jeglichen Kommentars. Zu Ersterem würde ich eh nur sagen wollen, dass das ein weites Feld ist. Eine Antwort schuldig zu bleiben, war indes keine gute Maßnahme, zumindest nicht in einem Gespräch mit Françoise, denn sie fragt nach: „Mit Schweigen antworten, heißt das bei dir ja oder nein, Zustimmung oder Ablehnung?"

„Um ehrlich zu sein, soll es möglicherweise ja heißen, möglicherweise nein, ohne weitere Recherche nicht zu entscheiden."

„Bei ihm bedeutete keine Antwort immer nein. Und zu einer Rückmeldung wie deiner – davon sprach er häufiger – hätte er gesagt: Weder Fisch noch Fleisch, sättigt keinen."

Was soll ich dazu sagen? Françoise bemerkt mein nahezu betretenes Schweigen.

„Pourras-tu me pardonner? Kannst du mir verzeihen? Natürlich wollte ich nicht immer von ihm reden, nicht davon, was er sagen und tun würde."

Ich wehre ab, bestärke Françoise vielmehr darin, Erinnerungen an den Verstorbenen wachzuhalten, und sei es, ihn in vermuteten Stellungnahmen weiterleben zu lassen. Und versichere ihr auch, dass ich mich gern an ihn erinnere. Und überhaupt noch mehr von ihm erfahren wolle.

Françoise, die sich von meinem Wunsch, vom Verstorbenen noch mehr zu erfahren, angesprochen fühlen müsste, gibt sich zunächst zurückhaltend. Vermutlich aus dem Grunde, da sie einen Mangel an Logik und Übereinstimmung wahrgenommen hat: Während sie sich bemüht, sich in Erinnerung zu rufen, was und wie ihr Alman redete, will ich über ihn und von ihm reden. Schließlich obsiegt ihre Freundlichkeit mir gegenüber, sie erwartet meine nächsten Fragen.

„Also gut. Du willst mehr von ihm wissen. Frag! Alors! Aber erst nachdem ich uns eine zweite Tasse Kaffee bereite … bereitet haben werde. D'accord?"

Ich nehme beide Angebote dankbar an.

Meine weiteren Fragen an Françoise haben im Wesentlichen den Zeitraum im Blick, der mit dem Versuch der Automatisierung der Kathedralenführungen beginnt und mit dem Ableben des Freundes endet. Warum? Weil ich bei einer Rückschau auf die Zeiten, die der Verstorbene in seinem Manuskript beschrieben hat, erneut Gefahr laufen könnte, nicht existente Bilder oder Begebenheiten anzusprechen. Das würde ich ungern, aus naheliegenden Gründen. Außerdem ist mir vornehmlich daran gelegen zu erfahren, was auf die vom Freund beschriebenen Ereignisse der letzten Szene folgte. Zu erfahren, was sich nach der missglückten Paris-

Fahrt und nach der Lärm-und-Lichter-Nacht zutrug. Denn beides schien geeignet, einen Neuanfang vorzubereiten. Was den Neuanfang betrifft, würde ich nicht nur wissen wollen, wie er sich auswirkte, sondern auch, welches Ereignis ihn denn schließlich bewirkte. So liegt es nahe, dass ich mich – die zeitliche Abfolge honorierend – zunächst danach erkundige, ob seine enttäuschenden Erfahrungen mit der jungen Deutschen oder das Vereiteln der Installation von *Son et Lumière* zum Neuanfang führten. Erneut zögert Françoise mit einer Antwort. Vergewissert sich dann, ob sie richtig verstanden habe. Bedient sich hier nun ihrer Muttersprache. Und fragt, ob ich von den Ereignissen um die Kathedrale rede oder interessiert sei an den Vorgängen um den Besuch der jungen Dame und an der gescheiterten Beziehung der beiden. Schon weil meine Schulkenntnisse des Französischen ihrem Vokabular nicht gewachsen sind, und obwohl ich die von Françoise gewählte Formulierung in Sachen junge Deutsche nicht wirklich interpretieren kann – sie könnte subtilen Spott oder auch mitfühlende Anteilnahme ausdrücken – lasse ich mich nicht vom Thema der fehlgeschlagenen Bemühungen abbringen. Sicherlich habe doch der unangekündigte, verdeckte Versuch seines Elternhauses, sich um den verlorenen Sohn zu bemühen, Auswirkungen gehabt. Etwa die, die Beziehungen zu den Eltern zu überdenken, wenn nicht gar endgültig mit den Eltern zu brechen. Françoise sieht das anders: Sie ist überzeugt, dass er die Summe der Misserfolge und Fehlschläge jener Zeit als ein für ihn bestimmtes Purgatorium verstand.

„Sagt man so auf Deutsch?"

„Wenn man des Lateinischen kundig ist oder aber ein eifriger Kirchgänger ist, dann ja."

„Aha."

Ich hatte durchaus verschiedene Erklärungen auf meine Frage nach den Auswirkungen erwartet, nicht aber eine solche. Sich zurückziehen, abdrehen, widerstandslos aufgeben und klein beigeben, das war eigentlich nicht des Freundes Sache. Lediglich unter außergewöhnlichen Umständen. Wobei uns, den Außenstehenden, das Außergewöhnliche der jeweiligen Umstände verborgen blieb. Man konnte kein Ordnungsprinzip erkennen. Es scheint nun, dass eben ein solcher Umstand sich seines Denkens und Handelns bemächtigt hat. In der Bewältigung besagter Ereignisse.

Es ist müßig zu fragen, warum ein Verstorbener so entschied, wie er entschieden hat, und nicht anders. Was würde es bewirken oder ändern? Nichts. Es greift die eherne Regel von der normativen Kraft des Faktischen. Seine Lebenspartnerin befragen? Würde sicherlich gegen alle guten Sitten verstoßen und könnte, was nicht auszuschließen ist, auch ihre Gefühle verletzen. Also beschränke ich mich darauf, Françoise zu fragen, wie sich das vom Betroffenen gefühlte Fegefeuer ausgewirkt habe. Und wie sein Neuanfang aussah.

„Schon wieder zwei Fragen in einer! Du überforderst mich. Ist so die deutsche Sprache? Lass uns von seinem Neuanfang reden. Obwohl ich immer nur von seinem kleinen Neuanfang gesprochen habe. Zuallererst: Alman hat sich damit abgefunden, weiter Führungen anbieten zu müssen. Warum? Weil seine Bilder sich schlecht bis gar nicht verkauften."

Mit dieser Randbemerkung von Françoise hat sich bereits eine meiner weiteren Fragen erledigt. Nämlich ob ihr Alman weiterhin gezeichnet habe.

„Dazu gehörte auch", so werde ich von Françoise aufgeklärt, „dass später, als die automatisierte Kathedralenführung doch eingeführt wurde, er sich als Fremdenführer für ganz Chartres angeboten hat."

Voilà. Schon wieder hat sich eine weitere Frage meinerseits erledigt, die nach den endgültigen Folgen der Vereitelung von Son et Lumière und der Automatisierung der Führungen.

„Gleichzeitig", fährt Françoise fort, „hat er unsere Beziehung intensiviert, sich ihrer besonnen, wie er des Öfteren betonte. Du kannst darunter verstehen, was du möchtest. Auch glaube ich, hat sich die Zahl seiner Billard-Abende verringert, und hat er seine Teilnahme an den concours de boule für alle sichtbar reduziert. Auf Fischfang ging er sowieso nur noch selten – vielleicht auch, weil bei ihm immer weniger Fische anbissen."

„Mein Gott, du willst mir nicht das Bild eines Puritaners vermitteln wollen?"

„Dass das nicht geschah, dafür hatte er ja mich."

„Auch richtig", erkläre ich fast beschämt und bereue meine wenig überlegten Fragen und den unbedachten Kommentar. Françoise nimmt es gelassen. Es ist nicht das erste Mal, dass ich ihre Souveränität bewundere.

Unsere Kommunikation und meine Rückschau sind ins Stocken geraten. Ich inventarisiere rasch, welche Fragen ich noch beantwortet haben möchte. Zum Beispiel die nach seinem Manuskript. Am sinnvollsten ist, die Frage sofort nachzuschieben.

„Dass er für sein Manuskript nicht ein letztes Mal versucht hat, Interessenten zu finden, davon kann ich wohl ausgehen?"

„Kannst du."

Françoises Antwort ist so lapidar und lakonisch gemeint wie gesprochen. Was von mir zunächst so interpretiert wird, dass

Françoise sich dem Ende meines Fragenkataloges nahe wähnt. Möglicherweise also höchste Zeit, mich den Fragen der persönlichen Sphäre zuzuwenden. Dazu brauche ich einen Übergang, versuche es mit einer Frage nach des Freundes Befindlichkeiten: „Und so ging sein und euer Leben weiter – bis zu seinem Tod?"

„Ging es."

„Glaubst du, dass sein Aussteigerleben ihn wirklich glücklich gemacht hat?"

„Nach solcher Art Glücksgefühl habe ich ihn nie gefragt. Sicher hätte ihn ein Leben unter Zwängen, im Büro, am Fließband oder vergleichbar stumpfsinnige Arbeit weniger glücklich gemacht. Möglich, dass er nur beim Sex wirklich glücklich war."

Damit ist der Gesprächsfluss erneut gestört. Unwahrscheinlich, dass Françoise von mir einen Kommentar erwartet.

Unsere Gesprächsführung mit Stillständen erinnert an ein Telefonat, das unterbrochen wird, weil die Leitung wiederholt zusammenbricht. Françoise bemüht sich um die Weiterführung, übernimmt gewissermaßen die Reparatur der Leitung: „Vermutlich ist es nicht das, was du wissen oder hören wolltest. Aber: Es war Teil seines Lebens danach. Alors, was interessiert dich noch? Außer seine Bilder? Sicher doch, wie die Umstände waren, bei denen dein Freund verstorben ist."

Die Sprachkorrektur, dass man hier von Umständen sprechen würde, unter denen jemand gelitten hat, unterlasse ich. Das Thema scheint mir ungeeignet für Sprachübungen. Außerdem könnte uns das vom Thema abbringen. Wichtiger ist mir zu erfahren, wie der Freund aus dem Leben schied.

„Ich hoffe, es war für ihn kein bitteres Ende."

„Er ist, so glauben wir, friedlich eingeschlafen."

„Aber sicher ist er nicht ohne Warnzeichen verstorben."

„Natürlich nicht. Seit einiger Zeit hatte er über Herzbeschwerden geklagt."

„Hat niemand gefragt, was darunter zu verstehen war?"

„Es gab Aussetzer. So zumindest hat er übersetzt, was der Arzt ihm gesagt hatte."

Natürlich bin ich versucht nachzufragen, ob das als Hinweis auf Herzrhythmusstörungen zu deuten war, bin aber auch hier unschlüssig. Françoise scheint meine Frage zu erahnen.

„Wirklich genau wollte er es nicht wissen. So war er halt. Und ich glaube, das versteht jeder, der ihn kannte. Außerdem wusste oder ahnte er, dass es zu Ende gehen würde."

„Das tut mir leid."

„Mir auch."

Françoises Zwei-Worte-Antwort und die Gesten beider Hände, die die Antwort begleiten, zeigen mir, so glaube ich, dass sie leidet, der Tod ihres Alman für sie ein schmerzliches Ereignis ist, das sie betroffen macht. Da war die Floskel, dass es mir leid tue, sicher nicht hilf- und trostreich. Mehr aus Verlegenheit als mit Absicht, zunächst zumindest, greife ich noch einmal zu dem Stapel der Zeichnungen des Freundes, frage Françoise, ob sie Einwände hat – die sie natürlich nicht hat – und ordne die Skizzen nach Motiven. Ähnlich einem Kartenspieler, der sein Blatt nach Zahl und Farben sortiert. Habe dann aber ein Problem, da ich mir nicht im Mindesten darüber im Klaren bin, was ich mit dem Ordnungschaffen bezwecke. Françoises zugleich gestrenger und mitfühlender Kommentar scheint anzudeuten, dass für sie die Ziellosigkeit meines Tuns nicht unmittelbar erkennbar war: „Immer noch, oder schon wieder, scheinst du etwas zu suchen, das du noch vermisst."

Zwei Skizzen von Lilien, die ich in den Händen halte, als Françoise vom Suchen und Vermissen spricht, bewahren mich vor einem Offenbarungseid. Denn sie könnten, so nun meine Argumentation, dem Freund als Vorlagen seines Gemäldes der Lilien auf dem Felde gedient haben, das in der Trauerhalle ausgestellt war. Ich halte sie so, dass sie in volles Tageslicht getaucht werden.

„Nicht wenige Maler, Künstler ..."

Françoise unterbricht mich: „Ich weiß, was du sagen willst. Dass nämlich wir von einem Künstler vor seinem Tode erwarten, sich von der Welt mit bedeutungsvollen letzten Worten zu verabschieden, mit letzten Noten Sphärenklänge zu notieren oder uns, der Nachwelt, sinnhafte Gemälde zu hinterlassen. Vermutlich, weil wir glauben, der Künstler sei bereits im Kontakt mit dem Jenseits. Das sage nicht ich, so hat Alman das anticipé."

„Und? Hat er an die letzten Worte geglaubt?"

Françoise zögert mit ihrer Antwort.

„Ich meine: Gab es von ihm letzte Worte, mit denen er sich an uns gewandt hat? Oder ist es ein letztes Gemälde, das er uns gewidmet hat?"

„Nichts, von dem ich wüsste. Das Lilienbild, wenn du das im Sinn hast, ist älter, ist nicht das, was du denkst."

„Bedeutet das: Er hat nichts hinterlassen außer einer Zuckerdose ohne Deckel, geleerte Milchdöschen aus Plastik und eine leere Zigarettenschachtel ohne Zigaretten?"

„Hinterlassen hat er ein Vermächtnis."

Hier nun scheinen wir dem näher zu kommen, was Françoise wichtig ist. Sie wartet meine Rückfrage nicht einmal ab, erklärt: „Ich mag Wörter der deutschen Sprache wie dieses. Und ich mag auch eure Sprache. Sie kann sehr fließend sein, wenn man sie richtig benutzt. On peut le dire comme ça?"

Die Lobpreisung meiner Muttersprache beflügelt zwar meine Fantasie, hilft mir aber nicht zu verstehen, was Françoise vornehmlich bewegt: das Vermächtnis ihres Alman oder die vorgebliche Eleganz der deutschen Sprache. Also frage ich sie, worauf sie hinauswill.

„Auf das Vermächtnis."

Das ist eine klare Auskunft. Und ganz in meinem Sinne. Allerdings sollten wir klären, was ihr Alman unter letzten Worten verstand, was sie unter Vermächtnis versteht und was der Unterschied ist.

„Das waren jetzt drei Fragen in einem Satz. Wo soll das noch hinführen? Peu importe. Aber egal. Eigentlich müsstet ihr es kennen, sein Vermächtnis."

„Wer sind ‚ihr'?"

„Eure deutsche Frankophilen-Gruppe."

„Aha."

„Er hat euch ein Beispiel geben wollen, wie man aus eurer überwachten Tretmühle aussteigen kann, überleben und auch noch weiterleben kann."

„Er hat das nicht wirklich so gesagt?"

„So ähnlich schon."

„Also doch letzte Worte."

„Mais non, pas de déclamation! Er wollte nur beispielhaft sein. Hat er gesagt."

„Beispielhaft. Allerdings war er selbst sehr speziell."

„Verstehe ich nicht. Weil ich nicht glaube, dass du und ich, was das Wort speziell betrifft, das gleiche Verständnis haben."

„Vielleicht ja, vielleicht nein. Nach meinem Verständnis ist es speziell, wenn jemand jahrzehntelang mit der Tatsache hadert, dass die deutsche Vergangenheit unbewältigt blieb. Und darauf besteht, dass ehemalige Nationalsozialisten für ihre Taten zur Rechenschaft gezogen werden, noch heute."

Ungewollt und unbeabsichtigt habe ich Françoise mit meinem Einwand irritiert. Wiederum tritt eine Leitungsstörung in unserem Gespräch ein. Hier hilft keine Reparatur. Stattdessen bemühe ich mich um Wiederannäherung, leite meinen dementsprechenden Versuch in bestem Schulfranzösisch ein: „Pour l'amour de Dieu …", zögere dennoch fortzufahren, da ich nicht von der Richtigkeit meiner Anwendung des Französischen überzeugt bin. Françoise hilft mir.

„Je ne sais pas encore ce que tu veux dire, mais oui, cette expression s'utilise. Si on veut dire: Um Gottes willen. Ich sehe noch nicht ganz, was du sagen willst, aber ja, den Ausruf gibt es. Fehlt noch, was du sagen wolltest. Enfin. Qu'est-ce que tu voulais dire?"

„Missversteh mich nicht!", bitte ich Françoise, umfasse zugleich ihr linkes Handgelenk. Für uns eine Geste, die anzeigen soll, dass man um Vertrauen ersucht. Hoffentlich so auch auf der linken Rheinseite. Erläutere Françoise zugleich, dass der Freund geachtet war, weil er geradlinig und unbeirrt seinen Weg ging.

„Wir mochten und schätzten das an ihm."

Dass Françoise ihren Arm meinem Griff entzieht, verunsichert mich, lässt mich vermuten, dass diesseits des Rheins doch alles anders ist. Ich werde eines Besseren belehrt, glaube ich zumindest. Denn nun umfasst Françoise mit ihrer linken Hand mein Handgelenk.

„Ich frage mich, ob ich deine Erwartungen enttäusche, wenn ich dir sage, dass er in allerjüngster Zeit kaum noch von seiner Forderung nach Bestrafung der Dritte-Reich-Profiteure sprach. So nannte er gelegentlich die, deren baldiges Ableben er nur noch erwartete."

Françoise scheint auf ein Zeichen der Enttäuschung oder aber Zustimmung meinerseits zu warten. Zu beidem sehe ich mich außerstande, ich bin zu sehr überrascht.

„Du solltest nach dem Warum fragen, non?"

Mehr als ein fast unbeholfenes „Du wirst es mir sagen." bringe ich nicht zustande.

„Natürlich. Weil du es nicht weißt. Nicht weißt, dass in allerletzter Zeit sein Augenmerk sich anders ausrichtete. Wenn du mich verstehst. Er war nämlich davon überzeugt, il en avait parlé plusieurs fois, er hat davon mehrfach geredet, dass sich im anglo-amerikanischen Raum nicht kontrollierbare Gruppen zusammentun, non zusammenfinden, die menschenverachtend mit ihrem Blockwart-System alles und jedes registrieren. Und sich die Möglichkeiten der Digitalisierung zunutze machen, wie er sagte. Und ihre Mitmenschen profilieren, durchleuchten und manipulieren. Mit Algorithmen-Hilfe auch Vorhersagen machen. Was uns und unser Tun betrifft. In der Art und Weise hat er es formuliert. Und auch gesagt, dass er froh sei, in Frankreich zu leben. Das umso mehr, je näher er seinem Lebensende kam. Er hat mir erklärt, dass eines der Systeme vorsehe, alle die zu erfassen, die an einer mit dem vorzeitigen Tode endenden Krankheit leiden – difficile de mettre les mots dans le bon ordre, non? Schwierig, alles in der richtigen Reihenfolge zu erfassen, oder? Mit der Absicht, deren Krankheitsverlauf zuerst einzuschätzen, dann abzuschätzen, wann sie sterben werden.

Und die Berechnung denen zu geben, je crois qu'il avait parlé de verkaufen, ich glaube, er hat von verkaufen gesprochen, die am Weiterleben oder Nichtweiterleben der pauvres gens interessiert sind."

Ich schweige dazu, Françoise scheint im Zweifel, ob aus Betroffenheit oder Unkenntnis, fragt nach: „Du hast davon sicher auch gehört. Peut-être, non? Er sagte das, als er uns mitteilte, er wolle nicht außerhalb Frankreichs sterben. Er sprach in dem contexte bevorzugt vom anglo-amerikanischen, bis nach Deutschland reichenden Digitalisierungswahn, der bis zu uns gottlob nicht vorgedrungen sei. C'était la raison pourquoi il voulait terminer sa vie en France et pas dans un autre pays, je pense. Ich denke, das war der Grund, warum er sein Leben in Frankreich beenden wollte und nicht woanders."

Die Wende, die unser Gespräch nimmt, überrascht mich außerordentlich. Wenn wir nicht in Trauer wären, würde ich kommentieren: einmal Aussteiger, immer Aussteiger. Das aber unterdrücke ich. Denn Françoise könnte auch die Bemerkung falsch verstehen. Ich suche also nach einer Antwort, die der Aussage des Verstorbenen gerecht wird, und der Situation angemessen ist.

Unabdingbar scheint mir zunächst, die Spreu vom Weizen zu trennen in dem, was Françoise vor mir ausgebreitet hat. Oder weniger bildhaft: die Interpretation von Fakten zu trennen. Dann wäre ich um eine Antwort nicht verlegen. Zumindest um die Antwort auf die Frage von Françoise, ob ich von dem System gehört habe. Von ebendiesem System war auch in unserer Redaktion die Rede gewesen. In der Sitzung, in der wir Themen diskutieren, die aktuell sind, von denen wir glauben, dass sie uns alle angehen und die einen hohen Informationswert haben für möglichst viele Leser. Die Thematik wurde entsprechend eingestuft, die Meldung fand allerdings nur Eingang in unser Feuilleton. Ob aber schließlich ein solcherart menschenverachtendes System zur Anwendung kommen oder von den Betroffenen je geduldet werden würde, vorausgesetzt, sie bemerkten die Anwendung überhaupt, kann niemand vorab ermessen. Der Gedanke des verstorbenen Freundes, die Ausbreitung des Systems sei geografisch einzugrenzen, umgehe sein geliebtes Frankreich, scheint im Reich der Hoffnung oder auch des Wunschdenkens angesiedelt.

Gedanklich immer noch bei der Formulierung einer Antwort, beschließe ich, Françoise nicht am Abwägen der verschiedenen Aspekte teilhaben zu lassen. Ich werde von Fakten reden und ihr meine Überlegungen vorenthalten, die sich mit den Vorahnungen – denn darum handelt es sich meines Erachtens – des verstorbenen Freundes befassen. Ihre Reaktion: Kaum habe ich, wie ich meine, die Fakten beschworen, sehe ich mich mit einer erneuten Wende unseres Gespräches konfrontiert. Françoise lächelt. Ihr Lächeln geht fast in Lachen über.

„Tu sais: Du bist ein höflicher, aber schlechter Lügner. Tu as autant de tact q'un japonais. Du bist taktvoll wie ein Japaner. Beim nächsten Mal bestehe ich darauf, dass du sagst, was du denkst. So hat es übrigens Alman immer, fast immer, gehalten."

„Nächstes Mal. Ist das sofort oder später?"

„Comme tu veux. Wie du willst. Er hätte erwidert, dass das Leben uns immer eine zweite Chance gibt. Die wird kommen, wann das Leben oder wenn du es willst."

„Ah oui", gebe ich mich verständnisvoll, obwohl mich die erneute Richtungsänderung unserer Konversation eher beunruhigt. Begonnen hatte sie thematisch mit Vermächtnis und Blockwart-System, jetzt stehen wir vor einem „nächsten Mal". Wo soll das enden? Françoise sagt es mir: „Wir sollten besser gehen, bevor du dich gedanklich damit auseinandersetzt, warum ich dich einen Lügner genannt habe, oder möglicherweise auch damit, was die Befürchtungen von Alman in ihrer ganzen Tiefe bedeuten. D'accord? Tu viens? Lass uns gehen."

Dass Françoise mir Gedankengänge unterstellt, die ich noch gar nicht angetreten hatte, ehrt mich. Indes hilft es mir wenig, da ich mich mit den Problemkreisen erst noch beschäftigen müsste. Also bleibt Françoises Frage unbeantwortet. Was sie nicht weiter anficht.

„Ich begleite dich zum Bahnhof."

„Mein Gepäck ist noch im Hotel."

„Schwer?"

Ich verneine.

„Somit können wir den Weg, vorbei an deinem Hotel, zu Fuß bewältigen."

Ich war auf diese, ich weiß nicht wievielte, Wendung nicht vorbereitet. Wenn ich jetzt ja sagen würde, so erläutere ich das Françoise, würden mir alle Felle davon schwimmen.

„Welche Fälle?"

„Fälle mit e: Felle. Tierfelle."

„Verstehe ich noch weniger."

„Das Gepäck im Hotel ist noch nicht alles."

„Ein zweites Gepäckstück. Benötigst du ein Taxi?"

„Ich benötige dich. Deine Zustimmung zumindest. Ich möchte dich und Chartres nicht ohne ein Erinnerungsstück verlassen."

„Ah bon. Sprichst du von einem, wie sagtest du, Erinnerungs-stück von Alman oder an Alman?"

Die Frage von Françoise, von der ich nicht weiß, ob sie ein Wortspiel darstellen soll oder nur sprachlich missglückt ist, ignoriere ich.

„Attends."

Ich durchsuche erneut den Stapel der Zeichnungen, lege Françoise die zwei Skizzen der Lilien vor.

„Darf ich?"

„Eine der beiden. Du kannst entscheiden, welche."

Aufgefordert, eine Entscheidung zu treffen, betrachte ich die Zeichnungen genauer. Sie sind nicht identisch. Die eine zeigt Lilien, die stolz zum Himmel streben, die andere eine Gruppe Lilien, deren Stiele bemerkenswert häufig geknickt sind. Ich wähle letztere. Mögen die himmelwärts strebenden Françoise erfreuen.

„Zufrieden?"

„Sehr. Danke."

Ich fasse Françoises Hand, um meine Dankbarkeit mit einem Handkuss zu bekräftigen.

„Ich bin enttäuscht. Für das kostenfreie Übergeben der Zeichnung eines verstorbenen Künstlers ist das zu wenig."

„Muss ich das als Kritik auffassen?"

„Solltest du. Warum versuchst du es nicht in Deutschmanier? Ich bin es so gewohnt."

„Von ihm."

„Von ihm."

Das wiederum fasse ich als Aufforderung auf, Françoise so zu umarmen und zu küssen, wie ich es gelernt habe. In Deutsch-land.

Wir sind in Trauer, und doch bin ich glücklich. Ich habe meine Agenda abgearbeitet, bin Françoise, unbeabsichtigt, nähergekommen, und werde von ihr auf dem Weg zum Bahnhof begleitet. Lediglich die Zuordnung zur Kategorie der Lügner muss ich noch klären und bereinigen.

Wir haben uns auf den Weg gemacht, mit der Lilien-Skizze. Françoise nutzt die Wegstrecke, mir diese und jene Sehenswürdigkeit am Rande zu erläutern, frischt zugleich Erinnerungen an Erlebnisse auf, die sie mit Alman an Ort und Stelle teilte. Ich selbst beschäftige mich gedanklich derweil doch mit den Thesen des Verstorbenen. Bedenkenswert sind sie auf jeden Fall. Ich möchte gar nicht einmal ausschließen, dass der vom Freund so benannte deutsch-amerikanische Digitalisierungswahn mich doch noch dazu bringt, darüber nachzudenken, ob ich nicht zum Aussteiger der zweiten Generation werden sollte. Lange nach meiner ersten Sehnsuchtsphase in Sachen Frankreich. Die Vorbedingungen? Das Wunschdenken des Verstorbenen, Frankreich werde von den Auswüchsen der Digitalisierung verschont, müsste zumindest erfüllt sein. Und jemanden im fremden Land zu finden, so wie der Freund Françoise gefunden hatte, wäre auch hilfreich. Der jemand dürfte auch Françoise heißen.

Françoise bleibt natürlich meine Nachdenklichkeit nicht verborgen.

„Abschiedsschmerz oder Sinnen über Almans Befürchtungen?"

„Weder – noch."

Ich beschließe in diesem Augenblick, bewusst zum Lügner zu werden: „Ich habe mich gefragt, warum du mich – obgleich liebevoll – einen Lügner genannt hast."

„Und, hast du die Erklärung gefunden?"

„Sag du sie mir!"

„Du glaubst nicht an die Befürchtungen von Alman, aber sagst es mir nicht."

„So möchte ich das nicht sehen."

„Mon Dieu. Ist das ein Rückzug in Raten? Nicht sehr deutsch. Lass dir Zeit. Ich habe dir im Sinne von Alman gesagt, es gebe immer ein zweites Mal."

Offensichtlich will Françoise meine Antwort nicht hören, sie küsst mich, auf deutsche Art.

Das Aufsuchen des Hotels hat nicht viel Zeit in Anspruch genommen. Geschätzte fünfzehn Minuten bleiben noch bis zur Abfahrt des Zuges. Das ist Zeit genug und mehr als nötig, um zum Bahnhof zu gelangen. Also bliebe mir noch Zeit, mich nach einem Blumenladen umzusehen. Aus mehrfachem Grund scheint es mir geboten, Françoise Abschiedsblumen zu überreichen. Im Bahnhof hat sich, anders als wir es gewohnt sind, kein Blumenladen angesiedelt. Doch das Schicksal meint es gut mit mir: Tatsächlich hält eine geschäftstüchtige Blumenfrau an einem Kleinststand Blumen bereit, nur wenige Schritte neben dem Bahnhof. Einzige Einschränkung: Die Auswahl ist gering. In einem Eimer, kaum mit Wasser gefüllt, bietet sie Lilien an. Wen wird es wundern, dass ich zugreife. Die Blumenfrau fragt Françoise, ob die Blumen in Papier gebunden werden sollen. Ich bestätige das. Leichtsinnigerweise. Denn nun wird alles sehr förmlich: Ich nehme den in Papier gewickelten Strauß an mich, entferne das Papier wieder in Gänze und überreiche so Françoise den Strauß. Sie nimmt den Strauß, ihr Dank verunsichert mich.

„Ce sont des belles lys! J'aime bien l'odeur. Es sind schöne Lilien. Ich mag ihren Duft. Merci, mon cher Allemand – Allemand avec deux l et un d à la fin."

„Gerne. Aber für Abschiedsblumen ist das Gesagte zu wenig. Zumindest nach meinem Verständnis."

Unnötig, mehr zu sagen. Ihr Küssen geht über in unseren Abschiedskuss. Denn die Durchsage kündigt die unmittelbare Abfahrt des Zuges nach Paris an. Ich öffne die Zugtür des ziemlich alten Waggons mit der Bemerkung, dass ich, sehr liebevoll gemeint und die Betonung auf sehr, feststellen müsse, auch sie sei eine Lügnerin, eine überaus charmante, weil ich nämlich glaube, dass sie in Wahrheit habe sagen wollen: „Oh nein, nicht schon wieder Lilien!" Françoises Antwort, vielleicht auch eine Richtigstellung, kann ich nicht mehr abwarten, springe auf den Zug auf mit einem letzten „Au revoir!", beantwortet von ihrem „A bientôt! Bis bald!".

Das ich zwar nicht mehr höre, aber vermeine, von ihren Lippen ablesen zu können. Der Zug fährt. Wir verlieren uns aus den Augen.